教育部人文社会科学研究规划基金项目"林宝音小说中的文化利用与文化认同研究"（20YJA752021）阶段性研究成果

U0755230

林宝音小说中的文化利用与文化认同研究

赵志刚◎著

燕山大学出版社

·秦皇岛·

图书在版编目（CIP）数据

林宝音小说中的文化利用与文化认同研究 / 赵志刚
著. 一秦皇岛： 燕山大学出版社，2021.5
ISBN 978-7-5761-0145-4

Ⅰ. ①林… Ⅱ. ①赵… Ⅲ. ①林宝音－小说研究－新
加坡－近代 Ⅳ. ①I330.74

中国版本图书馆 CIP 数据核字（2021）第 107631 号

林宝音小说中的文化利用与文化认同研究
赵志刚 著

出 版 人：陈　玉
责任编辑：宋梦潇
封面设计：方志强
出版发行：燕山大学出版社　YANSHAN UNIVERSITY PRESS
地　　址：河北省秦皇岛市河北大街西段 438 号
邮政编码：066004
电　　话：0335-8387555
印　　刷：英格拉姆印刷(固安)有限公司
经　　销：全国新华书店

| 开　本：700mm×1000mm　1/16 | 印　张：13　字　数：200 千字 |
| 版　次：2021 年 5 月第 1 版 | 印　次：2021 年 5 月第 1 次印刷 |

书　　号：ISBN 978-7-5761-0145-4
定　　价：52.00 元

前　言

从 20 世纪 80 年代到 21 世纪的前十年，华裔文学创作进入一个高峰期。美国、加拿大、澳大利亚、新加坡等各地的华人英语作品纷纷拿下地区性和世界性的文学奖项，成为世界文学园地中一道亮丽的景观。美国华裔作家汤亭亭（Maxine Hong Kingston，1940—　　）的《孙行者》（*Tripmaster Monkey*，1989）在 1989 年获得"美国西部国际笔会奖（小说类）"。美国华裔作家谭恩美（Amy Tan，1952—　　）的《喜福会》（*The Joy Luck Club*，1987）在 1989年获得美国"国家图书奖"，1990 年又分别获得美国"联邦俱乐部书籍奖"和美国"加州书评会最佳小说奖"。新加坡华裔作家林宝音（Catherine Lim，1942—　　）在 1998 年获得"孟布兰克－新加坡国立大学文学艺术奖"、1999年获得"东南亚文学奖"。加拿大华裔作家李群英（Sky Lee，1952—　　）的《残月楼》（*Disappearing Moon Cafe*，1990）获得 1990 年"温哥华市图书奖"。加拿大华裔作家崔维新（Wayson Choy，1939—2019）凭《玉牡丹》（*Jade Peony*，1995）获 1995 年"延龄草图书奖"和"温哥华市图书奖"。

　　这些华裔作家的文学创作深深植根于华裔族群的民俗文化，通过对传统民俗文化的叙写和再现增强小说故事性、趣味性和叙事张力，也为作品增添了一股浪漫主义气息，使叙事中的人物形象更加立体化、形象化。在这些作品中，华裔作家借助文学的力量，一方面记录并构想了华人的集体生活体验和深层的文化意识；另一方面，在多元文化语境中，对本族裔社群的传统民俗文化进行重新审视和反思，并试图建构一种适宜寄居国本土环境的文化身份。华裔文学创作具有"双向"价值。华裔文学中的民俗叙事对西方读者来说是一个了解华人族群的文化窗口，而对中国本土的读者来说则是一面镜子。当这些身处异域他乡、深受异质文化影响的人们跳出民族－国家的概念域场，来审视自己族群文化的时候，其中肯定会带有母国人们无法感受到的因素。而这些在跨文化场域中产生的文化因子，势必会通过文化的共同根脉流入文化的共同体中，从而实现整体文化的不断转化、实现全新的文化认同。华裔作家的集体在不断壮大，他们的写作水平也在不断提高。从最近几年华裔作家的获奖情况可知。时代在变迁，华裔文学也在不断地发展，文学样态也在不断地推陈出新。各个国家的华裔新生代英语作家开始崭露头角，他们的作品中对传统民俗事象的运用既有承接性，也有创新性。他们大胆实验，在当今全球化的语境下，书写着文化间际中的华人传奇，是值得学术界持续关注的。

目前，关于美国华裔文学的研究成果丰硕，也由此遮蔽了其他国家和地区的华裔文学研究。因此，本课题"林宝音小说中的文化利用与文化认同研究"专注于新加坡华裔作家林宝音的文学创作。20世纪80年代以来，新加坡著名华裔作家林宝音的文学创作将本土华人的生活习俗作为故事素材，并以此为契机透视和剖析新加坡社会中存在的诸多问题。她的批判现实主义小说透露出对社会弊端入木三分的讥讽。林宝音将族裔文化中的民俗事象融入故事叙事中，为传统文化符码注入新义，塑造了具有族裔特色的典型文学意象，并以这些民俗意象来展开叙事、串联情节、结构全篇，形成了一种典型的"民俗志式"写作手法。她的本土文学实践是新加坡文学的一个缩影，研究林宝音的小说对于了解新加坡文学和社会文化具有重要意义。本研究在筛选核心民俗意象的基础上，从符号学、心理学、文艺民俗学和文化人类学视角探究其蕴含的文学和文化价值，并以此为契机追溯中国文化在东南亚的传播和变异，为拓展该领域的研究视域提供有价值的参考。

本书共分为五部分。

绪论为研究基础，包括对学术史的梳理、选题的意义和创新之处、研究方法等，重点对本书中涉及的核心概念进行界说，指出从"民俗意象"视角研究林宝音小说文化利用的必要性和可行性。

第一章从"口头叙述"的视角探究林宝音接受民俗文化、养成民俗情结的原因。在此基础上，从反讽、哥特叙事和女性主义三个方面探讨林宝音对英国经典文学叙事的接受。最后，聚焦林宝音的本土文学实践，通过透视林宝音小说集中反映的女性主义主题和文化身份主题，深入探讨林宝音再现本土民俗文化的方式，并提出本书选取典型民俗意象的四个标准。

第二章通过对林宝音小说中核心民俗意象的解读，分析林宝音文化利用的策略。林宝音通过文化利用对主题的发掘、人物的塑造、景物的描写，都显现出自出机杼的个性特征，其文化利用的策略主要分为三类，即"拟神话""陌生化"和"视域融合"。这三类文化利用的策略不仅与林宝音的知识结构和新加坡本土的文化语境有关，而且也是新加坡本土文学发展现实召唤的一种结果。本章重点解读民俗意象在文本语境中的存在样态、民俗意象的深层寓意、民俗意象和小说主题之间的关系。首先，通过对《女仆》（The Bondmaid，1995）和《泪痣悲情》（The Teardrop Story Woman，1997）中两则拟神话的解读，探讨林宝音利用神话思维进行创作的意图以及拟神话对揭示小说主题、推动情节发展所起的作用。其次，通过对《女仆》中的"天帝"意象、《司徒老师》中的"大伯公"意象和林宝音多部作品中的"雷电神"意象的考察，探讨林宝音将传统民俗意象进行陌生化处理带来的叙事效果。最后，从文学心理学和人类学的视角解读《女仆》中的"眼耳女神"意象、《泪痣悲情》中的"观音娘娘"意象和《毒牙》中的"月亮娘娘"意象的原型意义和成因。

第三章围绕林宝音作品中的神像、脐带护身符和鬼魂意象探讨林宝音小说中的身份认同主题以及林宝音通过隐喻将个人、家庭和国家命运联系在一起的叙事策略。

第四章从新加坡文学史视角、世界华裔文学史视角和后殖民文学史视角探讨林宝音对民俗文化利用的启示意义。

本课题在开展过程中受到了国内外专家的指导。恩师北京外国语大学魏崇新教授是指导我走上中国文化和文学海外传播研究之路的引路人。真挚地感谢北京外国语大学张洪波教授、金莉教授、潘志明教授、顾钧教授，北京大学陈连山教授，中央民族大学傅承洲教授对本研究提出的宝贵意见。同时还要感谢北京大学比较文学研究所所长严绍璗教授，夏威夷大学 Franklin Perkins 教授，新加坡南洋理工大学李晨阳教授，燕山大学外国语学院张卫东教授、郑占国教授，东北大学吴松林教授以及已经退休的王牧群教授，感谢各位教授为我指点迷津。特别感谢新加坡作家林宝音女士接受我的采访，为我的研究提供了大量一手资料。

　　本研究克服了诸多困难，但还有很多不足之处。希望各位专家学者不吝批评赐教。我会继续努力，为华裔文学的长远发展贡献微薄之力。

赵志刚

2021 年 2 月 16 日

目　　录

绪　　论

　　人的心理需要是叙述产生的根源。更进一步讲，人的心理需求不仅决定了表达和叙述的内容，也规约了表达的对象和表述形式。许建平教授将"人的心理需求"称为"意图"。[①] 文学产生于"人的情感与美感需求，是人的心理需求和情感表达的产物"。（许建平，2014：2）在这里，作家进行文学创作的个体主观意图被凸显出来。

　　在当代华裔文学中，一些女性作家擅长"取象赋意"，即撷取传统文化和生活语境中的"事象"以表达自己的"意图"，在一定程度上满足了西方读者对东方"异域情调"的心理期待和对华人女性故事的市场需求。多元文化语境的滋养和压力促使她们将自己的心理需求诉诸笔端，形成了具有独特魅力的文学景观。美国华裔作家汤亭亭（Maxine Hong Kingston，1940—　　）和谭恩美（Amy Tan，1952—　　）、澳大利亚华裔作家张思敏（Hsu-Ming Teo，1970—　　）、新加坡华裔作家林宝音（Catherine Lim，1942—　　）都是典型代表。谭恩美的小说《喜福会》（1989）之后，从底层女性的视角来反思、批判和重建华人传统父权社会已然成为一些华裔作家建构小说情节的普遍机制。[②]

[①] 许建平. 意图叙事——以明清小说为分析中心 [M]. 北京：人民出版社，2014：5.

[②] 美国评论家奥维尔·谢尔（Orville Schell）认为谭恩美开创了"美国小说的一种新体式"。（可参阅：Orville S. Your mother is in your bones. In: Harold B. Asian American Women Writers[M]. Philadelphia: Chelsea House Publishers, 1997:83.）这种新体式是指作家运用独特的"讲古"（story-telling）式的叙事策略来演绎"母女故事"。（可参阅：谭岸青. 女性讲古的新体式——论谭恩美四部小说的叙事策略 [J]. 载 卫景宜. 跨文化语境中的英美文学与翻译研究 [M]. 广州：暨南大学出版社，2007：47-59.）这种故事中套着故事的结构在英语文学中被称为"框架故事"（frame-story），比如《一千零一夜》《坎特伯雷故事集》和《十日谈》都是由在一个框架下的一系列小故事组成的。

林宝音的作品也都以此见长。她始终以解决新加坡"本土"问题为创作意图，以民俗事象作为构建小说叙事的重要素材，体现出深厚的"民俗情结"和人文情怀。林宝音的小说是东西方文化合力作用的结果，具有重要的跨文化研究价值。

本书以林宝音的小说为研究中心，从文艺民俗学、符号学、心理学和文学伦理学的视角探讨林宝音小说中民俗意象蕴含的文学和文化价值，深入挖掘作者的创作"意图"，同时以英国和美国华裔作家创作的小说为参照，解析林宝音小说对民俗文化利用的独具匠心，从而为不同华裔作家之间的对话搭建一座桥梁，拓宽本领域的研究视域。

一、林宝音及其文学成就

林宝音从 1978 年开始文学创作，迄今共出版了 7 部长篇小说、11 部短篇小说集、3 部非小说类作品、2 部诗集。在其小说中，林宝音对主题的发掘、人物的塑造、景物的描写，都显现出自出机杼的个性特征。她的批判现实主义小说透出对社会弊端入木三分的讥讽。

对民俗文化的利用是林宝音小说的一大特色。《毒牙》（*The Serpent's Tooth*，1982）包括"后记"一共 34 章，其中只有 6 章没有出现民俗事象，其余 28 章共出现民俗事象 63 处。"月亮女神""脐带护身符"和"中式古床"等反复出现的民俗事象将各叙事板块有机地衔接在了一起。《女仆》（*The Bondmaid*，1995）中各种民俗事象共有 117 处，其中"天帝"和"女神"在小说中形成了独特的意象，帮助一个女仆完成了在父权社会中从"拜神""求神"到"成神"的转化。《银叶之歌》（*The Song Of Silver Frond*，2003）中出现的民俗事象共有105 处，其中寺庙、女神成为揭示小说主题的关键意象。在其他几部小说中，典型的民俗意象成为贯穿故事叙事的关键节点，如《泪痣悲情》（*The Teardrop Story Woman*，1998）中的"泪痣"，《跟错误之神回家》（*Follow The Wrong God Home*，2001）中的"无名神像"。这些民俗意象在揭示主题、推动情节、塑造人物、渲染氛围等方面都起着重要作用。

20 世纪 90 年代初，全球离散华人（Chinese Diaspora）文学和后殖民文学成为世界图书市场中的宠儿。英国的 Orion、美国的 The Overlook Press、澳大利亚的 Allen & Unwin 等出版公司被林宝音小说中蕴含的浓郁的"异域情调"（exotic taste）所吸引。在这些出版公司的包装宣传下，林宝音的长篇小说《女仆》《泪痣悲情》《跟错误之神回家》《银叶之歌》等作品迎合了西方读者的心理期待，开始走出新加坡和东南亚，为林宝音带来了国际声望。

林宝音被认为是新加坡的"元老级"（doyenne）作家，是"新加坡最好的作家"之一。[①] 有学者称："在任何关于新马英语文学的文论中，林宝音都是不能被忽视的关键作家。"[②] 林宝音也是最早走出新加坡、在国际文坛获得声誉的新加坡作家之一。正如穆罕默德（Mohammad A. Quayam）所说："林宝音是新加坡拥有读者数量最多、在国际上知名度最高的作家之一。"[③] 从新加坡文学史的层面来看，林宝音是一位承上启下的作家，其作品和写作风格对之后的新加坡新生代作家影响深远。[④] 有评论说，林宝音所取得的成就"是对年轻作家们的一种莫大的鼓舞，他们把林宝音看作是文学旅途上的指路明灯。"[⑤] 林宝音几乎成为"新加坡文学"（Singapore Literature）的代名词了。广西大学刘延超教授评价说："从某种程度上来讲，林宝音的小说创作反映了新加坡英

① Wicks P C. Catherine Lim's Singapore[J]. Asian Studies Review, 1992, 16(2): 157-170.

② Holden P. Who's afraid of Catherine Lim?[M]//Quayam M A. Sharing Borders: Studies in Contemporary Singaporean-Malaysian Literature. Singapore: National Library Board, National Arts Council, 2009(2): 80-91.

③ Quayam M A. With Her Glittering Eye-An Interview With Catherine Lim[J]. Wasafiri 2006, 21(3):21.

④ S Geok-Lin Lim. Finding a Native Voice-Singapore Literature in English[J]. Journal of Commonwealth Literature, 2015(12): 30-48；Chua F. Casting the Net: Trapped Fate in Singapore Fiction[D]. Singapore: National University of Singapore, 1990:5. 在林宝音第一部小说集取得成功之后，其他新加坡作家的创作激情被激发了出来，比如：Thean Soo Lim 发表的 *Fourteen Short Stories*（1979）、Rebecca Chua 出版的 *The Newspaper Editor and Other Stories* (1980)、Gopal Baratham 创作的 *Figments of Experience*（1981），都是在林宝音的影响下出版的，极大地促进了新加坡文学的发展。可参阅：Sim N I. A Critical Study of the Work of a Local Writer[D]. Singapore: National University of Singapore, 1988:1-2.

⑤ Lim Y. Women in Bondage: The Stories of Catherine Lim[M]. Singapore: Times Books International, 1999: 13-14.

语文学从批判现实主义到新现实主义的转变，是新加坡英语文学的一个缩影。学习和研究林宝音的文学创作，对于我们了解新加坡文学和新加坡社会都有着重要的意义。"[①]

由于在文学上的突出贡献，林宝音的小说在 1982 年、1988 年和 1990年分别获得了新加坡多个国家级图书奖（详见附录 2）。1998 年和 1999 年，她又分别获得"孟布兰克－新加坡国立大学文学艺术奖"（Montblanc-NUS Centre for the Arts Literary Award）和"东南亚文学奖"（Southeast Asian Write Award）；2000 年和 2003 年两次获得法国文化部颁发的"艺术与文学骑士勋章"（Knight of the Order of Arts and Letters）；并于 2005 年获得"哥本哈根安徒生基金会大使"称号（Ambassador of the Hans Christian Andersen Foundation）。2014 年 3 月 14 日，林宝音入选"新加坡女性名人堂"（The Singapore Women's Hall of Fame）。

二、国内外研究现状

（一）国内研究现状

随着后殖民主义研究在中国的发展，新加坡作家林宝音开始进入中国学者的研究视野。广西大学刘延超教授对新加坡后殖民语境下的英语文学发展史进行了梳理，他较早的两篇学术论文《新加坡英语文学中的身份认同困惑初探——以小说〈跟着错误女神回家〉和〈辩护者的魔鬼〉为例》（2009）[②]和《新加坡英语文学创作的缩影——评新加坡著名英语女作家林宝音的小说创作》（2011）对林宝音及其文学创作进行了概述。这两篇论文是我国最早的与林宝音相关的研究。刘延超的另外几篇学术论文《新加坡英语文学创作述评》

---

① 刘延超.新加坡英语文学创作的缩影——评新加坡著名英语女作家林宝音的小说创作 [J]. 学术论坛，2011（2）：92-96.

② 刘延超.新加坡英语文学中的身份认同困惑初探——以小说《跟着错误女神回家》和《辩护者的魔鬼》为例 [J]. 东南亚纵横，2009（9）：56-60.

（2011）①、《论新加坡英语文学创作风格的流变》（2011）②、《族群认同与文化认同的双重困惑——新加坡英语文学中的身份认同困惑初探》（2012）③ 都涉及林宝音的文学创作，但着眼点是新加坡英语文学创作的大背景，对林宝音小说中的叙事特色缺乏微观关照。受刘延超教授的影响，广西大学硕士研究生谢青秀对林宝音的女性主义小说《跟错误之神回家》进行了解读。她发表的两篇论文《〈跟错误女神回家〉中神的意象的解读》（2012）④ 及其硕士学位论文《〈跟错误女神回家〉的身份认同困惑》（2013）⑤ 将着眼点放在新加坡现代华人的文化心理上。这些成果对小说中蕴含的如民间信仰、生活习俗、文化禁忌等丰富的民俗文化还只停留在小说素材的研究层面，而对这些素材进入作品的途径缺乏深入解析。

目前，国内关于林宝音文学创作的专著仅有《新加坡英语文学研究》（2011）一本。2010—2011 年，刘延超作为高级访问学者在新加坡南洋理工大学（Nanyang Technological University）研修新加坡及东南亚文学与文化。他从文学史的角度对新加坡英语文学创作和发展进行细致梳理，其研究成果《新加坡英语文学研究》一书于 2011 年 12 月由中国社会科学出版社出版。其中第九章专门介绍了林宝音的家庭和教育背景及其文学创作概况。刘延超认为林宝音的小说都是现实主义小说，"（她）通过平凡的日常题材来反映社会生活，展现时代风貌，揭示社会矛盾"。⑥ 刘延超从身份认同的角度对《跟错误之神回家》中的"神像"意象进行了解读，认为："在小说中的神像作为一个隐喻，象征着新加坡人的身份认同。……神像的回归，暗示的是新加坡身份认同中的族群认同困惑，说明新加坡自己的带有原初色彩的族群文化尚不足以使新加坡人在进行文化选择的时候倾向于自己。"（刘延超，2011：177）

---

① 刘延超 . 新加坡英语文学创作述评 [J]. 译林（学术版），2011（1）：16-23.

② 刘延超 . 论新加坡英语文学创作风格的流变 [J]. 南方文坛，2011（4）：127-130.

③ 刘延超 . 族群认同与文化认同的双重困惑——新加坡英语文学中的身份认同困惑初探 [J]. 广西师范大学学报（哲学社会科学版），2012（2）：55-59.

④ 谢青秀 .《跟错误女神回家》中神的意象的解读 [J]. 时代报告月刊，2012（8）：118-119.

⑤ 谢青秀 .《跟错误女神回家》的身份认同困惑 [D]. 南宁：广西大学，2013.

⑥ 刘延超 . 新加坡英语文学研究 [M]. 北京：中国社会科学出版社，2011：185.

通过对林宝音文学创作道路的梳理，刘延超总结了林宝音小说的叙事风格和主题："从总的创作风格来说，林宝音的文学创作属于现实主义的范畴。"而其小说中反映的主题"都是女性主题""爱情大多以悲剧结尾"。（刘延超，2011：185-186）

总之，以上相关研究成果并未将林宝音的民俗情结、民俗素材进入小说的路径、民俗文化和小说叙事之间的关系等问题纳入研究视野中。

（二）国外研究现状

林宝音及其小说所蕴含的文学和文化价值吸引了新加坡国内外学者的关注。当前的成果以学术论文为主。马来西亚裔美国作家林玉玲（Shirley Geok-lin Lim，1989）将林宝音第一部小说集的成功归功于其对"当地习语"的运用。她说："林宝音在小说中通过语码转换（code-switching）的表述风格被语言学家称为新加坡方言英语（basilectal Singapore English）。但无论她使用什么样的行业术语（jargon），我们都可以看到来自日常的、自然的新加坡本地的习惯用语。林宝音的短篇小说如果不是在情节和人物上，那么至少在传递的声音上是本土的（home-grown）。"[1]新加坡多元混杂的文化语境以及身处其中的华人的身份认同是林宝音小说关注的焦点之一。剑桥大学文学博士、东南亚文学研究专家塔玛拉·瓦格纳（Tamara Wagner，2001）捕捉到了这一点，将林宝音的小说与日裔英国作家石黑一雄（Kazuo Ishiguro）的历史小说放在一起，通过平行比较的方法探讨了两位作家作品中表征的亚洲文化身份的异同；[2]萨利（Sally Lui Sha-Lee）的论文《东西方二元论的悖谬：论林宝音小说〈跟错误之神回家〉中的新加坡身份的表征》（2003）从文化身份认同的视角对林宝音小说反映的新加坡多种族文化进行了解读。[3]玛利亚·维拉（María C. Vera，2014）认为林宝音小说所传递的价值观实际

---

[1] Lim S G. Finding a Native Voice-Singapore Literature in English[J]. Journal of Common wealth Literature, 2015(12):30-48.

[2] Wagner T. Nostalgia, Historicity, Hybridity: Representations of Asian Identities in the Historical Novels of Kazuo Ishiguro and Catherine Lim[J]. Atlantic Literary Review，2001, 4(2):154-165.

[3] Lui S. The Problematic East/West Dichotomy: Representation of Singaporean Identity in Catherine Lim's Following the Wrong God Home[J]. Language & Literature, 2003(28):109-126.

上是东西方"两种文化之间协商的结果","这两种相互排斥的文化让步给了她笔下女性角色的负罪感,在作品中,她将这些文化放在显微镜下来检验他们的合理性,她将圣母玛利亚和观音这两种不同宗教中的神混淆在一起,从而将交叉的边界(cross-border)带入到文学中"。[①]

英国哥特小说研究专家吉娜·威斯克(Gina Wisker,2003;2007)和塔玛拉·瓦格纳(Tamara Wagner,2008)博士将林宝音的小说归入"后殖民哥特小说"的范畴中进行研究。吉娜认为林宝音在小说《毒牙》中设置的安吉拉(Angela)的梦境体现了一种哥特式风格的"色欲"和"暴力",而《女仆》则使用哥特文学的形式来探讨和揭示文化冲突。[②]吉娜的另一篇论文《交叉的界限》则将托尼·莫里森(Toni Morrison)、贝思·叶(Beth Yahp)和林宝音小说中的哥特因素放在一起进行了讨论,认为林宝音的小说属于"深受中国文化影响的哥特文学类型"。[③]她将生活在澳大利亚的华裔英语作家贝思·叶关于马来西亚华裔生活的小说与林宝音的小说并置在一起进行考察,突出强调了这些东南亚作家往往将后殖民经验和女性主义主题通过哥特式文学的形式表现出来,这是对传统哥特文学的突破。这项研究将后殖民主义、女性主义和英国文学中的哥特传统杂糅混合,对东南亚英语文学的研究极具启发意义,并影响了塔玛拉·瓦格纳、卡塔日娜·安库塔(Katarzyna Ancuta,2012)[④]、杰罗尔德·霍格尔(Jerrold E. Hogle,2014)[⑤]对新加坡和亚洲哥特式小说的探寻。

---

① Vera M. Science and Discourse, Acculturation and Schizophrenia in the Literary Work of Singaporean Author Catherine Lim[J].Via Panorâmica: Revista Electrónica de Estudos Anglo-Americanos / An Anglo-American Studies Journal, 2014(3):114-117.

② Wisker G. Showers of Stars South East Asian Women's Postcolonial Gothic[J].Gothic Studies, 2003, 5(2):64-80.

③ Wisker G. Crossing Liminal Spaces: Teaching the Postcolonial Gothic[J].Pedagogy,2007, 7(3):401-425.

④ Ancuta K. Asian Gothic[M]//D Punter. A New Companion to the Gothic. Chichester: John Wiley & Sons Ltd, 2012:428-441.

⑤ Hogle J E. The Cambridge Companion to the Modern Gothic[M]. Cambridge: Cambridge University Press, 2014.

瓦格纳博士也注意到了林宝音小说中的哥特元素，并指出包括林宝音小说在内的新加坡"鬼故事"文学对英国哥特文学并不仅仅是接受，还有在此基础之上的"发展和变异"。她说：

> 作家们想要创造出不同的新加坡哥特式寓言，以反映当地人对发展主题的思考、对消隐的或是新出现的遗产的考量，以及对在滚滚历史湍流中被压抑的元素的反思。……越来越多的自我反讽的、带有异域风情的城市哥特式故事作为背景和作为快速全球化的一个岛国新文化小说的主要隐喻，因此他们不断把城市中正在进行的驱动现代化的再次协商转变为独特的哥特式脚本，以表现出独特的新加坡文学隐含的挣扎历程。[1]

其实，林宝音的小说与英国的"哥特小说"有很大不同，已经不再是发生在哥特式古堡中的恐怖故事了。她创造性地将哥特元素融入新加坡华人族群的日常生活中，目的是关注和反映现实生活中的人和事，所以一些学者将林宝音的小说称为"日常哥特"（daily Gothic），属于"后哥特"或"现代哥特"的范畴。不过从这一点上可以看出为什么一些学者强调以林宝音为代表的新加坡英语小说"是深深根植于英国小说的传统之中"了。[2]

对林宝音小说的研究还散见于一些专著和论文集中。林一恩（Yi-en Lim）所著《被束缚的女人：林宝音小说研究》（1999）一书是迄今笔者所及最早的、也是唯一一本对林宝音小说进行研究的专著。林一恩分析了林宝音的生活和教育背景对其文学创作的影响，历时性地梳理了林宝音的创作历程和作品中的主题变化，并深入探讨了林宝音不同作品之间的互文性和其小说的叙事特色。通过对林宝音早期作品的解读，林一恩认为："人类精神的独立性是贯穿在林宝音作品中的一根重要线索。"在叙事方法上，林一恩（1999：

---

① Wagner T S. Ghosts of a demolished cityscape: Gothic experiments in Singaporean fiction. In: NG A H S. Asian Gothic: Essays on Literature, Film and Anime[M]. Jefferson, NC: McFarland & Company Inc Publishers, 2008:48.

② NG A H S. Asian Gothic: Essays on Literature, Film and Anime[M]. Jefferson, NC: McFarland & Company Inc Publishers, 2008:48.

90-91）认为："在短篇小说中，林宝音很少使用倒叙（flashback）来转移读者对情节和人物的关注。但是在《泪痣悲情》中，林宝音使用了预序（forward projection）和倒叙（flashback）的方法。通过这种处理方式，新加坡现代生活的破裂、后殖民和殖民意识之间的矛盾彰显了出来。"[1] 林一恩的这一研究成果是在 1999 年完成的，因此无法涵盖林宝音在 21 世纪以来创作的作品。

新加坡著名文学评论家基帕尔·辛格（Kirpal Singh，1998）主编的论文集《对话：新加坡文学研究》[2] 中收录了波比·史密斯（Poppi Smith）的"林宝音小说《泪痣悲情》研究"一文，论文从女性主义视角分析了女主人公玫瑰的成长历程，对造成女主人公人生悲剧的"泪痣"意象和"手镯"意象进行了解读。新加坡文学批评家雷奥·色雅迪娜塔（Leo Suryadinata）主编的论文集《新马华人：在传统和现代性之间的对话》（2002）中收录了 T. A. Koh 的论文《从新马华人视角看李科阳和林宝音小说中的传统和现代性》[3]，这是从比较文学的视角来分析林宝音作品中体现的传统和现代性之间的矛盾。在另一部论文集《共同的边界：当代新马文学研究》（*Sharing Borders: Studies In Contemporary Singaporean-Malaysian Literature*，2009）中，新加坡当地著名文学评论家菲利普·霍顿（Philip Holden）从"历史相对论"（historicism）的视角讨了林宝音在 30 年创作生涯中是如何反映新加坡时代思潮（zeitgeist）下降的轨迹的。霍顿的评论绕开了对林宝音作品的审美批评，而是从林宝音作品的"语篇内部（intratextual）"因素和"类文本（paratextual）"因素捕捉到了新加坡英语作家地位变化的征兆。霍顿将林宝音小说在商业上的成功归功于其对异国情调的策略性应用，但他也提出了对这一策略的担心，

[1] Lim Y. Women in Bondage: The Stories of Catherine Lim[M]. Singapore: Times Books International, 1999: 90-91.

[2] Smith P. The politics of feminist expression: an essay on Catherine Lim's The Teardrop Story Woman[M]//Singh K. Interlogue: Studies in Singapore Literature (Vol. 1: Fiction). Singapore: Ethos Books, 1998:55-6.

[3] Koh T A. Tradition and modernity in the fiction of Lee Kok Kiang and Catherine Lim: Malaysian and Singaporean Chinese perspectives[M]//Leo S. Ethnic Chinese in Singapore and Malaysia: A Dialogue Between Tradition and Modernity. Singapore: Times Academic Press, 2002:355-375.

即"人们可能会怀疑林宝音通过中国性（Chineseness）和自我东方化主义（self-orientalisation）等自我形塑手段有意识地操控福柯所说的'作者功能'（author function）。"[①] 早在 1996 年，就有评论指出林宝音小说在素材的选取上存在问题，新加坡文学评论家郎步兰（Bulan Lang）将《女仆》视为"如老式的香港情景剧"，而林宝音的所有作品"总是迷恋那些带有偏见性的表征（stereotypical representation）"。[②] 无论是霍顿所说的"中国性"和"自我东方化主义"，还是郎步兰所说的"偏见性的表征"，都是指林宝音小说中充斥的大量的华人民俗文化。但霍顿和郎步兰并未就具体的民俗事象展开讨论。

澳大利亚维多利亚科技大学朱莉·迪克森（Julie Dixon，2002）的毕业论文是最早的关于林宝音小说研究的博士论文，也是就林宝音小说打破东西方文化边界的"混合型文化书写"的特点进行研究的成果之一。她通过将林宝音与其他两个来自马来西亚的离散作家贝思·叶（Beth Yahp，马来西亚裔澳大利亚作家）和林玉玲（Shirley Geok-lin Lim，马来西亚裔美国作家）进行对比，分析了这三位作家小说中的父权制书写和后殖民因素。她认为："林宝音的两部主要小说《泪痣悲情》和《女仆》在结构上与西方的传统小说相吻合，特别适合于欧洲现代主义文学的一种类型：传奇，甚至是传奇剧。……尽管林宝音的小说被高度盛赞为有新加坡特色的本土小说，但其意义远非如此，其阐释空间还亟须进一步挖掘，特别是从女性主义的视角。"[③] 这一点与林一恩的观点一致，林一恩也认为："如果忽视了对林宝音小说中的性和性别进行女性主义观照的话，那么就忽略了构成新加坡文化属性的至关重要的因素。"（1999：61）

除了以上学术论文、专著、论文集和博士论文外，新加坡国立大学的一

① Holden P. Who's afraid of Catherine Lim?[M]//Quayam M A. Sharing Borders: Studies in Contemporary Singaporean-Malaysian Literature. Singapore: National Library Board, National Arts Council, 2009(2): 80-91.

② Lang B. Like An Old Hong Kong Melodrama: Review Of The Bonmaid[N]. The New Straits Times, 1996-05-15(05).

③ Dixon J. The Arcane and The Ordinary: An Exploration of Patriarchy and The Postcolonial in The Writing of Beth Yahp, Catherine Lim and Shirley Geok-Lin Lim[D]. Melbourne: Victoria University of Technology, 2002:24.

些文学硕士也对林宝音的小说进行了多维度的探讨。1983 年，吴振珠（Pearl Chin-Goh）的硕士论文《林宝音小说风格研究》细致分析了新加坡华人社会起名字的习俗和林宝音小说对这一习俗的利用，认为"作者为来自不同阶级的角色命名是前后一致的、有启示作用的。"[1] 该论文运用了韩礼德（M. A. K. Halliday）的"及物性系统"（transitivity system）理论阐释了《毒牙》中不同角色之间的关系和互动，并以此进一步分析了叙事者和人物的世界观。1984 年，维罗尼卡·闵琼（Veronica Minjoot）的硕士论文《新加坡短篇小说主题研究》认为林宝音的小说"是东西方思想混合的产物"，即一方面"继承了英语文学的一些传统"，另一方面"更大程度上是受到'文化传统'的影响"。这里所说的"文化传统"是指随华人移民而来的"信仰、迷信和其他的民俗方式"。维罗尼卡认为："作家自然会根据自己文化遗产中的价值观、习俗和传统进行创作。这些作家深受丰富文化的熏陶，对这些文化的记忆成为其创作的动力。而他们所创作出来的关于过去的意象事实上反映的是他们追寻身份意识的一种无意识的表达。"[2] 维罗尼卡还注意到林宝音小说很好地处理了"传统文化"和"异域情调"两者之间的关系。她说："作家从世代相传的文化资源中汲取营养，同时他们也想尽量避免陷入'为了迎合西方读者的口味'对异国情调过度描写的窠臼中去。……林宝音的小说准确地传递了新加坡本土特色和意识。"（Veronica，1984：30）这一论文仅以林宝音早期短篇小说为研究对象，关注的也只是其中的"迷信"和超自然因素。丽贝卡·吴（Rebecca Ng.，1986）分析了林宝音短篇小说中处于传统和现代之间的新加坡女性的命运，认为"强大的父权制传统使得新加坡社会中的女性不得不做出妥协和让步。"[3] 她将林宝音和同时代以塑造女性形象见长的几位小说家进行了比较，发现"林宝音小说中的女性试图冲破传统的束缚，但是都没有成功。

---

[1] Chin P G. A Stylistic Study of Catherine Lim's Fiction[D]. Singapore: National University of Singapore, 1983:50.

[2] Veronica M. The Singaporean Short Story: A Thematic Study[D]. Singapore: National University of Singapore, 1984:11-12.

[3] Ng R. Women in Malaysian and Singaporean Fiction in English[D]. Singapore: National University of Singapore, 1986:33.

而林宝音之后的新生代作家则对新加坡女性摆脱传统的束缚持较为乐观的态度，他们更加注重现代社会中女性社会地位变化的紧迫性，如菲利普·惹耶勒南（Philip A. Jeyaratnam）、曼阿姆（Maniam）、克莱尔·萨姆（Claire Tham）。"（1986：33）尼格·西姆（Ngah Imm Sim，1988）的毕业论文《对本土作家林宝音作品的批评研究》考察了林宝音在短篇小说中对新加坡社会心理和人际冲突的书写。① 西姆的论文是为数不多地从"文学意象"的视角对林宝音小说进行研究的成果之一。他在论文中对《毒牙》中的"中药"和"毒蛇"意象进行了解读。2004 年，新加坡国立大学英语语言文学专业两个硕士生的毕业论文都是围绕林宝音的长篇小说展开的。一篇是艾尔赫（EL. E. H.）的《林宝音〈跟错误之神回家〉中华人文化对尹玲婚姻观的影响研究》②，另一篇是方达维（F. DWI）的《林宝音〈毒牙〉中传统与现代性的冲突》。③

还有一些硕士论文从语言学的视角对林宝音的小说进行研究，因为与本课题相关性不大，所以在此省略。

（三）当前国内外研究主要存在以下几点不足之处

从国内外相关研究成果的形式来看，学术论文居多而专著较少，在为数不多的几篇对林宝音小说中文学意象的研究成果中，研究者未能将林宝音小说中的意象进行通盘考量，失去了对不同文本中意象的互文性观照。这在一定程度上表明学术界缺乏对林宝音文学创作的全面性和系统性研究。

从国内外相关研究成果聚焦的内容来看，多数学者只注重林宝音小说中显现出来的民俗文化因素，并将其裹挟在新加坡文学、东南亚文学或亚洲华裔文学的范畴之内，对其小说中的叙事特色缺乏微观透视，忽视了这些民俗素材进入文本的方式及其成因。文艺民俗学视角可大大拓展该领域

---

① Sim N I. A Critical Study of the Work of a Local Writer: Catherine Lim[D]. Singapore, National University of Singapore, 1988.

② EL E H. The Influence of Chinese Culture in Yin Ling's Decision for a Marriage and Its Consequences in Catherine Lim's Following the Wrong God Home[D]. Singapore, National University of Singapore, 2004.

③ DWI F. The Conflicts of Traditional and Modern Values As Seen in Catherine Lim's The Serpents's Tooth[D]. Singapore, National University of Singapore, 2004.

的研究视域。

当前国内能找到的相关研究成果不多，说明林宝音的文学创作还未引起中国学术界的足够重视。已有的研究成果对林宝音小说的译介和解读还有值得商榷之处。

三、本书的选题意义

第一，林宝音小说具有重要的跨文化研究价值。林宝音居间（in-between）① 的文化身份培养了其"双重视界"的文化意识，为其小说注入了中英两种文化特质，是东西方文化混合、交融的典型代表，折射了海外华人身处"中西／古今"之间所感受到的文化拉锯与文化身份认同问题，为"后现代"语境下的"文化间性"研究提供了重要文本。

第二，林宝音小说中的民俗意象独具特色，值得深入发掘。在林宝音的小说中，她巧妙地将超自然现象、民间信仰、神话传说、歌谣等民俗事象和华人的日常生活编织在一起，形成了具有族裔特色的文化意象。由此，林宝音小说成为追溯中国文化在东南亚传播和变异的重要资料。

第三，本书以林宝音小说中的民俗意象为研究中心，以其他华裔作家的作品为参照系，通过相互比较，烛照林宝音小说中民俗意象的特色，从而可为世界华裔作家之间的深度对话搭建一座沟通的桥梁。

四、本书的创新之处

第一，本书借助原型批评理论、文艺民俗学理论和文化语境理论深入挖掘林宝音小说中民俗意象所蕴含的文艺和文化价值，并进一步探讨这些民俗意象在林宝音本土化文学实践中的重要意义，可有效弥补当前研究之不足。

---

① 霍米·巴巴（Homi Bhabha）曾用"in-between"表示同时受到两种文化渗透的现象。巴巴在接受采访时说"in-between 这一概念来自海德格尔和厄润特的作品"。当前学界将其翻译为"居间"。生安锋 . 后殖民主义、身份认同和少数人化——霍米·巴巴访谈录 [J]. 外国文学，2002（6）：56-61.

第二，本书以文本互文性理论为指导，通盘考量了林宝音作品中的民俗意象，发掘这些民俗意象在林宝音不同作品中的相同和不同之处，有利于全面把握林宝音创作心理的动态变化，以打破当前研究的"僵化"局面。

第三，当前中国学术界关于林宝音的研究成果不多，本书不仅有效拓展了该领域的研究视域，而且也有利于丰富我国学术界对林宝音的研究。

五、本书的研究方法

第一，比较文学与跨文化研究的方法。本书综合运用影响研究、平行比较、接受研究、变异学理论、文化语境理论等比较文学和跨文化研究的方法来探讨林宝音小说中的民俗意象，深入挖掘林宝音的创作心理和小说所蕴含的"文化间性"。

第二，田野调查法。通过对作家本人的访谈，了解作家的生活背景和创作思路，并掌握与本书有关的一手资料，为研究的展开奠定基础。

第三，分类归纳法。按照民俗学理论，梳理林宝音小说中典型的民俗意象，并根据其与小说主题之间的关联分类。

第四，互文对比法。通过对林宝音小说中民俗意象的"互文性"分析，将其置于不同的参照系中进行考察，研究相同民俗意象在不同作品中叙事功能和叙事效果的异同。

第五，多学科聚焦法。从文艺民俗学、心理学、文学伦理学、符号学和修辞学等学科理论对林宝音小说中的民俗意象进行深入解读，挖掘其背后的深层次文化根源。

六、相关概念界说

本书以新加坡华裔作家林宝音小说中的民俗意象为研究中心，涉及的核心概念包括：民俗、海峡华人、意象、民俗意象以及民俗意象和其他相关概念之间的区别。通过梳理这些核心概念，以说明其在本书中的具体含义。

（一）关于民俗

历史上人们对民俗的概念有不同的狭义理解，大致有四种：文化遗留物说、精神文化说、民间文学说、传统文化说。本书中的民俗是广义的民俗。1846 年英国的汤姆斯（W. J. Thomas）创造了"folk-lore"这一合成词，取代了在此之前拉丁语中"民众遗留物"即某种古代遗留物的说法。在历史发展的过程中，英、德、美以及中欧的人类学家使这一概念不断得到完善。民俗的主体由 19 世纪 40 年代英国民俗学界的"保持着旧时态度及旧风俗的那一部分人，亦即农民、乡下人"转变为 19 世纪末德国民俗学界所认为的"纯洁而率直的大众人群"。发展到 20 世纪中叶时，美国民俗学家将民俗主体称为"乡下团体""农民社会""最富保守性的那部分人"。[①]

20 世纪 50 年代两位重要的美国学者为民俗主体注入了"群体"概念，并启发了美国著名的民俗学家阿兰·邓迪斯（Alan Dundes，1934—2005）的民俗学研究。第一位是美国著名的人类学家、民俗学家罗伯特·雷德菲尔德（Robert Redfield，1897—1958），主要从事民间社会和城市社会关系中的社会文化变迁研究。他针对普泛化的"民间"（the folk）概念，认为民（folk）是基于一定的社会群体的，是具有同质性的（homogenous）。[②]第二位是美国民俗学家和教育家理查德·默塞尔·多尔逊（Richard Mercer Dorson，1916—1981）。他主张用历史的研究方法来研究民俗的起

---

① 乌丙安.民俗学原理 [M].沈阳：辽宁教育出版社，2001：33.

② 他最后的一部著作《乡民社会与文化》（*Peasant Society and Culture*，1956）一书，总结了其后对学界影响深远，同时也是争议颇多的理论原则，即他提出的"小传统"（little tradition）与"大传统"（great tradition）的二元分析框架，"用以说明在较复杂的文明之中所存在的两个不同层次的文化传统。所谓大传统是指一个社会里上层的士绅、知识分子所代表的文化，这多半是经由思想家、宗教家反省深思所产生的精英文化（refined culture）；而相对的，小传统则是指一般社会大众，特别是乡民或俗民所代表的生活文化。这两个不同层次的传统虽各有不同，但却是共同存在而相互影响，相为互动的"。雷德菲尔德认为自己这一组大小传统的观念最适于研究古老的文明社会，如印度、伊斯兰和中国社会。此外，他还将大小传统分别称为"高文化""低文化"及"学者文化""通俗文化"等。可参阅：朝戈金，巴莫曲布嫫.民俗学术语钩沉——迈克尔·欧文·琼斯教授访谈录之二 [J].民间文化论坛，2005（3）：85-95.

源和发展，从边民、移民、地区、族群、大众传播等角度构架了"美国民间文化学说"（theory of American folk culture）。^① 阿兰·邓迪斯吸纳了多尔逊关于"folk"的定义框架发表了《美国的民俗概念》（1966）^②一文，并进一步提出共同的宗教、职业、语言等都可以作为界定任何一个民间群体的基石。在此之前，邓迪斯在其他的成果中也提到过"群体"的概念，他说："不管因何种原因组成的群体，都有一些他们自己的传统。……群体中的某一个成员……会懂得属于这一群体的共同核心传统，这些传统使该群体有一种集体一致的感觉。"从而强调了群体必须有"属于自己的传统"这一要素。^③

对于民俗主体的特点，中国学者也关注到了民俗的"集体性"或"群体性"特征。比如，张紫晨《中国民俗与民俗学》（1985）^④ 中的"民族性"、陶立璠《民俗学概论》（1987）^⑤ 中的"社会性和集体性"、陈勤建《当代中国民俗学》（1988）^⑥ 中的"民众群体"、钟敬文《民俗文化学发凡》（1992）^⑦ 和《民俗学概论》（1998）^⑧ 中的"集体性"、董晓萍《民俗学导游》（1995）^⑨ 中的"集体性"、陈华文《民俗文化学》（2014）中的"群体性"。

19 世纪 70 年代至 90 年代初，英（1878）、美（1888）、德（1891）等国

---

① 朝戈金，巴莫曲布嫫.民俗学术语钩沉——迈克尔·欧文·琼斯教授访谈录之二 [J].民间文化论坛，2005（3）：85-95.

② Dundes A. The American concept of folklore[J]. Journal of the Folklore Institute, 1966 (3):226.

③ 阿兰·邓迪斯.世界民俗学 [M].陈建宪，等译.上海：上海文艺出版社，1990.邹明华，高丙中.谁是"民"，什么是"俗" [J].民间文化，2000（2）：43-46.转引自乌丙安.民俗学原理 [M].沈阳：辽宁教育出版社，2001：36-37.

④ 张紫晨.中国民俗与民俗学 [M].杭州：浙江人民出版社，1985.

⑤ 陶立璠.民俗学概论 [M].北京：中央民族学院出版社，1987.

⑥ 陈勤建.当代中国民俗学 [M].上海：上海文艺出版社，1988.

⑦ 钟敬文.民俗文化学发凡 [J].北京师范大学学报（社会科学版），1992（5）：1-13.

⑧ 钟敬文.民俗学概论 [M].上海：上海文艺出版社，1998.

⑨ 董晓萍.民俗学导游 [M].北京：中国工人出版社，1995.

先后成立了民俗协会（Folk-lore Society），促进了国际民俗学研究。①1987 年，北欧民俗学家委员会给出了一个比较全面的"民俗"的定义："民俗是群体或个体基于传统、具有群众导向的创造物，作为文化和社会身份的合适表达方式反映了群体的期望；借助模仿或其他途径，其标准和价值观口口相传。其形式包括语言、文化、音乐、舞蹈、游戏、神话、仪礼、手工艺品、建筑和其他艺术。"（邓迪斯，1990：31）这一定义包含了以下几点重要信息：第一，民俗的主体既包括群体也包括个体；第二，民俗的基础是传统文化，也就是说民俗不是瞬间或短时间生成的，而是代代因袭的生活经验；第三，民俗传播的主要途径是口头叙述。

我国学者乌丙安根据美国学派的论点提出民俗的主体需具备三个要点："folk 存在于全民之中，代表大多数人们的文化特色；负载所有民俗文化；不仅包括普通人，也包括表现了民俗文化特色的典型人物。……它可以是群体社会，也可以是俗民中的个体，界定俗民属性，放在首位的是他的文化代表特色，只要他在一定程度上融入民俗文化，就可能属于俗民的一员。"（2001：35）这一论述强调了民俗中特色文化对民俗主体的决定性作用。而钟敬文在《民俗学概论》（1998）中提到的"生活文化"将民俗的特点向前推进了一步。他认为，民俗指的就是民间的风俗习惯，指一个国家或民族中广大民众在长期的历史生活过程中所创造、享用并传承的物质生活与精神生活文化。钟敬文的这一说法得到一些学者的认同和进一步阐释。民俗学专家陈连山教授（2004）认为：

> 钟敬文主编的《民俗学概论》用"生活文化"来概括民俗文化的性质是比较准确的。但是，我觉得它还不够深入。因为它对生活文化的意义阐释不够，它没有回答这种文化的实际价值，民俗文化依然处于精英

---

① Amy G S, Holtorf C J. Archeology and folklore[M].London and New York: Routledge,1999:7; A Dundes. Interpreting folklore[M]. Bloomington: Indiana University Press, 1980:1-2; Dorson R M. The British folklorists[M]. Chicago: The University of Chicago Press, 1968. 转引自：陈珍 . 民俗学视域下的哈代小说研究 [D]. 西安：陕西师范大学，2014：1.

文化的下面。……民俗文化还存在一个更加重要的性质没有得到说明，那就是它作为一种"业已实现的文化"的性质。文化在功能上是一种价值体系，它满足人与自然、人与人、人与自我交流的需要。所谓"业已实现的文化"，就是指那些能够充分实现以上三种基本功能的文化。这是真正的文化。①

在这里，陈连山教授强调了民俗是人们日常生活化的文化的基本属性。

关于民俗的分类，中外学者给出了不同的答案。英国民俗学会 1890 年出版的由高姆（G.L.Gomme）主编的《民俗学概论》（*Handbook of Folklore*）将民俗分为四类：观念和迷信的信仰、旧传的风俗、旧传的叙事谈和民间成语；英国民俗学家班尼（Burne）将民俗分为三类：信仰和行为，习惯，"故事、歌谣和谚语"；法国民俗学者桑狄夫也坚持三分法：物质生活、精神生活和社会生活。② 曹革成则将信仰、经济、社会、人生、岁时、审美等民俗事象归纳为三大类：观念民俗、物质民俗和行为民俗。其中，观念民俗包括原始信仰、祭祀、巫术、禁忌等民俗活动，统称为信仰民俗。③ 而钟敬文则在综合中外研究的基础上将民俗分为物质民俗、社会民俗、精神民俗和语言民俗四个部分，其中物质民俗包括生产、商贸、饮食、服饰、居住、保健医药等民俗，社会民俗包括社会组织、社会制度如习惯法、岁时节日、民间娱乐等民俗，精神民俗包括民间信仰、民间巫术、民间艺术等，语言民俗包括谚语、谜语、歇后语和神话、民间传说、民间歌谣等。④ 这也是当前较为权威的分类方法。

为了论述的便利，参照钟敬文对民俗事象的分类，将林宝音小说中的民间信仰、文化禁忌、巫术迷信归入精神民俗；将仪礼习俗、岁时节日归入社会民俗；将民间传说、民间歌谣、习惯用语归入语言民俗；而将保健医药、起居服饰纳入物质民俗的研究范畴。但有时相同的民俗事象的属类也有交叉，比如小说中关于天神和女神的传说既涉及精神民俗，也涉及语言民俗。书中

---

① 陈连山.中国民俗学未来发展的三个基本问题 [J].民间文化论坛，2004（6）：8-12.
② 陶立璠.民俗学 [M].北京：学苑出版社，2003：52-55.
③ 曹革成.中华民俗文化 [M].北京：首都师范大学出版社，1994：2.
④ 钟敬文.民俗学概论 [M].上海：上海文艺出版社，1998：5.

将会进一步说明。

（二）关于林宝音小说中涉及的民俗主体及其民俗文化特征

斯农平措指出："阐述民俗文化的规律、揭示民俗文化的性质，都不能离开其主体，民俗文化及其主体是同一事物的两方面。……民俗文化的意义不仅在于自身，更在于其与主体间的关系，……只有与主体结合起来考察，才能揭示民俗文化完整的含义。"[①] 林宝音小说中的民俗主体是新加坡和马来西亚当地的华人移民及其后裔。

澳大利亚学者杨进发（Yong，1981）[②] 第一次使用 Ethnic Chinese 一词来指称"海外华人"，后被东南亚学者广泛采用；陈志明主张用 Ethnic Chinese 或 Chinese Overseas 来指称"华人族群"，即持不同国籍的非中国居民。而 Overseas Chinese 指的是"华侨"，即生活在海外的中国居民。著名华人研究学者王庚武（1991）则使用"Chinese Overseas"指称"海外华人"。[③] 多数西方学者沿用"Overseas Chinese"或"Chinese in diaspora"来指称海外华人。陈志明则偏向使用 Ethnic Chinese 或 Chinese in diaspora 或 people of Chinese descent（华裔）来指称广义的海外华人。之所以这样表达，陈志明认为："海外华人并非视中国为祖国，但他们具有华人血统，仍视自己为华人的族群。"因此，陈志明将在民族文化领域内展开的全球华人社群研究称为华人民族学文化圈（Chinese Ethnological Field）。（2012：2）

在新马两地，关于"华人"的英文说法主要包括：Peranakan（土生华人），Straits Chinese or Straits-born Chinese（海峡华人或海峡出生华人），Baba（峇峇），Nyonya（娘惹）等。虽然马来语中的"Peranakan"一词指的是"子宫；

---

① 斯农平措. 重构民俗学基础理论 [J]. 西南民族学院学报（哲学社会科学版），1998（6）：13-16.

② Yong C F. Ethnic Chinese in Southeast China[J]. Special Issue of Journal of Southeast Asian Studies, 1981(1). 载 陈志明. 迁徙、家乡与认同——文化比较视野下的海外华人研究 [M]. 段颖，巫达，译. 北京：商务印书馆，2012：1.

③ Wang G W. China and the Chinese overseas[M]. Singapore: Times Academic Press, 1991. 载 陈志明. 迁徙、家乡与认同——文化比较视野下的海外华人研究 [M]. 段颖，巫达，译. 北京：商务印书馆，2012：2.

当地出生的人或土著；土著与外地人的后代"等三个含义，^① 但是在新加坡和马来西亚，"Peranakan"已经成为"当地土生华人"的代名词。^② 而"海峡华人"这一说法则是和英国的殖民历史有关。1826 年，英国将槟城、马六甲和新加坡合并统称为"海峡殖民地"（Straits Settlements），故而当地的土生华人也被称为"海峡华人"或"海峡出生华人"。而"Baba"（峇峇）既可以指男性土生华人，也可统指土生华人；"Nyonya"（娘惹）则用来称呼女性土生华人。^③ 陈志明说："在槟城和新加坡的海峡华人也被称为峇峇。"（2012：34）沃恩（Vaughan，1974）认为："在海峡出生的华人被称为峇峇是为了区分他们和那些来自中国的华人。"^④ 熊豪燊（Yong Haur Shen，2012）认为"海峡华人"和"海峡出生华人"带有浓厚的历史、地理与政治色彩，是英国殖民时期的产物，应该专指海峡殖民时期出生的本土华人。^⑤ 当前学术界仍然在使用"海峡华人"一词，主要是与"传统华人"区分开来，与传统华人认同中国文化、坚持以华语为母语不同，海峡华人泛指那些以英语为母语的本土华人，比如新加坡国父李光耀就是海峡华人的代表。本选题的研究对象林宝音从小接受英语教育，不会说华语，因此也是海峡华人。^⑥ 作为海峡华人作家，林宝音在小说中敏锐地捕捉到了新加坡传统华人和海峡华人之间的价值冲突，并

---

① Tan C B. Intermarriage and the Chinese peranakan in southeast Asia. In: Leo S. Peranakan Chinese in a Globalizing Southeast Asia: The Cases of Singapore, Malaysia and Indonesia[M]. Singapore: Chinese Heritage Centre and Baba House, 2010:32.

② Leo S. Peranakan Chinese identities in Singapore and Malaysia: A re-examination[M]// Leo S. Ethnic Chinese in Singapore and Malaysia: A Dialogue between Tradition and Modernity. Singapore: Times Academic Press, 2002:70.

③ 林玉钻 . 峇峇文化之旅 [M]. 新加坡：亚太出版社，2004：2.

④ Vaughan J D. The Manners and Customs of the Chinese in the Straits Settlements[M]. Singapore: Oxford University Press, 1974:2.

⑤ 熊豪燊 . 新加坡土生华人：从土生华人组织和非土生华人的视角探析 [D]. 新加坡：新加坡南洋理工大学，2012：7.

⑥ Keong N J K. A history of the Anglophone Straits Chinese and their literature. In: Quayum M A. Sharing Borders: Studies in Contemporary Singaporean-Malaysian Literature. Writing Asia: The Literatures in Englishes[M]. Singapore: Singapore National Library Board and Singapore National Arts Council, 2009:50.

通过民俗叙事的手法将其淋漓尽致地展现在读者面前。

新加坡华人的移民史和文化地理空间既受到当地语境的制约，又影响了当地的民俗。新加坡华人的民俗文化是随华人移民而来、并与当地文化融合之后的产物。新加坡是一个多民族国家，华人为新加坡的民族主体。"二战"前的华人移民主要来自中国闽粤两地，他们把中国的民间传统习俗和信仰带到新加坡，并借助华人群体的方言而保存下来，成为新加坡华人文化的"小传统"。同时，新加坡华人也通过华文源流教育而保存了由中国文学、哲学、历史和艺术等构成的华人文化的"大传统"。① 马来亚大学中国研究所的郑良树（Tay Lian-soo）教授在《华人文化史论丛（卷一）》中谈到 19 世纪中叶的东南亚特别是马来西亚和新加坡华人华侨的发展历史时说：

> 随着华人的大量涌入，部分的中华文化也跟着远播到这个区域来。……华人开始播迁到这块荒蛮之地时，首先是祈求自己生命得以保存，于是，对于大部分没有受教育的农工商来说，将家乡固有的神祇南携而来，似乎是必然的，而且，又是最方便的。……（在马来西亚和新加坡）寺庙林立，似乎是华人社会的一大特色。②

随着人们文化意识的不断加强，19 世纪末到 20 世纪初，华文学校的设立和华文报刊的创办发行为推广中华文化作出了积极的贡献。另外，20 世纪初到 20 世纪中叶，民族主义运动的思想在新马华人中掀起了一波又一波文化认同的浪潮，一些政治性质的团体和组织纷纷建立，呼吁和倡导中华民族意识。而英国的殖民政策是造成传统华人和海峡华人文化认同出现分野的直接原因。英国殖民政府所推行的"分而治之"和"间接统治"的文化殖民政策使华裔族群内部的文化样态和人们的文化心理受到极大地冲击而开始出现文化的分化，华裔对于母国文化的认同开始受到挑战。当新、马两地取得独立后，经

---

① 郭振羽. 新加坡的语言与社会 [M]. 台北：正中书局，1985：141. 转引自：郭惠芬. 从文学视角看当代新加坡华人的文化与社会变迁 [J]. 世界民族，2010（1）：61.
② 郑良树. 华人文化史论丛（卷一）[M]. 新加坡：新加坡南洋学会，1982：4-5.

济发展的现实需求、后殖民主义和西方霸权主义的影响又使他们的政策偏向了西方文化。华裔在异质文化的冲突和混合中表现出一种对自身文化身份的困惑，他们对华人传统民俗文化的不同态度很好地反映了这一点。

（三）关于民俗意象与文艺民俗学批评

西方学界将 20 世纪 60 年代诞生于法国、70—80 年代发展旺盛的结构主义叙事学视为"经典叙事学"，并将 80 年代中期诞生于北美、90 年代以来发展旺盛的"语境主义叙事学"视为"后经典叙事学"。后者的特点是关注语境和读者，注重跨学科研究等。在《叙事学辞典》（*University of Nebraska Press*，1987）中，普林斯（Gerald Prince）将 "narratology" 定义为：（1）受结构主义影响而产生的有关叙事作品的理论。"Narratology" 研究不同媒介的叙事作品的性质、形式和运作规律，以及叙事作品的生产者和接受者的叙事能力。探讨的层次包括"故事"与"叙述"和两者之间的关系。（2）将叙事作品作为对故事事件的文字表达来研究（以热奈特为代表）。在这一有限的意义上，"narratology" 无视故事本身，而聚焦于叙述话语。[1] 西方叙事学理论往往按照 1966 年法国叙事学家托多罗夫的划分将叙事作品中"所表达的对象"和"表达方式"两个层次用"故事"和"话语"（discourse）来指代。故事层面包括情节 [2]、人物、背景等，涉及"叙述了什么"。"话语"包括叙述形式和技巧，

---

① 申丹. 英美小说叙事理论研究 [M]. 北京：北京大学出版社，2005：1.

② 19 世纪时，欧洲的评论家将"情节"视为小说艺术评价的一个重要因素。20 世纪初，俄国形式主义学者什克洛夫斯基和艾亨鲍姆提出将叙事作品分为"故事"和"情节"两个层次。这里的"故事"是指"按时间、因果关系排列的事件"，而"情节"指"对素材的艺术处理或形式上的加工"。1966 年，法国结构主义叙事学家托多罗夫（Todorov）提出"故事"与"话语"的两分法。结构主义叙事学将情节归入"话语"这一层次，认为情节"是在话语这个层面上对故事事件的重新组合"。（申丹. 叙述学与小说文体学研究 [M]. 北京：北京大学出版社，1998：34.）也就是说，事件的安排是通过"话语"来实现的，故事中的各个事件通过话语、表现形式而成为"情节"，"情节即言说出来的故事"。（Chatman S. Story and discourse: Narrative structure in fiction and film[M]. New York: Cornell University Press, 1978. 转引自：阎嘉. 文学理论精粹读本——方向标读本文丛 [M]. 北京：中国人民大学出版社，2006：13.）将"情节"定义为"事件的安排"并不是起源于结构主义叙事学，而是可以追溯至亚里士多德的《诗学》。亚里士多德将情节分

涉及"怎样论述"，关注叙述者和故事的关系、时间安排、观察故事的角度

为"人物"和"行动"两个方面，"情节是行动的模仿"，并将"完整性"作为组织情节的基本原则。（亚里士多德. 诗学 [M]. 罗念生，译. 北京：人民大学出版社，2000：20-29.）在亚里士多德之后的很长时间，人们都将情节视为故事的一部分，特罗洛普（Trollope，1959）、康普顿－贝尼特（Compton-Burnett，1959）、罗伯特兄弟（Robert Scholes S，Robert K，1966）等学者深受亚里士多德"情节观"的影响。（Trollope A. An autobiography, novelist on the novel. Allot M. London: Routledge & Kegan Paul, 1959:247；Burnett I C. A conversation between I. Compton-Burnett and M. Jourdian. Novelist on the Novel[M]. Mirian M A. London: Routledge & Kegan Paul, 1959:249；Scholes R & Kellogg R. The Nature of narrative[M]. Oxford: Oxford University Press, 1966:208.）声称站在亚里士多德对立面的福斯特（1974）在《小说面面观》中强调了"故事"的重要性，故事是"作者按时间先后顺序对事件作出的安排"，而情节是"对事件进行的叙述，但它侧重于因果关系"。（Forster E M. Aspects of the Novel[M]. London：Hodder & Stoughton，1974.）"情节与故事不同，故事可以成为情节的基础，而情节则是小说的一种较高层次的结构。"（福斯特. 小说面面观 [M]. 朱乃长，译. 北京：中国对外翻译出版公司，2002：69.）但这一解释带来了概念上的混乱。而诺里斯（1976）认为："小说家的任务绝对不仅仅是讲故事，而是要对故事进行编排，建构'结构'。"（申丹，2005：187）按照彼得布鲁克斯（1984）的观点，情节"以互相连接和（作者）意图为要领"，并由此探究叙事作品中各要素之间的关系，因为"谈论情节意味着同时考虑故事成分及其安排"。（Brooks P. Reading for the plot: Design and intention in narrative[M]. Oxford: Clarendon Press，1984:5,13. 转引自：申丹，王丽亚. 西方叙事学：经典与后经典 [M]. 北京：北京大学出版社，2010：140.）传统小说研究注重情节的"完整性""曲折性"和"紧凑性"。"完整性"指情节的发展通常采用"开端—发展—高潮—结局"的结构模式，情节的安排遵循时间的线性流程；曲折性是指情节的发展讲究跌宕起伏，一波未平一波又起。情节的选择着眼于生活中的矛盾冲突，让人物、事件在动态中激荡变化，"极摹人情世态之歧，备写悲欢离合之致"。见：黄霖，韩同文. 中国历代小说论著选（上）[M]. 南昌：江西人民出版社，2000：270. 紧凑性是指情节的设置不仅要求波澜起伏，而且讲究一环扣一环，环环相扣。见：吴斌卡. 略谈小说情节的淡化 [J]. 小说评论，2008（5）：156-159. 华莱士·马丁认为："情节分析是叙事理论的比较解剖学：它向我们展示了相似故事所共有的结构特征。"（华莱士·马丁. 当代叙事学 [M]. 伍晓明，译. 北京：北京大学出版社，2005：101.）本书主要探讨的是民俗作为题材进入作品后对小说情节结构的影响。当前学术界将这一领域的研究称为"民俗叙事的情节化"。所谓"民俗叙事的情节化"，指的是将民俗按一定的关系（时间关系与因果关系）纳入先后推进的情节线索链之中，使其成为情节的有机组成部分和基本环节。见：罗宗宇，刘鹏娟. 论沈从文

等。① 但总体来说，故事叙事往往关涉三个方面："谁在说""说什么"和"怎样说"，分别对应叙事学中的"视点""事件"和"结构"。②

美国新批评派的韦勒克和沃伦说：

> 倘若研究者只是想当然地把文学单纯当作生活的一面镜子，生活的一种翻版，或把文学当作一种社会文献，这类研究似乎就没有什么价值。只有当我们了解所研究的小说家的艺术手法，并且能够具体地而不是空泛地说明作品中的生活画面与其所反映的社会现实是什么关系，这样的研究才有意义。③

在小说叙事中，意象承担了重要角色，可为故事发展提供线索、帮助塑造人物形象和透视人物心理、暗示或隐喻小说主题、渲染故事氛围。从叙事学的视角来看，小说中的"意象"涉及"怎样说"也就是小说的"结构"问题。杨义（1997）肯定了意象在小说叙事中的作用，提出了"意象叙事"的概念。他认为"象内含意，意为象心，二者有若灵魂和躯壳，结合而成生命体，这就是……叙事意象，或意象叙事"。④ 换言之，当作者所创造的意象与小说中的故事叙事有机结合在一起，并与作者的创作意图相合，那么作者的这种叙事方式就可被称为"意象叙事"。意象叙事探讨的是文本中的意象和故

小说对民俗的叙事建构 [J]. 西南民族大学学报（人文社科版），2007（11）：111-133. 它"不仅是叙述的基本单位，而且是因果链中的基本环节"，"是叙述中的将能开花结果的种子"。（赵毅衡．当说者被说的时候 [M]. 北京：中国人民大学出版社，1998：178.）民俗事象在小说中的作用不仅体现在作品的表层结构上，而且还深入小说的内在机理，形成作品不可分割的一部分。同时，也扮演着推动小说情节发展的关键因素的角色。

① 申丹，王丽亚．西方叙事学：经典与后经典 [M]. 北京：北京大学出版社，2010：1-5.
② 王建仓．中国现代乡土文学的境界叙事和意象叙事 [D]. 西安：陕西师范大学，2009：44.
③ 勒内·韦勒克，奥斯汀·沃伦．文学理论 [M]. 刘象愚，译．南京：江苏教育出版社，2005：104.
④ 杨义．中国叙事学 [M]. 北京：人民文学出版社，1997：268.

事叙事之间的内在联系。吴智斌（2010）认为"意象叙事"强调了"意象"作为"叙事参与者"的角色，"从而使其所涉及的意义指向了一个观念域，最终生成为一种虚象或一种'类'的隐喻。"① 简而言之，就是作者用"意象"去推动叙事发展，意象在叙事活动中起着"维合、转折、推波助澜、导向结局、制造某种情境、暗示某种意义的作用，用意象去叙事就是推动叙事发展。"② 小说中的"意象叙事"将"意象"的诗学和美学范畴融会贯通，有利于"实现小说的叙事境界。"③ 本书中所谓的"叙事性"，一是指民俗意象本身即是在向读者"叙述"，传递信息；二是指这些民俗意象在整个故事的叙事体系或脉络中扮演着重要的角色，是引发故事叙事的"契机"、点明文本意蕴的"文眼"、表征作者意图的"节点"、调控故事叙事脉络的"机关"。如果没有这些民俗意象，那么小说叙事的起承转合就很难达到理想的效果。

中外学者一致认为"意象"与作者的主观情感和意图相关。苏珊·朗格（Susanne K. Langer）从符号美学的视角对"意象"的生成论述说："艺术品作为一个整体来说，就是情感的意象。对于这种意象，我们可以称之为艺术符号。……每一门艺术都有自己的基本幻想，这种幻想不是艺术家从现实世界中得到的，也不是人们在日常生活中使用的，而是被艺术家创造出来的。"④ 从而强调了艺术家的主观创造性。我国学者郁沅和吴晟将"意象"与"表象"区分开来。郁沅（1986）认为，"所谓'意象'，它不是事物表象的简单再现和综合，它已经融入了作家的思想情感、创作意图等主观因素。"⑤ 吴晟（2000）认为："艺术家头脑中的'意象'是融注了艺术家情感、思考的新的表象，是现实生活知识、经验中表象的变异，是富于创造并高于表象的艺术成果。"⑥

从叙事学的角度来看，文学中的"意象"研究属于"话语"研究的范畴，

---

① 吴智斌. 先锋作家的意象化叙事策略：基于苏童小说的考察 [J]. 社科纵横，2010（3）：72.
② 刘锋杰. 张爱玲的意象叙事 [J]. 合肥师范学院学报，2013（4）：2-9.
③ 金转. 金仁顺小说意象叙事研究 [D]. 合肥：安徽大学，2016：5.
④ 苏珊·朗格. 艺术问题 [M]. 北京：中国社会科学出版社，1983：129.
⑤ 郁沅. 中国古典美学初编 [M]. 武汉：长江文艺出版社，1986：198.
⑥ 吴晟. 中国意象诗探索 [M]. 广州：中山大学出版社，2000：17.

涉及"怎么说"的问题。[①] 在小说叙事中，意象往往承担着揭示主题、刻画人物、推动情节的重要任务。小说中的意象是作者创作意图的心理投射物，往往被注入丰富的象征和隐喻意义。我国叙事学专家杨义（1997）先生首倡"意象叙事"的概念。[②] 吴智斌（2010）也认为："所谓意象化叙事，即是一种实物虚化或类化叙事。具体说来，就是在叙事过程中，借助一定的技巧与手段，充分利用特定形象、物象和景观所形成的表现力，将一些日常生活空间及其中的人、物、事等灌注符合自己叙事意图的情绪参与小说叙事，使之演变成一种特殊身份的叙事参与者，从而使其所指涉及的意义指向了一个观念域，最终生成为一种虚象或一种'类'的隐喻。"[③] 熊明的《唐人小说与民俗意象研究》（2015）[④] 探讨了民俗意象在唐人小说中的形成、演变及其社会文化心理背景，并进一步分析了在小说人物塑造、情节建构、主题表达方面民俗意象的叙事功能及其审美价值。而最具开创性和启发性的著作当属马明奎在2016年出版的《多民族文学意象的叙事性研究》[⑤]，书中他将东西方的意象理论与叙事原理打通融汇，构建了文学意象研究的理论体系，为文学中民俗意象的研究开拓了新的视域。

根据以上研究，本书认为文学中的"民俗意象"是指作者将思想情感和创作意图投射在民俗文化上，使其超越表象成为一种"文学性意象"。对小说而言，民俗意象是为小说叙事服务的，民俗被作者赋予了各种不同的叙事功能，在完成小说的艺术建构方面起着不可或缺的作用，同时也影响着小说的审美品格和读者的接受度。小说中的民俗意象往往是故事叙事的"契机"、文

---

① 1966年法国叙事学家托多罗夫将叙事作品中"所表达的对象"和"表达方式"两个层次用"故事"和"话语"（discourse）来指代。故事层面涉及"叙述了什么"，包括情节、人物、背景等，而"话语"涉及"怎样论述"，包括叙述形式和技巧，主要关注叙述者和故事的关系、时间安排、观察故事的角度等。（申丹，王丽亚.西方叙事学：经典与后经典[M].北京：北京大学出版社，2010：1-5.）

② 杨义.中国叙事学[M].北京人民文学出版社，1997：268.

③ 吴智斌.先锋作家的意象化叙事策略：基于苏童小说的考察[J].社科纵横，2010（3）：71-73.

④ 熊明.唐人小说与民俗意象研究[M].上海：上海古籍出版社，2015。

⑤ 马明奎.多民族文学意象的叙事性研究[M].北京：中国社会科学出版社，2016.

本中的"文眼"、作者的意图表征、故事的叙事脉络。总之，民俗意象是连接"世界""作者""作品"和"读者"的一座桥梁。本书使用"民俗意象"这一概念，旨在把小说中的民俗作为一种意象符号，聚焦文本中的民俗意象和叙事之间的内在联系，追溯其背后的价值判断和审美意识，探讨蕴含在"民俗意象"内外的哲思和韵味。

民俗意象不同于"民俗叙事"。王嘉良认为民俗叙事"侧重从民俗与文艺审美之间的关系入手，挖掘民俗、民情、风习、世态中的审美因子，将其融于创作，着力于营构富有诗意的民俗风情画。"[1]王嘉良在这里所说的"民俗叙事"与20世纪80年代逐渐成为显学的文艺民俗学的研究对象相符。文艺民俗学的发轫和完善是在诸位专家努力的基础上完成的。钟敬文先生的《〈民俗学与民间文学〉：1979年7月在北京师大暑期民间文学讲习班上的讲话》《〈民俗学与古典文学〉：答〈文史知识〉编辑部同志访问的谈话记录》（1985）两篇文章对文艺民俗学的概念进行了阐发，提出"人的文化存在"是"以民俗文化为核心基础结构的存在"的全新人学观。另外，林骧华主编的《文艺新学科新方法手册》（1987）[2]、宋德胤的《文艺民俗学》（1991）[3]、陈勤建的《文艺民俗学导论》（1991）[4]、秦耕的《文艺民俗学》（1993）[5]对文艺民俗学的发展和完善作出了重要贡献。这些学者共同关注到了民俗学和文艺学这两个学科的交叉点，即人的社会属性。"民俗因人而存在。"[6]"文艺学以人为自己的主要描写对象，民俗学则以人的民俗为自己的研究对象，文艺要描写人，离开了人的民俗，人物形象就欠准确、真实和生动。"[7]

在文艺民俗学理论体系不断完善的基础上，一些学者提出了"民俗文化小

---

[1] 王嘉良.眷顾与批判：民俗叙事的两重视角与两种姿态——民俗文化视域中的现代中国文学 [J].河北学刊，2011（1）：91-95.

[2] 林骧华.文艺新学科新方法手册 [M].上海：上海文艺出版社，1987.

[3] 宋德胤.文艺民俗学 [M].哈尔滨：北方文艺出版社，1991.

[4] 陈勤建.文艺民俗学导论 [M].上海：上海文艺出版社，1991.

[5] 秦耕.文艺民俗学 [M].合肥：安徽出版社出版，1993.

[6] 陈勤建.中国民俗学 [M].上海：华东师范大学出版社，2007：22.

[7] 沈梅丽，陈勤建.文艺民俗学：近三十年交叉研究走向 [J].文艺理论研究，2014（4）：85-91.

说"和"民俗小说"的概念，使相关领域的研究又迈进了一步。赵德利在《民俗文化小说审美功能论——以 20 世纪中国小说为例》（2006）一文中探讨了民俗文化和小说叙事之间的关系及其审美意义，提出了"民俗文化小说"的概念：

> 民俗文化小说是对那些以恒稳的民俗事象为主要题材的小说所做的称谓。……民俗不仅作为创作素材被感受和认知，而且作为刻画人物性格、揭示人物心态、表现人类情感的"形式"，彻底审美情感化、艺术化了。文艺民俗已经不是原生态的民俗事象，它比之社会生活中的民俗现象更多地融进了作家的思想、情感、审美判断，更能显示人的自由创造力。它集美学的、社会的、心理的、历史的、地域的等诸多因素于一体，已不再是单纯的民俗文化，而与民族文化水乳交融，密不可分。

他还从反面论证说：

> 一些流于民俗物态化生活程式，旨在反映社会生活而描述某些表象化的时尚、风习的小说，是不能归入民俗文化小说之列的。因为它缺乏启唤读者参与作品审美建构的民俗文化语境，缺少与表象层生活相呼应的文本深层结构的预应支撑。[1]

刘涛对"民俗小说"中的创作论问题进行了深入分析，他说：

> 若意识不到民俗的原初意义，若不能明白缩小的民俗依旧可以联系着、感应着此前的民俗含义，那么民俗小说格调肯定不高，品质亦不会好。内涵缩小后的民俗因为缺乏世俗的基础，于是会显得"奇"，因此容易流为猎奇，"民俗小说"于是成为猎奇之作。若民俗本身的厚重、重大和历史感，完全进入不了小说，则民俗只会是符号，只是小说的装饰品

---

[1] 赵德利.民俗文化小说审美功能论——以 20 世纪中国小说为例 [J]. 山西师大学报（社会科学版），2006（9）：66-67.

而已。恰如张艺谋的电影，民俗元素未能与电影情节融洽，民俗在其电影中只是一些外在的符号，意在引人猎奇。[①]

从以上研究成果可以看出，民俗文化小说中的民俗并不是现实生活中民俗在作品中的简单再现，而是融入了作者的主观情感和意图，并与作品的深层叙事结构合而为一。民俗叙事强调的是作品依赖民俗事象来构建叙事网络、促成叙事的完整性，强调的是民俗作为小说叙事手段的功能，而民俗意象强调的则是民俗在小说文本中的存在样态。民俗叙事建立的是民俗和文本叙事之间的内在关联，而民俗意象编码和解码的过程往往涉及"世界""作者""文本"和"读者"四个层面。

当前，一些学者还将小说中的民俗文化进行"民族志"式的研究。民族志式的写作手法就是将关注点放在民俗文化与人类的关系上，其典型特征即"在地性"，其研究对象是文学与人类学、民俗学之间的同构与互动关系，探讨作者是如何将"民俗文化资源成功地转化进作品现实性题材的构建上""民俗资源对于作家有着怎样的意义""民俗与作家主体精神又产生怎样的一种互渗互动关系"等。[②]赵文书（2009）将20世纪90年代以后美国华裔作家的传记性作品称为"民族志"式的叙事，比如张邦梅（Pang-Mei Natasha Chang）的《小脚与西服》（*Bound Feet and Western Dress*，1996）、李健孙的《追随赫本》（*Chasing Hepburn*，2003）继承了华人传记的"民族志"叙述模式，"突出中国文化因素"。赵文书认为华裔文学的文化书写从李恩富《我的中国童年》的"文化民族志"传统演变成了20世纪90年代的"商业化民族志"。在"文化民族志"叙事模式中，文化是具有生活意义的差异符号，而在"商业化民族志"叙事中，文化成为获取经济利益的商业符号。[③]林玉玲把林宝音的小

① 刘涛.俗世中的奇，奇中的俗世——1995年至今十四篇"民俗小说"短评 [J].南方文坛，2012（3）：139-142.

② 于红珍.民俗文化资源与莫言及其文学世界 [D].济南：山东大学，2015：9.

③ 赵文书.和声与变奏——华美文学文化取向的历史嬗变 [M].天津：南开大学出版社，2009：142-143.

说《毒牙》称为"几乎是民族志式的"（almost ethnographic）写作。①

民俗意象不同于民俗事象。民俗事象是民俗学研究的对象，"无明确的目的性"（许建平，2014：15），指的是"与生产、生活、文娱、信仰、制度等相关的各类民俗活动或民俗现象"。② 文学中的民俗事象研究注重挖掘文学中的民俗文化元素，倾向于把文学文本当成反映地域民俗文化的文献来进行研究，研究成果往往注重的是文学中民俗文化的"客观性"。与之相比，文学中的"民俗意象"研究属于文艺民俗学的研究范畴，旨在探讨作者利用民俗文化的"主观性"或"意图"，以及该意象在文本中的叙事功能和带来的审美趣味。"民俗意象"必须要经过作家的筛选、过滤、加工、想象，从而将民俗事象与自己的主观思想或创作意图结合在一起，才能生成。作者的想象与社会语境和作者的知识素养是分不开的。社会语境规约了作者想象的文化范畴。文学作品中的意象描写不只是停留在对客观物象的机械复制和真实感觉的捕捉上，更重要的是饱含着某种丰富的象外之"象"和言外之"义"的审美意蕴。就小说中的"民俗意象"而言，作家从社会语境中撷取民俗作为素材，经过自己的想象与创作目的的结合，从而将民俗文化带入文学文本中生成独特的"文化意象"，这也是作者对素材进行编码的过程。当读者对其进行解读或解码时，民俗意象的使命才算完成。

（四）关于华裔小说中的民俗意象研究

纵观美国华裔文学史，民俗文化成为华裔作家塑造人物形象、推动情节发展、揭示主题的关键。1887年美籍华人李延富（Yan Phon Lee）用英文发表的《我在中国的童年》（*When I Was A Boy in China*）被广泛认为是最早的美国华裔英语文学作品。这部作品描写了华人独特的饮食、服装和礼仪风俗，美国读者往往将其视为社会学或人类学方面的文献资料。③ 雷霆超的《吃碗茶》

---

① Lim S G. Writing south east Asia in English: Against the grain[M]. London: Skoob Books Publishing, 1994:138.

② 陈珍. 民俗事象与哈代小说叙事 [J]. 河北科技大学学报（社会科学版），2017（3）：78-83.

③ Elliott E. Columbian literary history of the United States[M]. New York: Columbia University Press, 1988: 811-812.

被认为是"第一部以不具他国情调的唐人街为其背景的美国华裔小说"①，其中的中国茶文化、华人婚俗、广东方言成为人们解读华人生活的重要文化符号。汤亭亭的小说《女勇士》和《中国佬》（China Men，1980）中对中国的民间故事和历史故事进行了改编。在汤亭亭笔下，花木兰和岳飞的故事被融合在一起，用她的话说就是"用男子的力量去增加女子的力量"。②谭恩美《喜福会》（The Joy Luck Club，1989）中的"月亮仙子""生辰八字""护身符""西天王母"等民间传说和信仰，成为作者搭建小说叙事大厦的重要素材。

目前已有学者主张从"意象"的视角来阐释华裔文学作品，以建构华裔文学"文化性"和"文学性"之间的关联。陈思和（1999）认为华裔文学中的"文化意象"实际上是华裔文学"族裔性"和"文学性"合力诉求的一种结果，他说："这些意象……是以民族自身的血肉经验加入世界格局下的文学诉求，以此形成丰富而多元的世界性文学对话的结果。"③陈涵平和吴奕锜（2006）认为华裔作家的"意象选择为美华文学带来了特定的诗学内涵和文化意义"。他们在文学意象和文化意象概念的基础上，提出华裔文学研究应观照这两种意象的"融合体"，即"文学性的文化意象"。他们认为："这种意象，既不是单纯的文学意象，又不是单纯的文化意象，而是两方面特性融合而成的新型意象。这种既富有艺术特质又具有文化内涵的意象，在美华文学中占有重要位置。……民族印记和历史意蕴的注入，既使美华文学中意象群落的创造具有了某种内在的必然性，又使其意义构成接纳了丰富而深厚的文化内涵。"④

当前专门针对华裔小说中民俗意象的研究成果并不多，希望本书在这一方面能弥补当前研究之不足。

① 萨克文·伯科维奇.剑桥美国文学史（第6卷）[M].张宏杰，译.北京：中央编译出版社，2009：15.转引自：胡贝克.美国华裔文学的文化特征及其时代演进[J].东北师大学报（哲学社会科学版），2016（1）：17-24.
② 汤亭亭.女勇士[M].李剑波，陆承毅，译.桂林：漓江出版社，1998：164.
③ 陈思和.当代中国文学史[M].上海：复旦大学出版社，1999：248.
④ 陈涵平，吴奕锜.美华文学中的文化意象初探[J].暨南学报（哲学社会科学版），2006（1）：68-69.

第一章　林宝音的民俗情结
对其文学创作的影响 ①

　　新加坡作家林宝音 1942 年出生在马来亚吉打州居林区（Kulim）的一个华裔家庭中，父亲是祖籍福建的第三代华侨。深受西方文化影响的父亲看到了接受英语教育的重要性，他坚持把林宝音送到当地的天主学校圣安妮修道院小学（St. Anne's Convent，Malaya）学习，在这里林宝音皈依了天主教。1963 年，林宝音从马来亚大学毕业获得英语语言文学学士学位，并开始了近 30 年的教学生涯。1967 年，林宝音随丈夫移居新加坡。在 1984 年，她和丈夫（George Lim）离婚后，也由一个天主教徒变成一个自由思想者（a free thinker）或者世俗人文主义者（a secular humanist）。1992 年，林宝音辞去教职成为全职作家之后，经常在国际研讨会上发表言论，并频繁出现在新加坡、澳大利亚和欧洲的电台和电视节目中，发表关于新加坡社会问题、中国文化等方面的见解。林宝音的言论直接、大胆，有时也会引起新加坡当局的不满。1994 年，林宝音发表在《海峡时报》上的两篇文章批评新加坡人民行动党和李光耀的执政理念，为她带来了一定的麻烦，这就是轰动一时的"林宝音事件"。②

　　林宝音是一位多产作家。从 1978 年发表第一部小说集至今，她共出版了 7 部长篇小说、11 部短篇小说集、2 部诗集、3 部非虚构作品（详见附录 1）。

　　林宝音在前两部短篇小说集《小小的讽刺：新加坡故事》（*Little Ironies:*

---

① 本章部分内容已发表。可参阅：赵志刚 . 混杂性书写：林宝音小说与新加坡"本土性"[J]. 外国文学评论，2018（4）：153-166.

② Lim C.The great affective divide[N]. Straits Times, 1994-09-03(06)；Lim C. One government, two styles[N]. Sunday Times, 1994-11-20(12).

Stories of Singapore，1978）、《闪电之神的故事和其他》（*Or Else, the Lightning God and Other Stories*，1980）中大胆使用"新加坡式英语"（Singlish）①，为作品注入了本土特色。她的小说以"分析式"（analytical style）和"内省式"（introspection）的写作风格见长。②两年后，她推出了第一部长篇小说《毒牙》（*The Serpent's Tooth*，1982）。林宝音将儿时记忆中的马来亚华人民俗作为素材，通过讲述新加坡本地一个华人家庭中代际间的冲突，隐喻了新加坡社会中传统与现代之间存在的尖锐矛盾。

20 世纪 90 年代到 21 世纪初是林宝音长篇小说创作的巅峰时期。1995 年，她的女性主义代表作《女仆》（*The Bondmaid*，1995）问世，故事围绕从小被卖为奴的女主人公涵的成长经历展开，带领读者回忆了 20 世纪 50 年代新加坡华人的日常生活和精神面貌。因这部小说涉及性描写，新加坡本地的出版社拒绝出版，1995 年，林宝音自建公司将其出版发行。之后，英国的 Orion 和美国的 The Overlook Press 两大出版公司分别在 1997 年和 1998 年出版了这部小说。1998 年，林宝音推出了《女仆》的姊妹篇《泪痣悲情》（The *Teardrop Story Woman*，1998），讲述了 20 世纪 50 年代马来亚一个小镇上的华人女孩玫瑰在多重混杂的情感旋涡中寻找自我的历程。2003 年，林宝音另一部小说《银叶之歌》（*The Song of Silver Frond*, 2003）出版。这是一部女性成长小说（bildungsroman）③，以女主人公银叶的成长历程为主线，讲述了年龄、

---

① 新加坡英语是在新加坡使用的以英语为基础的克里奥尔语（Creole），是不同语言融合的产物。可参阅：张勇先 . 英语发展史 [M]. 北京：外语教学与研究出版社，2014：368-378. 另外，新加坡式英语是相对于新加坡标准英语（Singapore Standard English）而言的，在词汇、语法和读音上都与标准英语存在诸多不同，具有强烈的本土色彩。具体差别可参阅：云惟利 . 新加坡社会和语言 [M]. 新加坡：南洋理工大学中华语言文化中心，1996：171-183.

② Lim Y. Women in bondage: The Stories of Catherine Lim[M]. Singapore: Times Books International, 1999:89.

③ 成长小说，源于德国文学中一种传统的小说类型，以描述主人公成长过程为主题。根据英国学者波尔蒂克（Chris Baldick）的《牛津文学术语词典》中的定义，"成长小说涉及的是个人在性格发展时期的经历，是关于一个笨孩子离开家到社会上寻冒险，经过一番艰难终于获得智慧的传说故事"。（可参阅：波尔蒂克 . 牛津文学术语词典 [M]. 上海：上海教育出版社，2000.）莫迪凯·马科斯（Mordecai

社会地位相差悬殊的男女主人公是如何突破各种社会偏见最终走到一起的。这三部小说中的故事背景都设定在 20 世纪 50 年代的马来亚（新加坡或槟城），都是通过女主人公的成长历程来揭示传统父权制社会对女性的压迫，歌颂女主人公独立的人格精神和不向命运屈服的宝贵品格。在这三部小说中，林宝音运用了大量的民俗事象，包括民谣、民间传说、文化禁忌、民间信仰等，与其他因素一起构建了小说的叙事大厦。

林宝音在文学创作方式上不断推陈出新，成为新加坡第一位创作"网络小说"的作家。2000 年，LycosAsia 公司在其门户网站上推出了林宝音创作的网络小说《爱的寂寞冲动》（*Love's Lonely Impulses*），开创了新加坡文坛一种全新的文学创作模式。在之后的三部作品——《跟错误之神回家》（*Following the Wrong God Home*，2001）、《闰年之恋》（*A Leap of Love: A Novella*，2003）和《司徒老师》（*Miss Seetoh in the World*，2011）中，林宝音将关注的焦点再次转回到新加坡现代社会，集中反映了新加坡现代社会中面临的诸多矛盾，包括代际之间、东西方之间、男女性之间、传统和现代之间的矛盾和冲突，批判了新加坡社会所标榜的"现代性"的虚伪，以传统华人民俗中的"人情味"来对抗现代海峡华人的"无情和冷漠"，同时也流露出身处"东西 / 古今"之间的文化认同焦虑。林宝音是一位有思想的文学家，在她的女性主义小说中，她借女主人公表达了对社会公平和正义的期待、对压迫的反抗和对自由的追求。当前，林宝音的小说被译成多种文字，在法、德、希腊、英、美等国家出版发行。

根据林宝音的 7 部长篇小说中故事发生的背景，可将其分为两大类。第一类是关于 20 世纪 50 年代左右的传统社会小说，主要包括《女仆》《泪痣悲情》和《银叶之歌》，故事主要发生在马来西亚的槟城或者新加坡，这两地都属于海峡殖民地的地理范畴；第二类小说的故事背景则设定在 20 世纪 80 年

Marcus）在《什么是成长小说》（*What Is An Initiation Story*，1969）中指出成长小说就是以叙述人物成长过程为主题的小说，"它通过对一个人或几个人成长经历的叙事，反映出人物的思想和心理从幼稚走向成熟的变化过程"。可参阅：Marcus M. What is an initiation story[M].New York:The Odyssey Press, 1969. 转引自：彭家海，王玫. 从灶神之妻到无忧女神——解读谭恩美成长小说《灶神之妻》[J]. 湖北工业大学学报，2010（6）：167-170.

代以来的新加坡现代社会，包括《毒牙》《跟错误之神回家》《闰年之恋》和《司徒老师》。无论是传统社会小说还是现代社会小说，林宝音都是通过特定的民俗意象来建构小说中的社会文化空间的。《女仆》中一开始就描写了女主人公涵的妈妈每天在家烧香拜神，从而点明了小说中华人的信仰习俗，"以点带面"地创设了独特的文化空间。小说中关于出生、婚礼和葬礼等人生关键节点的礼仪习俗反映了 20 世纪 50 年代新加坡和马来西亚华人社会的精神面貌和文化心理。《泪痣悲情》中的"泪痣"意象、"观音"意象、"雷神"意象、"手镯"意象、"墓地"意象和"寺庙"意象带领读者走进一个具有独特文化氛围的传统华人世界。《银叶之歌》中的"女神"意象、"猴神"意象、"打婆菜"意象与前两部传统社会小说中民俗意象的功能相似。而四部现代社会小说中的"月亮娘娘"意象、"无名神像"意象和"大伯公"意象则把新加坡现代社会中存在的传统和现代之间的冲突展现出来，将新加坡塑造成一个经济发达的国家父权形象，揭露了新加坡政府所鼓吹的现代性的虚伪。《司徒老师》中更是将新加坡的社会现实揭示得淋漓尽致："整个社会都深信神话和魔法的力量，就好像是科技的力量一样。闪光的玻璃钢塔与古代的寺庙、神龛和临时的祭坛交相辉映：能治病的泉水、在树干上的猴王，引得信众纷纷祭拜以求得彩票号码。"[①]林宝音通过带有族裔特色的传统民俗意象，大大拓展了小说中故事的叙事空间，也为小说注入了鲜明的时代感。《泪痣悲情》中婆婆的首饰意象、《毒牙》中安吉拉婆婆的手镯意象和"中式古床"意象、《跟错误之神回家》中的"无名神像"意象，向读者展示了第一代华人移民的艰辛生活。这些表征移民历史的意象在小说中创设了不同的时空，引起故事叙事的"倒叙"，从而将历史和现实交织在一起，增强了小说中的历史文化韵味。

总体来看，林宝音擅长运用民俗素材来结构小说。她对新加坡华裔女性的边缘化处境和顽固的父权制文化传统进行了批评，对新加坡政府所宣称的"现代性"的虚伪进行了无情的讽刺。在 40 多年的文学创作生涯中，林宝音形成并保持了一贯的民俗叙事风格，获得了广泛认可。本章将深入林宝音生活和创作的历史文化语境，解析其民俗情结的成因及对林宝音文学创作的影响。

---

① Lim C. Miss Seetoh in the world[M]. Singapore: Marshall Cavendish Editions, 2011:48.

第一节　口头叙述：林宝音对华人民俗的传承

口头叙述是民俗文化传播的主要形式之一。英国维多利亚时期经典作家哈代（Hardy）的小说以"威塞克斯"地区的民俗著称，而他获得民俗文化的重要渠道之一就是其母亲的亲口讲述。[①]诺贝尔奖得主马尔克斯在谈到对他的文学创作影响最大的人时指出这个人就是自己的外祖母。[②]其他的英国经典作家也深受口头叙述传统的影响，如《红字》（*The Scarlet Letter*，1850）的作者霍桑（Nathaniel Hawthorne，1804—1864）。有学者认为：

> 《红字》不是一本单纯的巫术之书，霍桑在这部小说中对巫术的描述类似《贝奥武夫》和《高文和绿衣骑士》。由此可见，聪明的作家不管是赞成或反对民间信仰，他们都不自觉地利用民间信仰来表达潜在的含义。同样的作品还有《简·爱》和《呼啸山庄》。霍桑受主管巫术审判的大法官哈索恩的影响，同时他自己也阅读了大量的民俗书籍；而夏洛蒂·勃朗特和艾米莉·勃朗特则从佣人艾克罗伊德那里听来了许多民间故事、民歌和民间传统。[③]

一些著名的华裔作家如汤亭亭和谭恩美的小说中也都体现出"口传故事"的传统。汤亭亭的《女勇士》（*The Woman Warrior*）和谭恩美四部小说中的"讲古"都是很好的例证。[④]

在林宝音的小说中，女主人公获得对社会和世界认知的方式是口头叙述。

---

① Hardy R E. Life of Thomas Hardy[M]. Hertfordshire: Wordsworth Editions Limited, 2007:330.

② 马尔克斯·门多萨. 番石植飘香 [M]. 林一安，译. 北京：生活·读书·新知三联书社，1987：72.

③ 桑俊，贺雅琼. 论民俗与文学研究 [J]. 长江大学学报（社会科学版），2012（2）：6.

④ 谭岸青. 女性讲古的新体式——论谭恩美四部小说的叙事策略 [J]. 暨南学报：哲学社会科学版，2004，26（1）：6. 转引自：卫景宜. 跨文化语境中的英美文学与翻译研究 [M]. 广州：暨南大学出版社，2007：48.

《泪痣悲情》中玫瑰的婆婆向她讲述观音的故事；《女仆》中涵的父亲向她讲述天帝的故事；《跟错误之神回家》中尹玲的老仆人向她讲述自己所携带的"无名神像"的故事；《银叶之歌》中说书人讲述的"打婆菜"的传说以及女仆们讲述的各种民间故事，这些都体现了口头叙述的传统。

从林宝音的生长环境来看，口头叙述成为其民俗情结初步养成的基本方式。她特别迷恋人们所讲的各种传说和故事。"天帝司命""生肖禁忌""观音传说"都是林宝音在儿时获得的。① 这些口头传承的故事被林宝音很自然地融入《女仆》《泪痣悲情》《银叶之歌》等小说的故事叙事中，成为小说叙事结构中的关键因素。

林宝音从小生活在一个华裔大家庭中，她在 14 个兄弟姐妹中排行第八。父亲是来自中国福建的第三代华裔，以英语为母语。母亲是一个笃信道教的家庭妇女，擅长讲故事，对林宝音影响很大。林宝音回忆说："我从妈妈那里继承了讲故事的爱好。"（Lim，1989：8）② 林宝音的其他家人和邻居们对她民俗情结的养成也有一定的影响。她从姑姑和祖父母那里听来的奇闻逸事和月亮仙子的故事、从邻居们闲言碎语中记下的传说和故事、从当地烟馆中获得的各种信息，都成为她日后文学创作的重要素材。

另外，当地华族的民间信仰随着移民的大量涌入而逐渐繁盛，呈现出多元混杂的特点。据一些学者研究，在新加坡开埠（1819 年）之前，就已经有华人的庙宇存在，比如海唇福德祠和顺天宫，说明当时华人群落已经初具规模。③ 数据显示，到2010 年时，新加坡华人占到了新加坡总人口的74.1%，"新加坡华人在继承其先祖母国及本土的宗教与信仰传统的同时，也在全球化、一体化浪潮中不断吸收新的宗教信仰成分，呈现出新的发展态势"。④ 林宝音在作品中多次提及（如《泪痣悲情》《司徒老师》等）。

---

① Lim C. An equal joy: reflections on God, death and belonging[M]. Singapore: Marshall Cavendish Editions, 2017:35-43.

② Lim C. O Singapore: Stories in Celebration[M]. Singapore: Horizon Books Pte Ltd, 1989:8.

③ 许原泰. 论新加坡道教信仰的起源 [J]. 宗教学研究，2011（1）：60-63.

④ 沈庆利，叶枝梅. 新加坡华人宗教信仰现状及前景 [J]. 国际研究参考，2015（8）：14-17.

林宝音在华人族群文化语境中的成长经历和深度体验使其小说中的民间信仰呈现出一种写实性的特点。林宝音的道教家庭背景和天主教信仰以及两者间的冲突和融合在她的多部作品中都有反映（如《泪痣悲情》中奥斯丁的父母因宗教信仰而引起的争执），并有效促进了小说的叙事。谈到自己宗教信仰的时候，林宝音说：

> 我是一个糊里糊涂的不可知论者（a confused agnostic），我也不知道自己到底信仰什么。我出生在道教家庭中，一种非常混杂（mishmash）的宗教。我记得曾经去过寺庙，后来在学校里皈依了天主教。但是，现在就所有的有组织的宗教而言，我什么也不信。……我认为在生存理论之下，任何事情都是可以解释的。（当然）你可以使用迷信、宗教来为故事服务。①

新马（新加坡和马来西亚的合称）的多元文化语境塑造了林宝音独特的"双重视界"文化意识。从传统道教信仰到天主教再到达尔文主义，林宝音对东西方宗教的态度经历了巨大转变。道教和天主教为她的心理带来了阴影，总是让她处在一种"恐惧"和"负罪感"之中，最后她勇敢地摆脱了宗教的精神束缚。（Lim，2017：35-43）这也解释了她在小说中进行"消解神性"和"祛除魅惑"的文学实验的原因。她在《女仆》中将"天帝"降格到一个压迫女性的父权权威形象，将勇敢的女主人公与懦弱的"女神"进行身份置换，解构和颠覆了传统父权制文化传统。

林宝音小说中的民俗基本上在她的回忆录和采访中都能追索到现实生活中的原型。《女仆》中的核心民俗意象"天帝"就是来自林宝音妈妈所笃信的道教信仰。《泪痣悲情》中的"泪痣"成为引起小说"情节突转"②、改变人物

---

① Klein R D. Interlogue: studies in Singapore literature: Interviews[M]. Singapore: Ethos Books, 2001:166.

② 叙事结构是由一个个叙事单元组成的"事件序列"，"如果把整个故事看作是一个宏大叙事，那么每一个叙事单元就是微观叙事，或者说是叙事节点"。见：芮渝萍，范谊. 认知发展：成长小说的叙事动力[J]. 外国文学研究，2007（6）：29-35.

命运的关键因素。这一意象是来自当地华人的民间信仰和身边人的故事。贯穿《银叶之歌》始终的"寺庙"意象成为当地华人信仰的一个缩影，同时也是作者构建故事发生、发展的一个主要空间。林宝音回忆说："我记得妈妈带我去寺庙上供（make offerings），供养神圣的寺庙乌龟。"[①] 可见林宝音儿时记忆对其日后文学创作的影响了。《毒牙》中的"脐带护身符"来自妈妈讲述的

情节是小说结构中非常重要的一环。亚里士多德在《诗学》中对悲剧创作进行了理论梳理，并探讨了情节中的"突转"（reversal）和"发现"（recognition）的功能。亚里士多德说，"'突转'指行动按照我们所说的原则转向相反的方面，这种'突转'，并且如我们所说，是按照我们刚才说的方式，即按照可然律或必然律而发生的……'发现'如字义所表示，指从不知到知的转变，使那些处于顺境或逆境的人物发现他们和对方有亲属关系或仇敌关系"。（亚里士多德，2000：28）罗钢解释说："所谓'突转'就是故事的发展突然向相反的方向转化。这种突转使读者在阅读中原先产生的心理预期落空，因而感到惊奇。"（罗钢.叙事学导论 [M].昆明：云南人民出版社，1994：88.）也就是说，"在情节发展过程中，某一剧情突然发生逆转，这一转变虽然符合'可然律或必然律'，但却是剧中人物和观众都未曾预料的，剧中人物发现他们之间的'新'关系，观众也对剧中人物产生新的认识。这样，谜底也就逐步被揭示出来。同时，通过突转和发现，观众在长久的期待之后得到了满足，感情上也经历了一个起伏的过程，这就必然会产生强烈的震撼力！"见：徐蕾.亚里士多德的悲剧情节论 [J].安徽师范大学学报（人文社科版），1999（2）：164-168. 林宝音小说《女仆》中的情节突转也增强了故事的戏剧性。女神由被膜拜的对象，变成了受害者，从而引起情节的初次突转。之后，勇敢无畏的涵变成女神，成为人们争相崇拜的对象，于是引起了情节的再次突转。短篇小说《雷电神》中不孝顺婆婆的儿媳因对"雷电神"传说的笃信而转变了对婆婆的态度；《毒牙》中的子女们因不认同老人们传统的行为方式而对老人不敬，鬼魂回归对他们逐个进行了警示和惩罚，成为他们转变态度的一个重要契机，有效构成了小说中的情节"突转"，从而加强了小说的戏剧性。"泪痣"意象是林宝音在《泪痣悲情》中创设的一个独特的文化意象。这一意象预示了女主人公的悲剧命运，引发了关键情节的突转，成为读者解读小说的一个关键因素。《银叶之歌》中的"法师驱魔"成为故事中女主人公命运的一个转折点，引起了小说中的"情节突转"，是小说叙事中的重要一环。从小说中，我们可以看到，情节突转使人物的命运发生了改变，林宝音由此强调了民俗文化对人物命运的决定性影响，这是对社会文化心理的一种揭示，也暗示了社会文化对民众的"异化"作用。

① Quayum M A. With her glittering eye-an interview with Catherine Lim[J]. Wasafiri, 2006, 21(3):21-26.

故事，被林宝音创造性地用来串联故事情节、揭示代际矛盾和东西方文化冲突。《跟错误之神回家》中老仆人阿成的"无名神像"是小说中的核心意象，达到了对新加坡现代社会"信仰错位"的有力讽刺的效果。《闰年之恋》和《司徒老师》中的"婚恋习俗"无情鞭挞了新加坡现代社会中父权制文化传统对女性追求精神自由的打压，批判了新加坡社会所标榜的"现代性"的虚伪，同时也流露出作者身处"东西／古今"之间的文化认同焦虑。这些从口头传承来的民俗事象，经过作者的加工改造为小说中的故事建构和发展服务，成就了林宝音小说的独特性。

林宝音意识到这些民俗文化肯定与母国文化不同。她在采访时说：

> 祖上的资料几乎找不到了，但是因为我的方言是福建话（Hokkien），我的祖先一定是来自中国南方的福建省。他们在槟城（Penang）定居，可能是农民或者是向往美好生活的底层人。据说，曾祖父是水手，死在大海上。我想我的祖先是那些离散的华人，他们曾经定居在新的家园，从此与他们的祖国信息隔断。……我并没有像其他离散作家在作品中表现出文化的混乱（cultural dislocation）或思念，相反，我所迷恋并成为我的写作背景的华人文化是我童年时在马来西亚接受的福建文化，它吸收了当地马来人的语言、穿着、食品、迷信等，肯定已经被大大本土化了，以至于和母国文化不一样了。（Quayum，2006：22）

1967年，林宝音移民新加坡。她对新加坡的情感是真切而热烈的，而在马来西亚所接受的民俗文化成为其在新加坡进行文学创作实践的主要素材。她说：

> 很难将自己称为"马来西亚作家"而不是"新加坡作家"。我对成为新加坡人的感受非常强烈，新加坡是我选择的国家，我非常地爱她，并将永远忠实于她。把我称为"马来西亚作家"对我来说只是地理上将我置于马来西亚。我总是声明我写作的很多原材料都是来自我儿时在马来西亚的经历。无论怎样，50年前，新马不论是在政治上还是文化上，都

是一致的，以至于我所创作的故事中涉及的华人传统在两个国家中都是一样的。我认为使我成为一个独特的新加坡作家的是我作为新加坡人的意识以及想要为新加坡文化身份作出贡献的愿望。新加坡的文化身份当然包括我们从母国携带而来的整个历史、文化和情感等方面的遗产。这一遗产可能被吸收进时髦的现代性（sleek modernity）之中，使得新加坡的气质与众不同，并带来一种全新的情感和全新的文学。（Quayum，2006：23）

林宝音从不讳言自己对口头叙述的传承。谈到创作过程，林宝音坦诚说：

　　短篇小说或长篇小说的起点总是来自童年的回忆：报纸上的新闻、人们的闲言等，这些在情感上影响了我，比如激起我的愤怒、羡慕、同情、惊讶等，或者是我一时想不明白、但反映出人类生存状况的独特性和荒谬性总是能引起我的共鸣。……我在马来西亚教书时，有人告诉我关于一个法国天主教牧师和一个华人已婚少妇在一个保守的小镇上的情事，几年后，我以这一事件为原型，将我了解的华人传统、禁忌、天主教的教规（Catholic strictures）以及男女关系的心理动机（psycho-dynamics）等应用到我的人物和小说事件中（指《泪痕悲情》）。而对于人类条件的荒诞怪异（oddity and whimsicality），一个朋友曾告诉我说，她的婆婆，一个缠足的华人老太太，用奇异的方式惩罚她的仆人。她用自己的小脚踢她们，尽管需要费很大的力气。我还没有在故事中使用这样的信息，但是将来我会将其融入我的故事中：一个老妇人在年轻时受压迫的象征物在她年老时却成为权力的象征。我知道这是我的心理呓语（psychobabble），但是这也是我感到有意思的地方。（Quayum，2006：24）

总之，林宝音儿时在马来西亚通过家人和当地族群的口头叙述而养成的民俗情结对其文学创作产生了极大的影响。其中很多典型的民俗事象都成为她小说创作的重要素材。虽然她把自己称为"一个接受英语教育的华裔作家",但是她的"中国性"（Chineseness）①,"她的祖父母、姑姑、妈妈以及月亮女神和寺庙的影响一直深深地伴随着她"。②

第二节　文本叙事：林宝音对英国文学叙事传统的接受

英国文学对林宝音的文学创作产生了极大影响。林宝音儿时在天主学校接受的英语教育完成了对她西方语言文化的启蒙。她阅读的书籍都是英国的文学作品，当时对她影响较大的作家包括英国著名儿童作家伊妮德·布莱顿（Enid Blyton，1897—1968）③和以"Just William"系列故事书出名的英国作家里奇默·克朗普顿（Richmal Crompton，1890—1969）④。两位英国作家超凡的想象力激发了林宝音写作的热情。中学时代的林宝音将自己的名字"Chew Low Po Imm"改为后来大家熟悉的"Catherine"，并开始钟情于英文写作。她在修道院中完成的英语作文基本都是以"欧洲为中心的"（Eurocentric），故事中的人物也都是英语名字。她说："我对于英语世界知识的渴望，以及当时所了解的莎士比亚和华兹华斯等英国作家对我的影响，使得当时少女时代的我狂热地用我的笔在写作中对未知的世界尽情地描绘和想象。"⑤

林宝音第一部短篇小说集是《小小的讽刺：新加坡故事》（*Little Ironies:*

① 杜维明认为，中国人文化意识的兴起是以通过民族、地域、语言和伦理宗教所界定的某些原初纽带为前提的。在界定"中国性"时，文化——而非种族——起突显作用。可参阅：郭齐勇，郑文龙.杜维明文集（第五卷）[M].武汉：武汉出版社，2002：381.

② Wicks P C. Catherine Lim's Singapore[J]. Asian Studies Review, 1992, 16(2):160.

③ 英国著名儿童文学作家。从 1923 年出版第一本故事书开始，一生共创作了 600 多部作品，影响深远。

④ 出版了 39 本与 William 有关的故事书，41 部小说和 9 部小说集，是一位高产的作家。她的小说以家庭和社会生活为中心，往往从孩子的视角来观察和思考家庭和社会生活为个人发展带来的种种机遇和限制。

⑤ Lim C. My days: An autobiography[M]. London: Chatto and Windus, 1975:4.

Stories of Singapore，1978），无论是标题还是其中的故事都可以看到哈代的影子。[①] 她的第一部长篇小说《毒牙》(*The Serpent's Tooth*，1982），其标题就是来源于莎士比亚的名剧《李尔王》中的对白。林宝音借用剧中年迈的李尔王对两个不孝女儿诅咒的台词来影射新加坡年轻一代华人传统道德的缺失。她的女性主义小说代表作《跟错误之神回家》(*Following The Wrong God Home*，2001）的标题来自威廉·斯塔福德（William Stafford，1914—1993）的一首诗 "A Ritual To Read To Each Other"，在诗中有一句 "Following the wrong god home, we may miss our star"（意思是：跟错误之神回家，我们会错过我们的幸运之星）。在小说中，林宝音借用诗句中的 "错误之神"，来喻指新加坡年轻一代华人的信仰危机，隐喻在新加坡社会中被错置或无处安置的华人传统文化，并借此对新加坡现代人的文化心理进行辛辣的讽刺。

林宝音在小说中对社会风俗的描写与 18 世纪英国现实主义小说对时代风俗的关注有相似之处。18 世纪后半期的重要小说家范尼·伯尼（Fanny Burney）的书信体小说《伊夫琳娜》(*Evelina*）的独创之处 "在于通过女主人公的视角，生动反映了时代风俗"。[②] 这一英国文学传统的转向具有重要意义，因为英国小说最初受欧洲流浪汉小说影响重视对事件的叙述，到 18 世纪时转向对人物的关注，如理查逊（S. Richardson）的《帕美拉》(*Pamela or Virtue Rewarded*，1740），英国小说渐趋成熟。《伊夫琳娜》的宗旨是 "刻画人物，表现时代风俗"，为英国 19 世纪现实主义小说对社会习俗叙事的关注定下了基调，深入影响了司各特、奥斯丁和哈代的小说创作。（申丹，2005：37）林宝音也承认这些英国作家对她的影响。（Quayum，2006：25）

从更深层次来看，林宝音所擅长的 "反讽" 手法[③]与英国文学 "反讽" 传

---

① 哈代创作的短篇小说集名为《生活的小讽刺》(*Life's Little Ironies*），以讲述鬼故事见长。林宝音第一部小说集《*Little Ironies: Stories of Singapore*》在标题和叙事手法上都有哈代的影子。

② 申丹. 英美小说叙事理论研究 [M]. 北京：北京大学出版社，2005：36-37.

③ 反讽（irony）这一概念滥觞于古希腊，发展于德国浪漫主义时期，繁盛于英美新批评派，被新批评派赋予了本体意义。（龚敏律. 西方反讽诗学与 20 世纪中国文学 [M]. 北京：人民出版社，2011：1.）新批评派强调反讽是在 "具体语境中产生的"，"是两种对立物的均衡与统一"。（赵毅衡. "新批评" 文集 [M]. 北

统一脉相承。"反讽"是英国文学叙事的一个主要传统,与"喜剧小说""散文集"并称。"反讽"手法之所以在英国文学传统中占有重要的位置,主要是和英国小说最初的道德说教传统有关。英国文学史中著名小说家如 18 世纪的菲尔丁、斯摩莱特、劳伦斯·斯特恩,到后来的司各特、奥斯丁和哈代等均对"反讽"手法运用娴熟。林宝音的 7 部长篇小说都是女性主义小说,她以反讽的手法向传统的"父权制"文化提出挑战,这一点与英国作家简·奥斯丁极为相似。"尤哈斯提到,简·奥斯丁提醒我们在女性小说中反讽的悠久历史传统,在这一传统中,奥斯丁也许是最杰出的。奥斯丁有意识地将女性身份的社会构建限制在 18 世纪晚期的英国,小说中充满了挑战社会传统权威的表述。"[①] 林宝音代表作《女仆》通过对传统父权权威的象征意象——天帝

京:中国社会科学出版社,1988.)米兰·昆德拉在《小说的艺术》中说:"根据定义,小说是一门反讽的艺术:它的真实是隐蔽的,不公开而且无法公开的。"(米兰·昆德拉.小说的艺术 [M].唐晓渡,译.北京:作家出版社,1992:136.)艾布拉姆斯(M. H. Abrams)在其编著的《文学术语词典》中说:"在反讽的现代批评用法中,保留了原来的佯装或隐瞒真实情况的成分,但其目的并非欺诈而是要获得一种特定的修辞或艺术效果。"(Abrams M H. A glossary of literary terms[M]. Beijing: Foreign Language Teaching and Research Press, 2004.)小说中的反讽往往分为言语反讽、情境反讽、结构反讽和模式反讽四大类。言语反讽含有比喻之意,往往是说话者表面上所说的和他实际所指的正好相反,小说作者的真正意图含而不露。言语反讽体现在语言的表层,在小说的叙述、描写、对话中都能运用,主要起含蓄的修辞作用,以激发读者的想象力。情境反讽则从语言层面扩展到小说的一个个相对独立的情节与场景。情境反讽通常表现为作者与读者了解目前或未来发展的形势,而小说中人物却浑然不知,因而做出与实际情况不相适应的举动,结果事与愿违。结构反讽是从小说的整体结构入手,引进一种能含有两重意思的结构特征来贯穿作品始终。模式反讽是只有通过和其他小说文本的比较才能体现出来,是打破旧的模式化的小说体裁、人物、情节、结构等,创造出不同于常的小说模式来讽刺旧的模式。参阅:杨钧.试论小说中反讽的四种类型 [J].学术交流,1994(6):64-68;龙红莲.论张爱玲小说的反讽叙事 [J].石河子大学学报(哲学社会科学版),2003(2):53-57;洪梅.简·奥斯丁《傲慢与偏见》中反讽艺术的运用 [J].沈阳农业大学学报(社会科学版),2008(5):629-632.

① Walker N A. Feminist alternatives irony and fantasy in the contemporary novel by women[M]. Jackson and London: University Press of Mississippi, 1990:7-8.

的颠覆和将出身卑微的女主人公与"女神"的身份置换等叙事手法，揭示出华人女性所遭受的痛苦的文化根源，强调了"现代女性只有自己才能解放自己"的核心宗旨。正如南希·沃尔克（Nancy A. Walker）所说："像奥斯丁一样，当代的女性小说家将语言的力量理解成既能控制又能颠覆权威控制。不仅仅是反讽和幻想将其力量依靠于语言构建的认知上，而且作家必须围绕主导话语的语言以解构文化神话，包括女性构建自己生活的神话。"（1990：8）在《女仆》这部小说的结尾，林宝音将女主人公涵描写成一位关心人间疾苦的"眼耳女神"，暗喻了女性本身即是解救自己的"神"。她的这一创作宗旨在《银叶之歌》《司徒小姐》（*Miss Seetoh in the World*，2011）等小说中也有明显的体现。

　　除了对英国经典文学"反讽"手法的继承外，林宝音还将民俗文化与反讽手法有机结合，形成独特的"民俗意象反讽"。《女仆》中女主人公涵在梦境中与"天帝"抗争，将天帝降格到一般男人的地位，形成了一种情境反讽，解构了"天帝"的传统父权权威形象，巧妙揭示了小说的女性主义主题。与其他华裔小说中起名习俗和人物关系不同，林宝音传统小说中的华人人名几乎都是拼音，而现代社会小说中则通过人物的名字显示人物的教育背景和社会身份。此外，几乎在林宝音的所有长篇小说中都有"认干妈"的习俗。根据华人传统，"认干妈"目的是躲避"鬼魂"的纠缠。林宝音透过这一习俗讽刺了当地华人荒谬的文化心理。在《泪痣悲情》中，长有泪痣的玫瑰被父母百般嫌弃，而妈妈收养的一个"干儿子"却受到极大重视，形成鲜明对比，从而对"重男轻女"的思想进行了讽刺和批判。

　　此外，林宝音小说中频繁出现的"鬼魂""坟墓""教堂"和"寺庙"意象都体现出英国哥特文学的影响。① 比如，《毒牙》（*The Serpent's*

────────────

① 沃波尔的《奥特朗托堡》（1764）是英国文学史上第一部哥特小说。其叙事手法是把现实主义叙事与超现实情节、远古的故事背景结合起来，开创了英国文学史上独特的哥特式文学的先河，并对浪漫主义文学的兴起和司各特的历史小说都有一定影响。哥特小说虽然在维多利亚时代仍有影响，在某些作家（如勃朗特姐妹和狄更斯）的作品中还相当突出，但是，作为一种文学潮流，它从奥斯丁和司各特的时代起就已经逐渐衰退了。（申丹，2005：46-47）

Tooth，1982）中老太爷的鬼魂回到家中将怀孕的儿媳妇吓得精神失常；《女仆》中冤死女仆的鬼魂和关于鬼情侣幽会的场面；《银叶之歌》（*The Song of Silver Frond*，2003）中的种种鬼怪传说，等等。这些意象使林宝音的小说中弥漫着一种恐怖的氛围。因为林宝音的创作处于新加坡后殖民文化语境中，所以以瓦格纳（2008：46）和威斯克（Wisker）为代表的西方学者认为林宝音的小说属于"后殖民哥特小说"的范畴。威斯克认为："林宝音在小说《毒牙》中关于安吉拉做的一个噩梦体现出一种哥特式历史文学的'色欲'和'暴力'，另一部小说《女仆》则使用哥特文学的形式来探讨和揭示文化的冲突。"（2003：64-80）汤普森（Stith Thompson）编著的《民间文学的母题索引》（*Motif-Index of Folk Literature*，1932—1936）对民间文学的"死亡者"（The Dead）母题进行了细致梳理，其中有一类是"鬼魂回归母题"[①]（Return from the dead to reveal murder），如莎士比亚的《哈姆雷特》中哈姆雷特父亲的鬼魂形象。[②]从林宝音的小说可以看到林宝音对"鬼魂回归母题"的情有独钟，这一点在其短篇小说集《他们会回来的……但请温柔地领他们回来》（*They Do Return...But Please Gently Lead Them Back*）中得到了集中体现。需要注意的是，林宝音所创作的小说已经不是原始意义上发生在哥特式古堡中的恐怖故事了。她将恐怖元素融入新加坡华人族群的日常生活中，体现出一种"后哥特"或"现代哥特"小说的特色。这一点与简·奥斯丁小说《诺桑觉寺》（Northanger Abbey，1818）中的哥特元素相吻合，即她们都关注现实生活中的人物，而这些人物其实都可以化作哥特的影子，因此可以被称作是"后哥特"或"现代哥特"小说。由于林宝音将哥特因素与人物的日常生活结合在一起，所以一些学者将林宝音笔下华人族群的生活称为"日常哥特"

---

① 韦勒克谈到小说的情节时曾说："母题即最基本的情节因素"，"通常都认为其中包含有冲突：人与自然之间、人与人之间或人与自己之间的冲突。"（勒内·韦勒克，奥斯汀·沃伦. 文学理论 [M]. 刘象愚，译. 南京：江苏教育出版社，2005：254.）

② Garry J, Hasan E S. Archetypes and motifs in folklore and literature: A handbook[M]. New York & London: M. E. Sharpe, 2005:xv.

（daily Gothic）。正是在这一点上，一些学者如 Kwen Fee Lian[1] 和莫纳什大学教授安德鲁·霍克（Andrew Hock）都强调以林宝音为代表的新加坡英语小说"是深深地根植于英国小说的传统之中的"。（NG，2008：48）

林宝音与英国维多利亚时期著名作家哈代（Thomas Hardy）在小说中所体现的民俗意识也有很多相通之处。哈代生活的 19 世纪正是英国社会经历由工业革命带来巨大社会变革的时期。他的小说以威赛克斯为中心，描述了当时英国社会的沧桑巨变。《苔丝》中母女两代人之间的观念冲突正是当时英国社会新旧文化观念相互激荡、冲突的写照。处于社会变革旋涡中的哈代将关注的焦点聚集在威赛克斯特殊的风土人情上，从而形成了其作品与当地民间文学之间的深层"超文关系"。[2] 其小说中的情节、人物和主题等叙事要素与神话、民间信仰、民谣等民俗事象存在千丝万缕的联系。林宝音的小说创作及其小说中的民俗叙事手法与哈代小说极为相似。林宝音和哈代一样，也是处于社会激烈变革的时期，她对新旧文化间矛盾的敏锐观察能力为其作品注入了深厚的怀旧情结（complex of nostalgia）。在《毒牙》中，通过女主人安吉拉的婆婆之口，讲述了很多民间的传说，如关于"月亮娘娘"的故事等；《女仆》《泪痣悲情》《银叶之歌》和《跟错误之神回家》（*Following the Wrong God Home*，2001）等小说中都有大量的民间传说、民间信仰和歌谣的存在，与小说的整体叙事构成一体。此外，哈代小说往往通过人物"回归"模式来引起情节突变，这也是林宝音惯用的手法。在她的短篇小说和长篇小说中，"情节突变"往往由人物的心理变

---

① Lian K F. Absent identity: Post-war Malay and English language writers in Malaysia and Singapore. In: Kiong T C. Ariels: Departures & Returns: Essays for Edwin Thumboo[M]. Singapore: Oxford University Press, 2001:198.

② 吉拉尔·热奈特（Gerard Genette）在《隐迹稿本》（Palimpseste）中将"互文"明确分为两种形式："互文性"（intertextuality）和"超文性"（hypertexuality）。互文性也叫共存关系，是指两篇文本的共存，即甲文和乙文同时出现在乙文中，主要手法有引用、暗示、抄袭、参考，把已有的文字放在文本中；超文性也叫派生关系，是指一篇文本的派生，即乙文从甲文中派生出来，但甲文并不切实出现在乙文中，主要手法有戏拟和仿作。（蒂费纳·萨莫瓦约.互文性研究[M].邵伟，译.天津：天津人民出版社，2003：36.转引自：民俗学视域下的哈代小说研究[D].西安：陕西师范大学，2014：84.）

化引起，而人物的心理变化来自传统的民俗观念。哈代借鉴了民间文学的叙述手法，而林宝音则是将民俗事象作为引起"情节突转"的因素。哈代的小说往往以"悲剧"结尾，但是结尾的方式有"程式化"之嫌；林宝音的小说也常以悲剧结尾，但是其"悲情"往往是贯穿在整个小说的叙事之中的，她用发生在"日常生活"中的民俗，来凸显人物的"悲情"，因为人们往往"习以为常"，而这才是最可悲，也是最可怕的。由此看来，林宝音的"日常悲剧"超越了普通的悲剧故事。她的两部代表作《泪痣悲情》和《女仆》在结构上与西方的传统小说相吻合，故而有学者认为她的小说"特别适合于现代主义欧洲文学的一种类型：传奇，甚至是传奇剧"。①

综上，从小接受英语教育的林宝音是无法完全摆脱英国殖民和后殖民影响的。新加坡的后殖民文化语境规约了林宝音进行英语文学创作的本土实践。她所生活的社会文化语境在很大程度上决定了其小说创作势必要建立在对英国文学传统接受的基础上进行。

第三节　本土实践：林宝音对本土民俗文化的创造性利用

"本土"是出现在海外华文文学研究中的一个关键概念。我国学术界对新马华裔文学的本土性研究兴起于 20 世纪 90 年代，当时中国大陆的学者使用"本土"概念以指称新马华文文学中的"本土特色"和"本土意识"，目的是明确新马华文文学与中国大陆华文文学之间存在的差异。② 朱崇科教授认为本土性的提出"绝非对外来的排斥，相反，只有巧妙利用外来特质才会让自己更加本土化"。③ 这是从辩证的视角来看待文学"本土性"的问题。王列耀就

---

① Dixon J. The arcane and the ordinary: An exploration of patriarchy and the postcolonial in the writing of Beth Yahp, Catherine Lim and Shirley Geok-Lin Lim[D]. Sydney: Victoria University of Technology, 2002:24.

② 谢聪. 大陆学界的新马华文文学"本土性"研究评述 [J]. 常州工学院学报（社科版），2010（6）：23-29.

③ 朱崇科. 本土楔入：可能与限定——以新马华文文学为例论世华文学研究的新进路 [J]. 中山大学学报（社会科学版），2006（5）：7-10.

新加坡华文文学的"本土性"问题提出两点需要注意的地方："其一，中西合璧的社会及文化发展观。其二，以提倡新加坡意识、叙说新加坡情感为要求的心灵认同观。"① 中国当代作家李洱认为："在全球化的今天，人们对'本土性'的强调，其实饱含着文化的自尊和对抗意识。"②

关于新加坡本土文学的概念，当前学术界公认的一个说法是，只有新加坡人创作的文学才被认为是新加坡本土文学，原来一些英国作家和新马未分离之前的一些马来西亚作家虽然书写的内容和新加坡有关，但是被排除到新加坡本土文学之外。随着新加坡的独立建国和经济的迅速发展，新加坡第一代作家（如吴宝星，Goh Poh Seng）希望通过将英语文学本土化的形式来树立新加坡本土文学的形象，但时代局限使其收效甚微。（这一点在"结语"部分有详细说明）新加坡英语文学的"本土化"需要解决的是如何在英国文学的束缚之下走出一条具有新加坡特色的文学发展道路。林宝音通过民俗叙事进行了大胆尝试。

林宝音儿时在马来西亚接触到了大量的传统华裔习俗。而移民新加坡之后，林宝音感受到新加坡现代化进程为传统习俗带来的巨大冲击。传统民俗文化在经济发展的浪潮中被挤压到社会的边缘地位，具有深厚民俗情结的林宝音目睹了这一文化衰落的过程。③ 同时，林宝音在《海峡时报》上发表的批评新加坡政府的政治评论为她带来了麻烦，她感到新加坡高压的政治氛围和严格的政治审查制度为其写作带来的压力。这两个方面的因素叠加在一起，在客观上造成林宝音利用民俗文化来表达心声的初衷。通过在小说中创设典型民俗意象的方式，林宝音记录下了华人的传统习俗，并运用象征和隐喻的修辞手法达到讽刺时弊的目的。虽然林宝音的小说创作在叙事手法和小说主题等诸多层面与英国经典作家作品存在通约之处，但林宝音并未一味因袭英国文学传统，而是在此基础上为其小说注入了新加坡本地的语言文化元素，从而以一种"混合型

---

① 王列耀. 论新加坡华文文学的文化取向 [J]. 暨南学报（哲学社会科学），2000（2）：29-33.
② 李洱. 文学的本土性与交流 [J]. 东吴学术，2014（1）：41-43.
③ Lim C. Roll out the champagnc, Singapore!: An Exuberant Celebration of the Nation's 50th Birthday[M]. Singapore: Marshall Cavendish Editions, 2014:98-101.

文化书写"[①]的样态实现了将英语文学"本土化"的视维实践。

在本节中，尝试从族群文化利用、本土语言应用和对英语文学传统的本土变革三个方面来透视林宝音小说中的"本土化"特色。

第一，通过讲述新加坡人自己的故事，为新加坡英语文学注入本土族群特色。

林宝音说："我是一个受过英语教育的华裔作家，使用英语创作。""我的童年时代和成年以后所接触的大部分是华人。……我的小说所关注的都是华人故事。"[②]她曾经说过，她的创作灵感是来自"她所观察的、或者所认识的真实的人和事"。（Lim，1999：91）在林宝音的所有小说中，民间传说、民谣、迷信、民间信仰、礼仪习俗等构成了一幅幅生动的生活图景，透射出新加坡华人的生活样态。同时，林宝音作品中的民俗事象也显示出不同文化间习俗的相互渗透和影响。《毒牙》中多次提及"中式古床"上雕刻的"蛇"意象，体现了当地华人传统文化中对"蛇"的崇拜信仰。小说中交代女主人公安吉拉从婆婆那里继承了传家的古典家具，但安吉拉在床上噩梦连连，梦到的是曾经发生在古床上的种种邪恶。在这里，"蛇"的意象由最初的动物崇拜变成了"邪恶"的象征。安吉拉是接受西方语言文化教育的新一代华人的代表，作者在小说中设置的"蛇"意象意在表明深受西方文化影响的新加坡新一代华人将西方宗教和传说中"蛇"所象征的"邪恶"带入具有象征意义的华人文化符号中，形成了一种新的文化符号，体现的是他们面对两种文化产生的精神"困惑"或"焦虑"。这是对新加坡本土华人所面临的问题的真实反映。这一叙事策略是林宝音进行本土化文化创作的尝试。新加坡独立后的英语文学长期处于英国经典文学的附属地位，学校中的文学课程也以英国经典作家作品为主，从而大大制约了新加坡英语文学的发展。[③]林宝音在小说中则

---

① 关于"混合性文化书写"可参阅：刘亚斌.后殖民文学中的文化书写[J].外国文学研究，2005（4）：114-120.

② Klein R D. Interlogue studies in Singapore literature (Vol. 4): Interviews[M]. Singapore: Ethos Books, 2003: 167-175.

③ Kirpal Singh教授对此现象极为担忧，他说："很长时间以来，我们对所掌握的英语文学的知识感到自豪（更准确地说，应该是英国文学，因为很明显我们对济

聚焦新加坡本土华族的历史和现状，将大量的民俗事象拼贴、穿插在小说叙事之中，从而在内容上实现了"本土化"。在 20 世纪 70 年代末，充斥新加坡英语文坛的文体是短篇小说，内容上则以"鬼故事"[①]和回忆录[②]为主，而林宝音对新加坡华人历史和现状的书写，给读者带来耳目一新的感觉。

第二，通过对"新加坡式英语"（Singlish）的运用，林宝音为新加坡英语文学注入了本土语言特色。

从新加坡文学史来看，虽然第一代先锋作家王庚武在其诗集《脉搏》中就已经开始使用新加坡式英语进行创作了，但由于各种原因，并未引起人们

慈、司各特、狄兰·托马斯的了解超出了对英语文学的了解），并试图不正确地承认我们自己的文学，特别是用英语创作的文学。我们很多人安逸于华文文学、马来文学和泰米尔文学，但是当谈到英语文学的时候，我们往往就此打住并以'想象'或者'心理'跳跃（imaginative/mental leap）的方式将关注的焦点跳到它的参照系上：我们会立刻将我们的作家／作品和那些来自英／美国的作家／作品做一比照。尽管有很多关于'殖民 VS 后殖民''经典 VS 非经典'的争论／研讨／阐释，但是我认为在新加坡的我们——也许比世界上其他任何国家更甚——通常更倾向于对我们自己的文学嗤之以鼻（Pooh-pooh），然后继续盲目地重视那些从远方已经来到和即将来到的'他者'。"参见：Singh K. Interlogue: Studies in Singapore Literature (Vol. 1 Fiction)[M]. Singapore: Ethos Books, 1998:xi-xii.

① 在新加坡最流行、拥有读者最多的当属"鬼故事"，特别是"幽灵"作家 Russel Lee 创作的一系列作品，至今人们还不知道她／他的具体身份，但是 24 本鬼故事丛书吸引着成千上万的人纷纷到书店购买，其销量已达百万册。1989 年在 Russel Lee 的《真正的新加坡鬼故事集》（True Singapore Ghost Stories）毫无悬念地取得成功之后，事实上，鬼故事集作为一种文类似乎已经成为在整个 20 世纪 90 年代被广泛阅读的当地文学的唯一形式了。类似的一些短篇畅销小说还包括：K.K. Seet 创作的《死亡仪式：惊醒的传说》（Death Rites: Tales from a Wake，1990），F.J. George 的《青少年的新加坡幽灵》（Teenagers' Ghosts of Singapore，1991），《大众附体》（Mass Possession，1994），《校园幽灵和其他》（The Campus Spirit and Other Stories，1998）。（Wagner，2008:50）

② 在新加坡英语文学发展的早期阶段，大多数小说是以"回忆录"的形式呈现出来的。新加坡"回忆录式"的文学作品几乎贯穿了 20 世纪 70 年代到 90 年代的新加坡英语文坛，包括新加坡作家吴宝星（Goh Poh Seng）的《如果我们梦的太久》（If We Dream Too Long，1972），Kirpal Singh 的《中国往事》（The China Affair，1972），Tan Kok Seng 的《新加坡之子》（Son of Singapore，1974），Nalla Tan 的《心和十字架》（Hearts and Crosses，1984）等。

的重视。到 20 世纪 70 年代，新加坡英语文学开始快速发展，并引起了学界的广泛关注。林宝音在其第一部短篇小说集《小小的讽刺：新加坡故事》中第一次有意识地将新加坡式英语应用到作品中。[①]新加坡式英语是标准英语和本土方言的结合，属于语言民俗的范畴。在其之后的几部短篇小说集和长篇小说中，她延续了这一风格，无论是在人物起名方式上，还是在对白中，具有本土特色的新加坡式英语比比皆是，弥漫着一股浓厚的新加坡本土文化气息。林宝音在作品中应用的新加坡当地英语表达方式，激起了研究者浓厚的兴趣。有的学者（如 Ismail Talib）[②]通过对林宝音小说中"新加坡英语"使用情况的解析，表达了对新加坡社会中流行的"本土英语"现象的肯定。

第三，林宝音将英语文学中的"哥特"传统、"反讽"手法、"女性主义"主题本土化。如前文所述，林宝音将英国传统哥特小说改造成具有新加坡本土特色的"后殖民哥特小说"或"日常哥特小说"。林宝音小说中的"哥特"元素常出现在人们的住宅内，人们日常生活的房间是鬼魂经常出没的地方，符合当地华人的民间信仰，与英国、马来西亚和非洲的哥特小说形成鲜明对比：英国哥特小说中的场景往往设定在阴森的中世纪的城堡、修道院、废墟或荒野，而马来西亚的哥特小说开创了东南亚"热带雨林"哥特的风格，非洲则是"丛林哥特"（Jungle Gothic）。剑桥大学博士、南洋理工大学教授瓦格纳（Tamara Wagner）注意到林宝音小说中的哥特元素，并指出包括林宝音小说在内的新加坡"鬼故事"文学对英国哥特文学并不仅仅是接受，而是在此基础之上的"发展和变异"。她认为：

> 如果维多利亚小说的遗产以多种方式出现在新加坡后殖民文学创作中的话，那么它的城市哥特式风格大大地消除了这种影响。这种文学形式揭露了由高速的社会变革所引起的社会焦虑，因此，鬼魂不断出没的被开掘的坟墓、被铲平的神坛、缺乏内涵的高楼大厦等小说中的形象，

---

① 刘延超.新加坡英语文学研究 [M].北京：中国社会科学出版社，2011：66-67.
② Talib I. Why not teach non-native English literature?[J]. ELT Journal, 1992, 46(1)：51-55.

表明作家们想要创造出不同的新加坡哥特式寓意，以反映当地人对发展主题的思考、对消隐的或是新出现的遗产的考量，以及对在滚滚历史湍流中被压抑的元素的反思。……因为越来越多的自我反讽的、带有异域风情的城市哥特式故事作为背景和作为快速全球化的一个岛国新文化小说的主要隐喻，因此他们不断把城市风貌正在进行的对驱动现代化的再次协商转变为独特的哥特式脚本，以表现出独特的新加坡文学隐含的挣扎历程。（Wagner，2008：47）

英国文学传统之一的"反讽"在林宝音的小说中与新加坡华人民俗有机结合，成为独特的"民俗意象反讽"；而林宝音对社会底层女性悲惨境遇的关注促使其将西方女性主义话语转化成具有新加坡特色的"民俗女性话语"。[①] 林宝音专注于新加坡社会现实，其作品对剧烈变革的社会中存在的突出问题进行了深入的探讨。她敏锐地观察到受苦受难的华人女性是深受华人族群传统文化和社会制度的影响的。新加坡是一个由海峡华人统治的"国家父权制社会"。[②] 新加坡的女性不仅要保留传统的女德，而且还要在新加坡社会现代发展的进程中发挥好"劳动力"的作用。

林宝音是一个追求自由思想的女性主义者，她在小说中广泛讨论了"宗教""婚恋"和"政治"等题材。而这些题材也是林宝音在人生中经常思考

---

① 本书所谓"民俗女性话语"是指通过民俗意象来表达女性主义的主张。林宝音小说对女性主义主题的揭示往往是通过民俗意象的应用来达到的。比如林宝音女性主义小说《女仆》《银叶之歌》等作品就通过对"女神"意象的解构与重新建构，表达了自己的女性主义主张；同时，通过民间传说将女性生理的弱势颠覆为优势。

② 范若兰．新加坡妇女权利与国家父权制关系试析 [J]．东南亚研究，2016（1）：4-10.对于父权制，范若兰教授曾解释说："父权制是指以男性掌握权力为基础的社会组织结构。它是男性用来统治女性的一整套社会关系，是一个以权力、支配、等级和竞争为特征的体系，以男性权力为中心，限制女性平等获得政治、经济、文化等资源。基于父权制的性别秩序包括性别观念和性别规范，如男尊女卑、男主女从、男外女内、男强女弱和男婚女嫁等，这是一种等级的、二元对立的性别秩序。长期以来，世界上绝大部分社会都处于父权制下，但父权制并不是一成不变的，它随着社会变迁而不断改变自己的形态。"参阅：范若兰．父权制松动和性别秩序变化对女性政治参与的影响——以东南亚国家为中心 [J]．东南亚研究，2014（5）：19-26.

的三个重要问题。林宝音说自己"内心是一个叛逆者"(a rebel at heart)。
(Ng,1986:35)在宗教信仰上,她从"道教"到"天主教"再到现在成
为一个自由主义者;在婚姻上,她不愿忍受婚姻的束缚,于1984年与丈夫
George Lim离婚;她是一个政治评论家,并且培养新加坡新一代年轻人的政
治评论素养,她写的关于李光耀的文章引起了新加坡政府的关注,也为自己
带来了麻烦,于是她从政治上撤出来。而这三个方面有一个共通之处,那就
是对人性的压制。

林宝音小说《泪痣悲情》中的"皮鞭"意象是一个用来揭示小说宗教题
材的重要意象。在小说中,来自法国的神父马丁负责在马来亚地区传教,他
正直、勇敢,深深地吸引了玫瑰,他也对玫瑰情有独钟。但是,马丁所接受
的天主教义和舅舅的影响使他陷入"情爱"和"禁欲主义"的漩涡中。他年
少时,看到舅舅赤身抽打自己的身体,从此他就非常讨厌"鞭子"。但是,当
他长大后要到中国和东南亚传教时,他的舅舅送给他的礼物就是"皮鞭"。每
当他在夜晚想起玫瑰时,他就用"皮鞭"的意象来警诫自己。马丁和玫瑰对
待爱情的态度呈现出鲜明对比:马丁的教义使其处在内心矛盾的漩涡中,对
情爱表现出一种恐惧感;而玫瑰则从自己的信仰中找到一种力量和勇气。在
这里,"皮鞭"意象象征的是宗教对人性的约束,让人产生一种"负罪感"和
"恐惧感"。林宝音通过马丁和玫瑰之间的爱情悲剧来控诉宗教信仰对人性的
压制。

林宝音对宗教题材的处理体现了她对宗教问题的思考,这与她的宗教信
仰历程密切相关。林宝音对华人传统宗教信仰的接受和对西方天主教的皈依
使她深入了解了这两种宗教为信众所带来的影响。林宝音注重探讨的是宗教
对个人精神层面的影响。她说:"我心目中的God既不是道教中的'天帝',
也不是《圣经》旧约中那个严肃乖戾、睚眦必报的神。这两个神都让人心
生敬畏。"(Lim,2017:9)"两种宗教都让我产生了负罪感。"(Lim,2017:
35)

《泪痣悲情》中玫瑰的信仰经历就是林宝音信仰经历的一个写照。林宝音
将自己在天主学校接受的关于原罪的教义应用到小说中,从而说明天主教和
道教并不是让人解决精神困惑的有效途径,它们只不过让人们产生敬畏和负

罪感。正是这一点，让林宝音和她笔下的主人公走出了宗教的影响。

在《泪痣悲情》中，林宝音通过神父马丁讽刺了天主教教义"对人性的压制"，从而表达宗教并不能帮助女性摆脱压迫、获得解放的观点，宗教信仰和父权制文化一样是压制女性的元凶。这一点从华人宗教信仰对女性的种种禁忌中就可以看出来（如《银叶之歌》中关于女性的禁忌）。

在《司徒老师》中，林宝音再次将自己的宗教体验应用到司徒的宗教信仰中。小说中以第三人称的口吻介绍道：

> 司徒为自己理性思考的能力感到自豪，通过多年的阅读和反思，可以抵制充满神秘感（myth-sodden）的成长环境：首先是婆婆敬拜的可怕的众神，然后是皈依基督教的妈妈，同样有一群需要敬仰的圣人、天使和殉道者。司徒曾经穿梭来往于两种不同的世界中，在教堂的圣水和寺庙的圣火之间，在为拯救人类而死的上帝和向不孝的人们发出警告的雷电神之间……（Lim，2011：24）

在这里，我们可以看到林宝音对宗教的态度，认为东西方的宗教都不是解决新加坡本土问题的有效途径。

礼物意象在林宝音的多部小说中都是重要的主题意象[①]，而且大多和婚恋题材联系在一起。《女仆》中涵将自己的贞洁当成是送给吴家少爷的最宝贵礼物，而吴少爷则没有礼物相赠。本来身份悬殊的两个人在婚恋中的地位也是不平等的。《泪痣悲情》中的玫瑰在长大后成为当地富翁老勇追求的对象，老勇最引以为傲的事情就是带着玫瑰购买金银珠宝以在其他富豪面前炫耀。玫瑰手腕上的翡翠手镯成为"束缚"的象征。玫瑰从小受妈妈的影响，将贞洁当成是给最爱的人的礼物。她向现实发出拷问，即为什么女性付出了那么多，换来的却是不平等的对待？

[①] "并不是所有的意象都具有主题性的意义。只有当意象作为一种中心象征，与作品的主题发生紧密联系时，才可以成为主题学研究的对象。"可参阅：陈惇，刘象愚.比较文学概论 [M].北京：北京师范大学出版社，1988：249.

林宝音还将女性所遭受的压迫用意象将不同时空串联在一起。《泪痣悲情》中："老勇一大早就来接玫瑰，带玫瑰到珠宝店买最珍贵的玉镯。但是，太小了，戴不进去。老勇强行将手镯给玫瑰带上，玫瑰疼得眼泪都出来了。她想起了婆婆的小脚。"（Lim，1997：197）① 在这里，玫瑰将手腕上的玉镯与婆婆的"裹脚"联系在一起，这些习俗虽然形式不同，但都是对女性身心的压迫和摧残，女性在男性的视野中是被"物化"的。

而《司徒老师》中司徒对象征婚姻的"戒指"产生了畏惧之心，她担心戴上戒指之后，将会使自己失去自由。

总之，无论是"玉镯"还是"戒指"，林宝音从女主人公的视角将男人送给女人的礼物的象征含义揭示出来，这些婚恋习俗中的"礼物"意象象征的是对女性身心的束缚。与男人送出的礼物相比，林宝音笔下的女性将自己的"贞洁"当成是最珍贵的礼物送给心仪的男人，她们是全身心地付出。而小说中的男性，无论是富家少爷还是来自西方发达国家的绅士，他们都辜负了女性的一片心意。在这里，林宝音采用的是一种隐喻的手段，认为女性的解放最终还是要靠女性自身主体意识的构建，无论是东方男性还是西方绅士，都无法解决女性面临的危机。

政治题材是新加坡作家很少触及的一个题材，这主要是因为在新加坡，政治是一个比较敏感的话题，而林宝音是新加坡作家中为数不多涉及政治题材的本土作家。《司徒老师》中的"大伯公"意象就是专门为政治题材而设定的一个民俗意象。小说中的新加坡总理 TPK 名字的缩写与大伯公的缩写完全一致，从而建立了大伯公和 TPK 之间的语义关联。他们有很多相似之处，其中最大的相似之处就是对违背他们意愿的敌对势力进行无情打压。新加坡的反对党领袖 Pandy 被 TPK 打压，最后不得不离开新加坡。而大伯公就是这样的神，他让人们心生恐惧感。在小说中，"恐惧"（fear）一词出现高达 26 次。雷电神的传说、修女们讲述的"原罪"、丈夫的大男子主义、工作中的各种规则、政府发布的政策以及反对党领袖 Pandy 的遭遇，都让司徒产生了极大的恐惧感。

《司徒老师》中的很多事件都可以在现实社会中找到原型。其中，TPK 就

---

① Lim C. The Teardrop Story Woman[M]. London: Orien Books, 1997:197.

是新加坡资政李光耀的化身，而大伯公是在新加坡被广泛敬仰的一个神，是一个高高在上的、国家父权制权威的化身。林宝音利用这一意象意在批判新加坡政府的统治是对民众精神和心理的迫害，是社会中普遍存在的"恐惧感"的真正来源。《司徒老师》中的政治题材与婚恋题材是并置在一起的，这两条线的交叉点就是"恐惧感"。婚姻中丈夫的大男子主义和社会中执政党 TPK 的高压政策存在相似之处，而丈夫和 TPK 的象征就是让人们心生敬畏的"大伯公"意象了。这种处理方式体现了林宝音"以小见大""以家喻国"的叙事策略。

林宝音通过将特定的民俗意象与宗教、婚恋和政治题材结合在一起，旨在表达自己追求自由和平等的主张。但是在新加坡父权制文化的压制下，这些都是不可能实现的。由此，林宝音批判了新加坡的社会现实。林宝音将矛头不仅仅指向父权制社会，还包括造成这种社会体制的更深层次的文化信仰体系。在小说中，林宝音突破了传统女性文学叙事的束缚，一方面讴歌女性的美德，另一方面颠覆了传统"父权式"宗教信仰。在《司徒老师》中通过对女教师司徒小姐在脱离不幸婚姻后的心理活动的描写，讴歌了女性争取独立人格的宝贵精神；在《女仆》中，女主人公涵被塑造成拯救"女神"（goddess）的英雄，通过与"女神"的身份置换，批判了传统信仰和观念对女性的压制，主张女性自身就是拯救自己的神；而《女仆》《银叶之歌》中的"天神"（Heaven God）和祖先的"鬼魂"被并置在一起，成为旧式"父权制"的象征。林宝音通过将东西方父权制的象征符号并置，揭露了新加坡社会深受东西方父权制影响的事实。林宝音的女性主义叙事颠覆了传统文化歧视、压迫女性的意识形态，较之英国哥特文学中与父权权威"既对立又依赖的保守的女性形象"[1]，林宝音笔下的女性则显得更具"革命性"特征。

---

[1] 在 18 世纪的英国盛行的哥特小说中就有很多父权压迫女性的描述：如《奥特朗托堡》中的曼佛雷德对即将成为其儿媳的伊莎贝拉的迫害，安·拉德克里夫《尤多尔佛城堡》中女主人公爱弥丽深受其姑父的威逼利诱，安·拉德克里夫的另一代表作《意大利人》中的神父对女主人公艾丽娜的折磨，马修·路易斯《修道士》中的神父对少女安东尼娅的摧残，等等。这些作品中的人物都是"恶棍式"的父辈级人物，是旧式父权制的代表："他们粗暴野蛮、阴险残忍的特性以及对女主人公的迫害体现了中世纪父权制度的压迫性与恐怖性。"（苏耕欣，2003：83-84）而这些哥特式小说中具有哥特建筑风格的寺院和城堡则是"中世纪贵族专

　　林宝音在新加坡的文学实践与其他后殖民女性作家的创作有相同之处。"后殖民女性坚决反对殖民统治，但对西方文学传统并非拒之于千里之外，而是兼收并蓄。在英国后殖民女性创作中，作家对西方文学传统采取'废除与挪用'（abrogation and appropriation）的态度，把西方小说文类改良成表达自己心声的工具。"① 林宝音坚持书写新加坡本地华人的生活样态，从而以一种内部人的视角有效地瓦解了西方的"殖民凝视"（colonial gaze）②。因此，有学者高度评价林宝音的小说，称其为"有新加坡特色的本土小说"。（Dixon，2002：24）

　　总之，林宝音通过聚焦新加坡本土的人和事、运用具有本土特色的方言

制的残留物，是旧式父权制度的象征"。（Hogle J E. The gothic and the "otherings" of ascendant culture: The original phantom of the opera[J]. The South Atlantic Quarterly, 1996：821-846.）但是，据学者研究，哥特小说中的女性对父权制表现出一种"既对立又依赖"的矛盾态度，她们"对男性主导的社会虽有不满，但并无颠覆企图"。见：苏耕欣. 压迫与保护、对立与依赖——评哥特小说中女性与父权制度的矛盾关系 [J]. 北京大学学报（哲学社会科学版），2003（4）：83-87.

① 方红. 完整生存：后殖民英语国家女性创作研究 [M]. 杭州：浙江大学出版社，2011：142.

② 关于"凝视"或"注视"，萨特是较早的研究者之一。他从视觉体制中的"注视"和存在主义哲学中的"存在"和"主体"等概念之间看到了通约之处，并揭示出"注视"在建构人的主体性层面所扮演的重要角色。拉康在论述"镜像理论"时说："决定我的东西……是外人对我的凝视。正是通过凝视，我进入了别人的目光；正是从外人凝视的目光中，我看到了凝视的结果。所以，事情就是，凝视就是一件仪器，光线在其中传播；我在其中……变成了影像。"在此，拉康强调，凝视来自外面，是外人对自己的凝视。用他自己的话说："凝视在外，我被别人凝视，也就是说，我是一张相片。"（Lacan J. What is a picture? In The Visual Culture Reader[M]. London and New York: Routledge, 2002: 126-127.）赛义德的东方主义认为，东方几乎就是西方根据西方的道德价值观再现或建构的东方。由于深受福柯（Foucault）话语（discourse）理论的影响，赛义德过于强调东方主义话语形式，而忽略了东方主义"凝视"现象。我国学者罗世平指出："西方后殖民主义文学通过东方主义话语重构东方的过程即西方通过凝视东方折射或再现东方的过程。西方凝视东方的目光充满西方道德价值和文化传统观念，以此目光凝视、审视或再现东方的结果是：东方被扭曲、被歪曲、被整形。所以，赛义德的东方主义不仅意味着西方对东方的话语重构，而且还意味着西方对东方的凝视折射。"见：罗世平. 凝视：后殖民主义文学折射 [J]. 外国文学，2006（4）：2-10.

和创造本土色彩浓厚的民俗意象，成功地将英语文学"本土化"。林宝音在创作中并未排斥东方或者西方，而是创造性地将东西方的文学和文化遗产融入自己的作品中，这是一个兼容并蓄的过程。由此可以说，林宝音的文学实践为新加坡本土文学发展带来了全新的创作理念和驱动力，这是林宝音为新加坡本土文学作出的巨大贡献。

小结

1965 年，新加坡政治上的独立和建国后经济的快速发展要求具有与之相符的文化地位，而新加坡英语文学长期依附英国文学，新加坡文坛并未给予本土英语文学应有的重视。从林宝音的创作中，我们可以看到新加坡作家对本土文学发展的迫切愿望。

林宝音本身气质中的"民俗情结"被民族文化认同的时代语境和英国经典作家的文学作品所唤醒。[①] 她从语言、叙事策略和叙事主题等层面对英语文学进行着本土化的改造：新加坡式英语的应用、对英国哥特文学的超越、对华人社区民俗的利用、对新加坡本土历史和现实的集中反映等，无不体现了林宝音的本土意识。英语不再是殖民文化的一种束缚，反而成为她向世界发出自己声音的工具。林宝音利用民俗叙事对女性主义立场的揭示就是一个很好的例证。她运用民俗叙事手法塑造了一个个大胆、独立的女性形象。在女性主义小说中，林宝音一反爱情或家庭伦理小说的传统，把主动权交给了故事中的女主人公，让她们勇敢地走出婚姻或家庭礼教的樊笼，向着心中理想的目标迈进（如《女仆》中的涵、《银叶之歌》中的银叶、《泪痣悲情》中的玫瑰等）。从林宝音的小说中我们可以看到她所塑造的女性在种种磨难中展示

---

① 莫言引用法国作家纪德的话说："法国作家纪德说过，所谓的影响实际上应该是一种唤醒，也就是说你这个作家的气质里面有这种东西，那么读到另外一个作家的作品时，它一下子就唤醒了你的这种气质，这个作家的创作气质跟你很相似，他会把你内心深处、把你个性当中所沉睡的一些气质唤醒，这就是所谓的影响。"（莫言. 作为老百姓写化访谈对话集 [M]// 说吧·莫言中卷. 深圳：海天出版社，2007：230.）

出一种坚定的人格力量，"这种坚定的力量不是来自妇女解放的理论，而是来自华人传统人格美德潜移默化的影响"。[①]西方的后殖民解读往往只重视客观的文化语境，而忽视了这一点。

　　林宝音对英语文学的本土视维实践是新加坡历史文化语境和林宝音本土文学意识双重因素合力作用的结果。她通过集中讲述新加坡本土华人故事，将本土英语与标准英语结合，推动了新加坡英语文学本土化。她的文学创作立足于新加坡华人族群的真实生活，是对新加坡社会中现实问题的回应，其小说带有明显的批判现实主义文学的特征。她敏锐的洞察力、交互的文化身份和深厚的文学素养，使其形成了独特的叙事风格。她将民俗事象与故事叙事有机结合，真实地再现了新加坡本土华人的生活面貌和心理状态，并揭示了新加坡社会中突出存在的矛盾。但是，新加坡移民社会、殖民以及后殖民历史的客观事实只能将其"本土化"的努力限制在一定的程度中。从其小说中体现的本土性和英语文学传统的"后殖民性"等特征来看，林宝音的文学创作是处于东西方文化间的一种文学实践，显示出"混合型"文化书写的特征。从新加坡文学史的层面来看，林宝音是一位承上启下的作家，其作品和写作风格对之后的新加坡新生代作家影响深远。[②]林宝音在新加坡文坛和世界华裔文坛的突出成就值得我们进一步深入分析和解读。

　　林宝音小说都是女性主义小说，她以女性为中心的叙事策略揭示了过去和现在新加坡女性在父权制文化传统中的人生遭际，同时，多元文化混杂的后殖民文化语境中华人的身份认同困惑也成为林宝音小说深入探讨的话题。对于这两大主题，林宝音都以民俗意象作为揭示手段。

　　本书选取的典型民俗意象主要参照以下标准：

　　书中选取的典型民俗意象与林宝音具体作品中要揭示的主题密切相关。

　　书中选取的典型民俗意象贯穿在具体作品中，成为故事叙事的关键因素。

---

① 严明，樊琪.中国女性文学的传统 [M].台北：洪叶文化事业有限公司，1999：223-242.

② Lim S G. Finding a Native Voice-Singapore Literature in English[J]. Journal of Commonwealth Literature, 2015(12):30-48；F Chua. Casting the Net: Trapped Fate in Singapore Fiction[D]. Singapore: National University of Singapore, 1990:53.

　　书中选取的典型民俗意象可能出现在林宝音的多部作品中，形成文本间的互文性关系。

　　书中选取的典型民俗意象大多来自华人传统文化。

　　为了便于分类论述，本书选取的研究对象未必囊括林宝音小说中所有的民俗意象。所选取的民俗意象只是林宝音小说中所有民俗意象的代表，并且能恰切地突出林宝音的创作意图和创作特色。因此，从第一章到第四章，本书将林宝音小说中典型的民俗意象归纳为"女神"意象、"男神"意象、"鬼魂"意象和与"身体"相关的民俗意象进行讨论。需要说明的是，"女神"意象中的"眼耳女神"和"男神"意象中的"天帝"是出现在《女仆》中的一对相互对立的意象，但为了讨论的便利，本书将这两个意象分列在第一章和第二章进行讨论，以与其他的同类意象进行参照。

第二章　林宝音小说中的文化利用策略[①]

林宝音通过文化利用对主题的发掘、人物的塑造、景物的描写，都显现出自出机杼的个性特征，其文化利用的策略主要分为三类，即"拟神话的创设""传统文化意象的陌生化"和"文化意象的多视域融合"。这三类文化利用的策略不仅与林宝音的知识结构和新加坡本土的文化语境有关，而且也是新加坡本土文学发展现实召唤的一种结果。下面就从这三个方面入手，深入分析林宝音文化利用的成因及其对新加坡本土文学发展带来的重要启示意义。

第一节　拟神话的创设

20世纪90年代到21世纪初是林宝音长篇小说创作的巅峰时期。她的两部女性主义代表作《女仆》（*The Bondmaid*，1995）和《泪痣悲情》（*The Teardrop Story Woman*，1997）先后问世。这两部小说都是通过女主人公的悲惨命运批判新加坡顽固的父权制传统对社会底层女性的戕害。朱莉·迪克森（Julie Dixon）博士将其盛赞为"有新加坡本土特色的小说"，并认为"这两部小说在结构上与西方的传统小说相吻合，类似于欧洲现代主义文学的一种类型：传奇抑或是传奇剧"。（2002：24）与其他小说不同的是，这两部小说均以"拟神话"[②]的手法创造叙事契机、引发情节突转、揭示小说主题。在拟神

[①] 本章部分内容已发表。可参阅：赵志刚.林宝音小说《女仆》中的"神话母题"研究[J].华文文学，2017（4）：57-62.

[②] 神话是通过"对现实生活的感受和对历史多种事迹的群体回忆进行想象或幻想，创造出内容丰富、美丽动人的神话故事"。见：邓启龙.神话研究的新视野——对神话理论的再认识[J].广州大学学报（社会科学版），2002（7）：15-21.拟神

话中，林宝音创造性地将华人传统文化中普遍认为的女性禁忌的"经血"和"泪痣"转化为女性冲破传统藩篱、战胜父权权威的有力武器，实现了对父权制的"破"和对女性主义的"立"，在一破一立之间讽刺和批判了新加坡父权制的荒谬，表达了自己的女性主义主张。这些拟神话生发于新加坡的多元文化语境中，讲述的是新加坡本土故事，是新加坡本土性在文学中的一种体现。

一、小说中拟神话对父权制传统的解构与颠覆

20 世纪 70 年代末以来新加坡的现代化进程并没有为女性的社会地位带来根本性变化。新加坡华人社区沿承了华人移民从母国带来的父权制传统，儒家礼制长期规约了女性在社会和家庭中的分工模式和生存方式。新加坡"国家父权制"所奉行的"国家至上""家庭为根"的理念也不可能从根本上解决性别平等的问题。这为林宝音提供了丰富的创作素材。深受西方女性主义思潮影响的林宝音对新加坡的父权制传统有着清醒的认识。在 1995 年和 1997 年，她先后创作出版了《女仆》和《泪痣悲情》。这两部小说通过女主人公的成长经历和命运悲剧批判了 20 世纪 50 年代的新加坡传统华人社会中父权制文化对女性的压迫，旨在以"古"喻今，即通过追溯新加坡父权制传统的文化根源，讽刺新加坡政府所宣称的现代性的荒谬。在这两部小说中，林宝音创设了两个拟神话，大大提升了小说的审美趣味和思想品位。

首先，《女仆》中的拟神话颠覆了人们对女性禁忌的传统认知，将经血塑造成战胜父权的武器，从而以戏谑的方式批判了父权制传统的荒谬。在小说中，女主人公涵出生在当地一个贫困的华人家庭中，家庭变故使她从小被卖到当地权贵吴家为奴。小说在一开始就将天帝塑造成一个带有厌女症（misogyny）的父权权威形象。小时候，涵就听父亲讲：

对神话的模仿，是叙述者根据表达意图的需要通过对已有神话中的人物、情节、主题进行改编或模仿传统神话的叙事机制而进行的再创作。"拟神话与神话都试图通过象征来表达寓意。"见：朱盈蓓. 明清叙事文学拟神话结构中的主体间性关系 [J]. 新疆大学学报（哲学·人文社会科学版），2014（3）：107-110.

很久很久以前，是男人每月要遭受流一次血的痛苦，而不是女人。当然，男人不能像女人那样使用布条，而只能用长竹简来保护他们的生殖器。但是在犁地、种地和收割时是很不方便的，因此他们向天帝祈求收回男人遭受的这种不便，而将其转给女人。天帝可怜他们，便同意了他们的要求。[①]

这个故事在涵幼小的心灵中留下了深刻印象，以至于长大后，在她的梦境中出现的天帝形象往往是负面的，是迫害女神的元凶。作者通过这样的情节编排，将"天帝"塑造成了一个"偏向男性、欺压女性"的父权权威形象。更为巧妙的是，作者安排由一个"重男轻女"的父权主义者讲述这段故事，再加上讲述者戏谑性的讲述口吻，瞬间将传统信仰中高高在上的"天帝"降格到了一个"只会压迫女性"的"恶神"形象。

小说中一尊被遗弃的、无眼无耳的女神像成为涵唯一的精神寄托。涵为女神像画上了眼睛和耳朵，希望女神能看到自己的不幸遭遇。她经常将内心对现实的不满、委屈和绝望诉诸梦境。在梦境中，涵变成了拯救深受天帝迫害的"眼耳女神"的英雄，而涵战胜天帝的法宝就是女人的经血。故事中交代："女神一个月只能控制天帝一次，即用她双腿中间所散发出来的经血力量将天帝吓跑。"（Lim，1995：338）在这里，由天帝所规定的女性经血成为制服天帝的武器。由此，小说通过让天帝自作自受的情节设置讽刺了父权社会对女性设定的禁忌习俗的荒诞。

其次，《泪痣悲情》中关于泪痣的传说为揭示女主人公的悲剧命运埋下了伏笔。在这部小说中，林宝音"使用预序（forward projection）和倒叙（flashback）的方法将新加坡现代生活的破裂、后殖民和殖民意识之间的矛盾揭示得淋漓尽致"。（Lim，1999：90-91）在《泪痣悲情》中，林宝音将"泪痣"迷信为女主人公带来的伤害与女主人公的成长并置在一起，以"拟神话"的形式对"泪痣"做了交代：

---

① Lim C. The Bondmaid[M]. Singapore: Catherine Lim Publishing, 1995:8.

> 曾经有一位神，对一个从未流过眼泪的、快乐的女神产生了嫉妒之心，拿起笔在她的眼角画上了眼泪。女神从此陷入永远的悲情之中：山河崩裂，天塌地陷。而据说泪痣注定会为丈夫和父亲带来不幸的。（Lim，1997：40）

在故事叙事中，泪痣意象承担了引发关键情节突转的任务，成为读者解读小说主题的一个关键因素。女主人公玫瑰出生在一个重男轻女的华人家庭中，她的父母本想将她送人，但当时年幼的哥哥不停地哭闹才使得父母不得不将玫瑰留下来。父亲改变主意主要是考虑到他的宝贝儿子（Much-loved only son）。虽然父亲也曾想善待自己的女儿，但玫瑰脸上的泪痣成为造成其命运悲剧的一个导火索。

> 父亲阿恩科突然看到玫瑰脸上的一颗泪痣，将刚刚培养起来的父女亲情打得粉碎。阿恩科将女儿从怀中放到地上，生气地想：难怪在她出生后我的生意都不顺利，她生为女娃，又长有泪痣，简直是对我的双重诅咒（doubly cursed）。（Lim，1995：338）

父亲阿恩科对玫瑰的态度从"厌女"到"怜女"再到"嫌女"，而引发父亲态度转变的直接原因就是其对泪痣根深蒂固的偏见。玫瑰的命运也因此发生了改变，她从此生活在了无生趣、毫无希望的世界中。她也曾尝试让父亲接受自己，但一切努力都是徒劳的。婆婆想要将泪痣除去，但是玫瑰拒绝了。她在眼边画满了泪痣，站在父亲面前，"就像舞台剧中的怪物或者女魔鬼，向父亲的偏见发起了挑战"。她内心大声地呼唤："父亲，爱我吧，即使我长有泪痣。"但是，她的努力并没有换来父亲阿恩科态度的转变。玫瑰不停地哭泣，"蜷缩在自己最喜欢的一个黑暗的角落里（in her favorite dark corner）"。泪痣为玫瑰幼小的心灵带来了巨大的创伤。她一生中再也没有走进父亲的房间。在这里，"黑暗的角落"和"父亲的房间"都是隐喻性的空间，前者隐喻女性被边缘化的社会地位，是对"重男轻女"社会习俗的批判，后者则是父权的专属领地。小玫瑰对父亲和他的房间产生了憎恨，即使在父亲弥留之际，玫瑰也没有走进去，暗示着玫瑰与父亲代表的父权文化的决裂。

从以上两则拟神话在文本中的存在样态可以看出：第一，林宝音创设的这两则拟神话都与女性的身体有关，通过将传统习俗中的女性禁忌进行解构，讽刺了父权制的荒谬。第二，这两则拟神话在故事叙事中都起着关键作用。经血神话中的女神和女主人公涵、泪痣神话中的女神和女主人公玫瑰都是互为镜像，形成了虚实结合的两条叙事线索，推动情节交叉前行。第三，林宝音通过拟神话暗喻女性的命运悲剧是社会文化造成的，将批判的矛头直指社会文化根源，从而升华了小说的主题。

二、小说中拟神话的原型批评

《女仆》和《泪痣悲情》拟神话中的人物和情节是东西方文化合力作用的结果。

首先，天帝父权权威形象的生成是林宝音将东西方文化混杂交融的结果。"天帝司命"是在华人传统文化中普遍流行的神话传说。在华人族群的传统信仰中，天帝被赋予了至高无上的地位，他统管三界、威力无穷。从原型批评的角度来看，天帝信仰的形成是华夏先民集体无意识的产物，表达了先民对无常大自然的敬畏。根据林宝音的解释，《女仆》和《泪痣悲情》中的核心意象"天帝"就是来自她妈妈所笃信的道教信仰。林宝音说："在我的生命中有两个神：一个是道教信仰中的'天帝'，一个是天主教中的'上帝'。……我生命中的这两个神对我产生的影响是相似的，即这两个神都让我产生了深深的负罪感和恐惧感。"（Lim，2017：35）

在《女仆》中，林宝音在华人"天帝司命"传说的基础上，通过拟神话的方式对其进行了改造，借助天帝这一权威形象将父权制文化中强加到女性身上的经血禁忌转化为女性的生理优势。这是对父权制文化传统的大胆挑战，表达了作者对公平和正义的渴望。同时，林宝音小说中对天帝形象的利用和改造与其所接受的女性主义思想有着紧密的联系。林宝音从小接受的是英语教育，在文学创作上深受英国女性经典作家的影响。她的小说就像奥斯丁的小说一样，"充满了挑战社会传统权威的表述"。（Walker，1990：7-8）她在接受采访时明确表达了对简·奥斯丁、夏洛蒂·勃朗特和乔治·艾略特的喜爱，"因为在多数女性还满足于低等社会地位时，她们就以超凡的智慧、崇高的道德以及敏锐的洞察力著称于世"。《女仆》中"天帝将本属于男人的经血分派给了女性"这一情节与女性主义者所宣称的"社会性别是社会建构出来的"这一说法相吻合，足见女性主义思潮对林宝音的影响。波伏娃在 20 世纪 40 年代就提出："女人并不是生就的，而宁可说是逐渐形成的。"① 虽然波伏娃当时没有明确提出"社会性别"的概念，但是她的论述为 20 世纪 60 年代的女性主义运动奠定了理论基础。波伏娃指出："妇女是被社会建构为他者（the Other）的人，妇女的劣势不是自然形成的，这个等级划分的二元体系是父权制的产物，是用来为巩固男性权力服务的。因此，女人不仅是一种社会建构的产物，而且较之男人，她们的社会地位更低，不值得受到尊重和重视。"② 受女性主义理论影响，林宝音在小说中对造成女性低下社会地位的社会文化根源进行了批判。拟神话中的"经血"意象就是林宝音对社会文化批判的典型例证。小说通过天帝对经血这一生理任务的再分配，讽刺了父权权威的荒谬。从以上分析可以看到拟神话中"天帝"意象来自华人传统信仰，同时又被作者烙上了西方女性主义思潮的烙印。因此，"天帝"意象可以说是东西方文化混融的结果，体现了林宝音混杂性文化书写的特点。

其次，拟神话中"天帝欺侮女神"的情节模式受到西方女性主义小说的影响。确切地说，在《女仆》和《泪痣悲情》中的两则拟神话的情节模式都是脱胎于西方女性主义小说中的"强奸－心理创伤"模式。安妮斯·普拉特（Annis Pratt）从 300 多部女性小说中归纳出这一原型模式，并出版了《妇女小说中的原型模式》（*Archetypal Patterns in Women's Fiction*，1981）一书，该书是原型批评与女权主义态度相结合的典范之作。在书中，她将希腊神话中太阳神阿波罗神向女神达芙妮求爱而达芙妮变形为月桂树的故事概括为"强奸－心理创伤"模式。有研究者认为这一神话表现的是："男神对女神的侵略

---

① 西蒙娜·德·波伏娃 . 第二性 [M]. 陶铁柱，译 . 长沙：湖南文艺出版社，1986：309.

② 刘霓 . 社会性别——西方女性主义理论的中心概念 [J]. 国外社会科学，2001（6）：52-57.

征服，女神为保护自己而被迫逃离变形的故事。正是这种鲜明的性别视点使论者把'化为月桂树的达芙妮看成是在父权统治下被扭曲了的灵魂，看成是被侮辱与被损害的第二性象征'。"①

《女仆》和《泪痣悲情》中的天帝就如同希腊神话中的阿波罗神一样，他们羡慕女神的功绩和善良，他们要征服女神，让女神失去眼睛和耳朵或者添上一颗泪痣，从而使其失去信众的崇拜和敬仰。与达芙妮的变形相似，林宝音笔下的女神们也发生了变形，由原来美丽端庄的女神变成了无眼无耳的女神或者长有泪痣的女神。《女仆》和《泪痣悲情》拟神话中的女神和希腊神话中达芙妮的变形都是在男性神的逼迫下被动地作出的改变。由此可以看出，林宝音借鉴了西方女性主义小说中的"强奸－心理创伤"这一原型模式，在拟神话中设置了"天帝欺侮女神"这一情节，借此来批判父权制文化对女性的压迫。

最后，经血和泪痣的原型来自华人传统信仰中的女性禁忌。社会中普遍认为，女人的经血是肮脏的、不祥的，在很多文化中，经期的女性都是要被回避的。特别是在华人的宗教信仰中，经期的女人是被禁止去寺庙的。因此，"月经禁忌使得妇女成为私人领域道德的奉行者，她们在公共领域的道德关怀中处于劣势，这种基于性别差异而形成的道德上的双重标准反过来又强化了妇女受歧视的地位"。②总之，在各种文化中，人们普遍认为"经血"是污秽之物。在林宝音看来，这些都是父权制社会建构出来并强加在女性身上的生理禁忌。

同样，林宝音在《泪痣悲情》中通过对泪痣传说的运用，瓦解了表征着命运之神的父权权威。"泪痣"意象是林宝音在《泪痣悲情》中创设的一个典型文化意象。在华人民间信仰中，泪痣被认为是不吉利的，长有泪痣的人注定终生悲苦而且会为身边的人带来厄运。小说以泪痣引发故事叙事，并以这一意象结构全篇。泪痣预示着小说中女主人公的人生悲剧，作者也由此控诉

---

① 叶舒宪 . 破译与重构：原型批评的发展趋向 [J]. 上海文论，1992(1)：6-11. 转引自：刘思谦 ."原型批评的理论与实践"笔谈：原型批评与集体无意识与性别 [J]. 中州学刊，2001(3)：108-111.

② 李金莲 . 女性、污秽与象征：宗教人类学视野中的月经禁忌 [J]. 宗教学研究，2006(3)：152-159.

了造成人物命运悲剧的社会文化和习俗。更进一步说，泪痣带来的个人悲剧实际上是对社会历史文化悲剧的隐喻。在这样的社会语境中，玫瑰成为社会偏见的牺牲品。

值得注意的是，小说中"泪痣"意象所表征的女主人公的"命运悲剧"与古希腊《俄狄浦斯王》中的"命运悲剧"不同。后者中的命运悲剧是由神意造成的，而林宝音小说中的"命运悲剧"则是由社会文化环境所造成的。陶东风将由"政治或社会文化的原因"造成的命运悲剧称为"社会历史悲剧或政治悲剧"。① 林宝音小说中女主人公的命运悲剧是由人们对她眼角的泪痣所产生的偏见造成的，由此社会文化成为压制人性、摧残女性的元凶，是强加在人们心中的一种"精神枷锁"。因此可以说，小说中"泪痣"意象反映的是新加坡华人社会中的文化问题。试想如果小说中没有"泪痣"意象，那么故事中人物的命运也许会不同。故事中，长有泪痣的女主人公不仅要面对众人的冷嘲热讽，而且还要同命运带来的不公进行抗争。她在成长历程中面临的最大挑战就是要打破父权制文化对女性的精神束缚。当她在满脸贴上泪痣挑战父亲的权威时，她就已经吹响了向"父权"抗争的号角。但是当玫瑰最终按照当地一个权贵追求者的要求将象征着"厄运"的泪痣除掉时，她向现实妥协了。现实的磨难使她把真实的自我隐藏了起来。从抗争到隐藏真实自我象征着女主人公寻找自我身份的努力付之东流，从反面揭示了父权制传统的顽固和社会现实的残酷性，这也正是林宝音悲剧小说的魅力和意义所在。由此，小说从个人命运悲剧的层面上升到了一个批判社会现实的高度。

三、拟神话的价值和启示意义

《女仆》和《泪痣悲情》中两则拟神话中的人物和情节是在新加坡多元文化语境中生成的，体现了林宝音混杂性文化书写的特点。从新加坡文学发展史的角度来看，林宝音创设的拟神话具有重要的启示意义。

---

① 陶东风. 从命运悲剧到社会历史悲剧——阎连科《年月日》《日光流年》《受活》综论 [J]. 中国现代文学研究丛刊，2016（2）：173-188.

　　首先，通过创设拟神话颠覆霸权话语、掌握话语权。在拟神话中，"天帝"这一父权权威形象被降格，与一般男性无异。拟神话通过重构女性生理特征的新神话，从根本上解构了父权制社会长期以来形成的对女性生理特征的偏见，为长期以来备受压迫和欺侮的女性找到了自身的优势，颠覆了父权制下的霸权话语，为女性打破"沉默"、发出"声音"奠定了民俗文化基础。因此，林宝音的这一意象具有非凡的象征意义。

　　对于社会中专门为女性设立的文化禁忌，林宝音采取了一种反"常识"或者说是"陌生化"的处理方法。也就是说，人们已经形成了对女性固定的、常识性的看法，而林宝音对这些被众人奉为圭臬的习俗进行"逆向"处理，通过赋予那些被禁忌的事象以特殊的含义和力量，以形成与"常识"相对的观点，向命运的不公发起挑战。林宝音小说中的拟神话是其对华人族群传统民俗文化的利用和改造。对"天帝"意象的解构和颠覆带来了"陌生化"的叙事效果。通过"去弊"和"发现新意"，消解了这些民俗意象的"前在性"，往往令读者产生全新的审美体验。通过拟神话，林宝音对民俗文化制度荒诞性的讽刺和对文化传统的颠覆，表达了其深切的人文情怀和直率而有担当的写作态度。

　　其次，林宝音小说中的拟神话是与新加坡严苛的国家父权文化语境协商的结果。在新加坡，文化艺术的创作要经过相关部门的层层把关。这也是林宝音选择将自己的小说在欧美国家出版的一个因素。当林宝音创作完成《女仆》时，因其蕴含浓厚的批判现实色彩而未通过审查，新加坡本地的出版社拒绝出版此书。1995 年，林宝音不得不自建公司将其出版发行。之后，英国的 Orion 和美国的 The Overlook Press 两大出版公司分别在 1997 年和 1998 年出版了这部小说，也为林宝音的小说打开了国际市场。其实，林宝音在拟神话中创设文化意象，旨在通过隐喻和象征的手段间接揭示小说主题和作家的创作宗旨，这本身就是对新加坡文化语境的一种妥协。毕竟 1994 年她所经历的"林宝音事件"对其写作风格产生了一定的影响。让人意想不到的是，她创作风格的改变大大提升了作品的审美趣味，比直接批判社会现实效果更佳。更为重要的是，她运用这些文化意象批判了长期存在于华裔族群中的传统女性意识，并以以女性为中心的叙事策略树立了自己的现代女性意识。

　　最后，林宝音小说中的拟神话体现出林宝音的文化认同倾向和新加坡

"本土性"。从上文对拟神话的原型批评可以看出，林宝音将东西方文化元素杂糅混合，体现出混杂性书写的特点。这是新加坡多元文化语境的必然产物。林宝音从小深受东西方两种文化的影响，居间（in-between）的文化身份培养了其"双重视界"的文化意识，为其小说注入了中英两种文化特质，是东西方文化混合、交融的典型代表，折射了海外华人身处"中西／古今"之间所感受到的文化拉锯与文化身份认同问题。从林宝音对华人传统文化意象进行改造来看，林宝音并没有完全固守华人的传统信仰，而是将其作为一种处理新加坡本土问题的工具。此外，拟神话的创设脱离了传统的神话框架和传说体系，表明了新加坡作家对新加坡本土故事和新加坡文学"本土性"的一种渴望和期待心理。新加坡华人的族群文化与中国文化存在着千丝万缕的联系，如果总是借用文化母国的神话传说，则不足以显示其文化的本土性。所以，林宝音在作品中打破常规、另起炉灶所创设的拟神话也是一种无奈之举吧。

同样，在对待西方文化和文学传统的态度上，林宝音也表现出一种文化利用的态度。新加坡英语文学一直处于英国文学的阴影中，要想超越殖民文化的影响，就必须挖掘本土素材、利用本土文化，以塑造新加坡文学的独特性。林宝音并没有排斥英国的殖民和后殖民影响，而是将英国文学经典融入其文学创作中。正如我国学者方红所说："后殖民女性坚决反对殖民统治，但对西方文学传统并非拒之于千里之外，而是兼收并蓄。在英国后殖民女性创作中，作家对西方文学传统采取'废除与挪用'（abrogation and appropriation）的态度，把西方小说文类改良成表达自己心声的工具。"[1] 也就是说，林宝音真正关心的不是向东或者向西的问题，而是新加坡本土问题。作为新加坡的第二代作家，林宝音的作品始终坚持书写新加坡人的历史和现状，从新加坡"内部人"的视角来看待新加坡的人和事，这就有效瓦解了西方的"殖民凝视"（colonial gaze），因为在林宝音之前很多关于新加坡的小说都是英国人创作的。鉴于此，有学者将林宝音的小说称为"有新加坡特色的本土小说"。（Dixon，2002：24）

---

[1] 方红 . 完整生存：后殖民英语国家女性创作研究 [M]. 杭州：浙江大学出版社，2011：142 .

林宝音作为华裔作家对华人族群民俗文化的利用，实际上体现的是民族文化的一种历史性渗透。对这种"历史性渗透"的研究不仅可以追溯作家的价值取向和创作心理，而且还可以挖掘文本中蕴含的深层民族文化心理和思维模式在跨文化语境中的变迁。

林宝音在小说中通过拟神话对华人传统文化传说进行了改造，通过在拟神话中的"去弊"和"发现新意"，追溯了传统社会中造成女性命运悲剧的文化根源。拟神话将"经血"和"泪痣"这两个被普遍认为是女性禁忌的意象塑造成战胜父权压迫的有力武器，从而消解了这些意象的"前在性"，讽刺了新加坡父权制文化传统的荒诞。小说通过拟神话在华人传统民俗文化和读者之间创设了"间隔距离"，超越了读者的"期待视野"，达到了一种陌生化的叙事效果。这些拟神话是在新加坡多元文化语境中生成的，体现出新加坡本土性特征，揭示了作者的身份认同倾向。同时，林宝音将西方女性主义理论融入本土故事中，为其注入了世界的视角，使得其作品超越了民族和国家的界限而具有了国际化的意义。

第二节　传统文化意象的陌生化

如前文所引，道教和天主教信仰对林宝音的成长产生了巨大的负面影响。在两种宗教道义的束缚下，她总是背负着负罪感和恐惧感，生活也了无生趣。最后，她选择了放弃。（Lim, 2017：35）林宝音在结束自己的婚姻之后（1984年），也随之结束了自己对宗教的信仰。在小说中，她将自己的宗教信仰经验和女性主义立场并置在一起，通过对民俗文化资源的利用，找到了表达自己主张的方式：即在小说中利用和重构以"天帝"为代表的"男神"形象，以批判传统父权文化、揭示自己的女性主义主张。这一权威形象的创设是为小说的女性主义立场服务的。另外两个典型的"男神"意象分别是《毒牙》中的"雷电神"和《司徒老师》中的"大伯公"意象。本章拟从这些意象的文化原型入手，考察其在林宝音小说中所蕴含的象征意义，并进一步探讨这些典型意象与小说其他叙事要素之间的内在关联。

一、"天帝"意象：父权文化权威

西蒙娜·德·波伏娃在《第二性》中提出了"文化形成女性"的论断："一个女人之为女人，与其说是'天生'的，不如说是'形成'的。没有任何生理上、心理上或经济上的定命，能决断女人在社会中的地位，而是人类文化整体，产生出这居间于男性与无性中的所谓'女性'。"[1] 在这里，波伏娃对造成女性从属地位的父权制文化提出挑战，并为女性主义者指明了方向，即只有消解父权制文化传统，解构并颠覆男性中心主义思想，才能将女性从歧视和压迫中解放出来。传统父权往往"通过政治、宗教、道德等意识形态的方式向整个社会传送父权文化的讯息，不仅是男性，更重要的是女性需要接受这种意识形态的教化，从而被教化成举止优雅的、遵从父权道德、以家庭责任作为自己核心价值观的温良贤德的女儿、妻子、母亲、女性"。[2] 在《女仆》中，林宝音重塑了"天帝"形象："天帝"既是人间文化制度的制定者和人类命运的操纵者，也是压制人性和剥夺女性自由平等权利的父权权威。

在华人的传统信仰中，"天帝"是一个威严的权威形象，他统管三界、神力无穷。从原型批评的角度来看，"天帝"信仰是华人先民集体无意识[3]的产物，表明了先民对无常的大自然的畏惧。"天帝"信仰是人们将"天"人格化

---

[1] 西蒙娜·德·波伏娃. 第二性 [M]. 桑竹影，译. 长沙：湖南文艺出版社，1986：23.

[2] 姜吉林，赵莉萍. 对父权文化的抵抗和颠覆——论《呼啸山庄》的叙事政治 [J]. 妇女研究论丛，2010（3）：67-72.

[3] 瑞士心理学家荣格在《意识与无意识》中论述了"集体无意识"和"个体无意识"。荣格把含有个体特征的无意识称为"个体无意识"，并对它的深层结构做了分析。他认为这种个体的无意识有赖于更深的一层，那更深的一层并非从后天获得，而是先天存在的。他把这更深的一层命名为"集体无意识"，之所以称为集体的，荣格说："人的无意识同样容纳着所有从祖先遗传下来的生活行为模式，所以每一个婴儿一生下来就潜在地具有一整套适应环境的心理机制。这种本能的无意识的心理机制始终存在和活跃于人的意识生活中，如果把这种无意识人格化，则应该设想为集体的人，这样既结合了两性的特征，又超越了青年和老年、诞生和死亡，并掌握了人类一二百万年的经验，因此几乎是永恒的。"可参阅：荣格. 荣格文集 [M]. 冯川，苏克，译. 北京：改革出版社，1997：25；宋家典. 荣格原型理论浅释 [J]. 内蒙古农业大学学报（社会科学版），2005（4）：191-193.

的一种方式，是华人"万物有灵"思想的一种体现。林宝音小说中对"天帝"形象的设置将"天意"和"人事"杂糅在一起，以"天意"来影射社会传统，以"人事"来揭露文化传统中的荒谬，颠覆了"天帝"的权威地位，继而解构了传统的民间信仰，表达了自己"平等女性主义"的主张。

在《女仆》中，"天帝"是一个冷漠的、无视人间疾苦的神。女主人公涵的妈妈每天上香，但她的祈求却得不到任何回应，她不无怨恨地说："天帝真是无眼无耳啊！"（Lim，1995：9）后来丈夫因好色被人打死，一家人没有了经济来源。绝望之余，她"将香炉踢翻"，"转身回到屋里，以此来表明与那个女人们自古以来祭拜的无能之神（inept god）彻底决裂"。（Lim，1995：14）

如上节所述，《女仆》中借涵的父亲这一父权人物之口创设了一则拟神话，将高高在上的天帝降格到了一个压迫女性的恶神形象。林宝音另起炉灶创设的这则拟神话摆脱了传统神话传说中情节和道德的束缚，并借此表达了自己对社会现实的不满。这是林宝音对新加坡社会中父权权威和父权传统的一种解构，是对女性在社会中不公正遭遇的一种同情和反抗。

拟神话中天帝对女神的欺侮与现实中女仆涵所遭受的来自父权家族的压迫形成了一对镜像关系，同时也建构了小说情节发展的两条线索。而较之懦弱受辱的女神，女仆涵更具反抗意识和独立精神。她鼓励被天帝欺侮的女神勇敢反抗压迫、争取自己的平等权利和自由。这是林宝音平等女性主义思想的集中体现。

小说情节在结尾时达到高潮，"天帝"被降格到了与一般男人一样的地位。小说中，当涵发现自己被周围的人出卖而绝望时，她眼前出现了幻觉：

> 她看到了坐在神坛上的天帝正在恐吓女神。她勇敢地向天帝发出挑战，大声说："你没有权利坐在这里"，并转向无助的女神："女神，你为什么容忍他这样对你，为什么你不反抗？"而女神哭着说："我不能，现在还未到经血来潮的时候。"（Lim，1995：338）

叙述者解释说：

女神一个月只能控制天帝一次，即用她双腿中间所散发出来的力量将天帝吓跑。女神也能从女性独有的生理力量中受益。……涵刚生完孩子，分娩之后女人的力量要比经血强数倍。张开的子宫能生出孩子，流出鲜血，更能吓得男人们躲得远远的。……于是，涵奋勇解救女神，吓得天帝像胆小鬼一样浑身发抖。（Lim，1995：338）

在这里，由"天帝"所规定的女性经血却成为制服"天帝"的武器，这是对文化权威及其所指定的文化制度的极大讽刺，其用意不言自明。林宝音通过让"天帝"自作自受的情节设置讽刺了父权社会对女性设定的禁忌习俗的荒诞。

小说中的"天帝"是推动故事情节发展的一个关键人物。小说情节是以"虚实"两条线索交叉进行的：以涵的成长为实线，讲述社会底层女性的悲苦命运；以涵梦境中天帝和女神之间的争斗为虚线，与涵的现实境遇相呼应，从而展现了女主人公的精神世界和心理活动。小说中的"天帝"通过女主人公涵的父亲之口出场：天帝将本来应该属于男人的月事转给了女人，让女人遭受肉体之苦和生活的不便，从而为之后情节中涵利用女性这一"优势"帮助女神战胜天帝埋下了伏笔。

小说《女仆》反映了新加坡社会根深蒂固的父权制传统对女性的压迫和束缚。女主人公涵是处于社会底层女性的典型代表。她们的命运在父权制淫威下显得那么脆弱、渺小，同时她们处于萌芽状态的反抗精神在强大的父权传统面前又是那么的弥足珍贵。（范若兰，2014：19）

传统与现代化之间的冲突和融合造成了新加坡现代性的典型特征：一方面追求物质；另一方面强化父权。因此，林宝音在小说《女仆》中通过一个身处社会底层的女仆在传统父权社会中的成长历程，对新加坡的社会现实进行了积极的反思，揭露父权社会对女性的种种压迫，从而将批判的矛头指向造成这种社会体制的更深层次的文化信仰体系，即通过解构和颠覆传统父权制社会中的信仰，动摇了产生社会不平等的文化根基。

二、"大伯公"意象：父权政治权威

父权制政治是父权制文化在政治上的一种体现。在父权制社会中，女性处于从属地位，是社会中的"第二性"（the second sex），被视为"他者"（the other）。父权制的基础是"男性掌握权力"，限制女性的平等权利。凯特·米利特（Kate Millett）在《性政治》中指出："一群人按天生的权力统治另一群人的古老而普遍的格局依然存在，即盛行于性别领域的那种格局。"① 这就是男女两性之间存在着的支配与从属的"性政治"关系。

众所周知，新加坡是一个父权制传统浓厚的国家，对政治言论的管控相当严格。1994年，林宝音就因为在《海峡时报》上撰文对当地政府进行批评而招致以李光耀为首的政府官员的诘难，以至于林宝音失去了在媒体上发声的渠道，后来辞职成为专职作家。在其长篇小说《司徒老师》中，林宝音深刻而大胆地揭露了新加坡社会中存在的严重的"父权政治"，即执政党是国家统治的核心，不允许其他人特别是反对党发出声音，否则就要对其极力打压。在小说中，她将高高在上的"大伯公"与新加坡总理 TPK 并置，将处于社会边缘的女性与处于被动、压迫地位的反对党并置，从而批判了新加坡政府所推行的"父权政治"对不同政治声音的压制。

"大伯公"意象是林宝音笔下出现频率最低、但所揭示的主题最具特色的一个文学意象。之所以说这一主题有特色，是因为在新加坡文坛中很少有作家像林宝音这样能直接对政治进行批评和讽刺。《司徒老师》中的"大伯公"是一个让人产生"恐惧"的神。司徒与新加坡一个著名的政治家也是内阁中的红人——房博士关系很好。房博士非常喜欢司徒的政治见解和司徒讲的一些故事。而房博士也讲述了自己小时候的故事，并问到"是否华人小时候都有过害怕祖先文化中的神的经历，而在基督教中却找到宁静和安慰"。在这里，房博士点出了他皈依基督教是因为小时候祖先文化的神在其心目中留下的阴影："其中最为厉害的就是大伯公（Tua Peh Kong）了，让小孩子们感到恐惧。"（Lim，2011：221）

---

① 凯特·米利特.性政治[M].宋文伟，译.南京：江苏人民出版社，2000：33.

房博士的一番话将司徒带回到自己对大伯公的记忆中：

> 司徒想起小时候婆婆带自己去白云观，看到了大伯公的神像。……虽然房博士小时候看到的大伯公的神像和司徒小时候看到的不太一样，但是大伯公的雕像给他带来很多噩梦，即使他后来皈依基督教，正式与祖先的迷信划清了界限，他还是无法摆脱大伯公带来的噩梦。"（Lim，2011：221）

林宝音借助司徒的口吻谈到自己创设的"大伯公"意象说："如果我写一本书的话，我一定为大伯公留下一席之地。他的形象将和我们儿时的噩梦混合在一起。"（Lim，2011：222）

小说将大伯公与总理 TPK 联系在一起，为"大伯公"意象赋予了政治上的讽刺意义。总理 TPK 是林宝音在《司徒老师》中所创造的一个像李光耀一样强势的政治人物，他对反对党领袖 Pandy 的打击和迫害是毫不留情的。

> TPK 全名是 Tang Poon Kim，首字母正好与大伯公（Tua Peh Kong）的首字母相吻合。大伯公坐在自己的神位上，给人们带来心理的畏惧。他让雷电神用雷电打击自己的敌人，将他们打入万劫不复之中。……如果 Pandy（反对党领袖）离开新加坡回到印度，那么他将成为第六个逃离 TPK 怒火的人。（Lim，2011：221）

司徒喜欢房博士并不仅仅是因为他外表俊朗，还在于两人都在体制之内，都对权力不屑一顾。司徒对房博士开玩笑说："当下次见到 TPK 的时候，你绝对不敢和他提及他神一般的地位。"（Lim，2011：221）

司徒对反对党领袖 Pandy 充满同情，而 Pandy 也把司徒当成自己的知音。于是 Pandy 将司徒约出来共进晚餐，并向司徒倾诉自己所遭受到的 TPK 的压迫。司徒"气愤难当，（TPK）简直就是一个脚踏众生、身居神位的大伯公"。（Lim，2011：234）

在这里，大伯公因与新加坡总理 TPK 并置而成为揭示新加坡父权政治的重要意象。他表面上万众敬仰、身居高位，而实际上却对反对的声音极尽压制之能事。在这一点上，TPK 和大伯公存在通约之处。

林宝音还借"大伯公"这一意象批判了新加坡国家父权制通过政治对女性的影响。小说一开始就从守寡的司徒所处的社会背景开始叙述。

> 1993 年 4 月，丈夫去世后的一个月，玛利亚·司徒将名字改回婚前的名字。……新加坡政府规定，只有结婚的女性才有资格享受政府的廉价住房。（Lim，2011：1）

小说中对国家和政府给当地女性带来的压力进行了精彩的描写：

> ……司徒再也不会将自己的名字改变了。……急切的妈妈们希望自己上大学的女儿们不要忘了最重要的一件事，就是成为"太太"（The Mrs）。整个社会好像都在受制于一种规则：即让单身女性结婚，生子，成为令人尊敬的女人。……国家"社会发展部"发起了"家庭价值"（Family Values）运动，旨在帮助妇女找到真正的价值（find true fulfilment）。……司徒的妈妈多年来不得不忍受不负责任的丈夫，但却总是对女儿说："如果你不结婚，等我去世后，谁来照顾你？"而事实上司徒的爸爸在她很小的时候就因为躲债而逃到泰国，据说与泰国的情妇生活在一起。……伟大的国家资政 TPK 有几次在电视演讲中催促妇女要配合国家的政策。尽管他提到的原因与"家庭价值"运动的原因并不一致，但是没有关系，他让手底下的官员用比较柔和的手段来处理一些敏感的事情，不至于激怒那些教育程度不断提高的选民。而他和其他高级官员则在媒体上讲述国家面临的残酷现实：他警告，国家经济处于危险中。如果出生率继续下降，那么将来劳动力则不足。于是，大街上到处都可见到微笑的家庭的照片。TPK 也有幸福的家庭，但要为这个小小的岛国操心：我们不能出错，如果我们现在不做，那么未来我们将会陷入困境。（Lim，2011：9）

　　这一段描述将司徒的寡居状态与来自家庭和政府的压力并置在一起，深刻揭露了新加坡父权制传统与政治的结合为现代女性带来的影响。林宝音的《毒牙》就是围绕一个"三世同堂"的华人大家庭而展开的，集中反映了代表传统文化的婆婆和代表西方文化的儿媳安吉拉之间的矛盾和冲突。安吉拉一方面想要做一个孝敬的儿媳，但是另一方面又表示出对婆婆坚守的传统文化习俗的不屑。当婆婆的存在已经严重干扰到她的日常生活并对小儿子产生了一定的影响时，她也表现出一种焦虑的情绪。而这种焦虑完全是社会、家庭责任和现代生活理念之间冲突的真实写照，也揭示出新加坡国家父权制是对现代女性进行压迫的一种新形式。

　　《司徒老师》中的父权制政治还体现在"家庭"与"社会"之间存在的隐喻关系上。小说集中刻画了"两对矛盾"：一是司徒和丈夫伯纳德之间的矛盾；二是反对党领袖 Pandy 与政府总理 TPK 之间的矛盾。小说将两条线索并置交织，以家庭中的父权制隐喻国家父权制，以女性在两性关系中的他者地位隐喻反对党在国家父权制中的他者地位。

　　小说以倒叙的方式回顾了司徒短暂而悲苦的三年婚姻。丈夫伯纳德是一个"占有欲极强的人"，给司徒的婚姻生活带来了极大痛苦。对司徒来说，婚姻是"束缚而非纽带。婚姻，只是一场梦幻"。（Bondage, not bonding. Marriage, mirage）（Lim，2011：28）丈夫总是质问她："你在哪里？"婚姻束缚把司徒压得喘不过气来，她不禁反思："现代女性的困境（quandary）比妈妈和婆婆的时代还要严重，因为身处在传统的压迫与未来不确定的希望之间的模糊的过渡期，她要忍受双重的痛苦。"（Lim，2011：29）婚姻中最让司徒受不了的是"失语"，她在丈夫面前根本没有反驳和解释的余地。司徒和男同事以及其他男性的交谈都使她极度不安。司徒在发型上的细微变化都会引起丈夫的不断追问。有时回家稍晚，丈夫会不断打电话，对司徒的文学爱好也要干涉。于是，"沉默成为司徒的最终选择"。而丈夫有时根本就无缘由地对其"冷暴力"更让司徒抓狂。司徒"本想向他怒吼：该死，让我知道你到底想要什么，不要天天不说话，把我的那些罪状一一列出来啊！但是，这些话又咽回去了，因为根本没有用"。（Lim，2011：34）

　　司徒是一个有着独立人格的现代女性，与新加坡现代社会中的种种父权制文化格格不入。一方面，她对丈夫的束缚极为不满，她希望能有一间自己的房间。这与儿时的梦想是一样的。小时候和妈妈住在一个房间内，倍感煎熬，她"希望有张自己的床（与妈妈睡在一起简直是折磨），自己的房子"。（Lim，2011：20）长大后，她希望拥有自己的生活。"住在丈夫买的大房子里，内心依然想着自己的梦想：拥有自己的床和房间。"（Lim，2011：36）对司徒来说，丈夫出差不在家的时候，是自己最快乐的时候。她喜欢一个人在家中，一个人去植物园，享受一个人的生活空间。可见，新加坡现代社会中的父权制传统不仅没有根本性的变化，反而比以前有过之而无不及。这正是林宝音在小说中想要揭示的社会现实。

司徒在婚姻生活中所遭遇的父权压制同样反映在工作中。司徒是当地一所学校的英语老师，小说通过司徒的视角对渗透在教育中的父权政治进行了辛辣讽刺。比如司徒对待学生非常严格，但要求他们要有自己的想法。

> 司徒对学生采取"胡萝卜加大棒"的政策（carrots and sticks）：学校就是微型社会。……她警告学生说："对你们来说，学习成绩很重要；但是，对我来说，当我看到你们污损或破坏莎士比亚、弥尔顿和简·奥斯汀作品中的语言，我会采取措施的。"当学生们无论写什么内容的作文都要与总理 TPK 联系在一起时，她说："你们可以写自己最了解的，可以写自己可爱的祖父、去寺庙祈求幸运彩票号码的姑妈。伟华，你不是说你的哥哥去墓地向你祖母的鬼魂寻求帮助，并赢取了 2000 美元吗？或者写你因为邻居不停地打麻将而整夜睡不好。"（Lim，2011：4）

学生们在考试中经常"选择比较安全的话题、被大人认可的话题（adult-approved topics）。其中，最安全的话题就是在负责任的领导人的领导下做一个有责任心的公民"。而司徒认为这样会泯灭学生们写作的天分，于是司徒在写作课上规定："在作文中不许用任何来自《国家时报》（The National Times）和《新加坡论坛》（The Singapore Tribune）中的语句。"（Lim，2011：5）

在《司徒老师》中，司徒是新加坡现代社会中受父权制压迫的女性，与受政治压迫的反对党 Pandy 同处社会中的"他者"地位。这是林宝音以性别隐喻政治的一种文学手法。小说中的反对党与女性的地位是一样的，在家庭中的女性遭受丈夫的压制，而在社会中的反对党则遭受政府的政治压制。在这一层面上，他们之间存在着命运上的相似性。这就是林宝音以"家庭"隐喻"国家／社会"的一种常用的手法。她的第一部长篇小说《毒牙》即通过新加坡现代社会中的一个华人家庭来透视新加坡社会所面临的"传统和现代""东方和西方"之间的尖锐冲突。《跟错误之神回家》也是通过尹玲的感情生活集中反映了新加坡社会父权制传统对女性的伤害。林宝音这种"以小见大"的写作手法体现了其对生活细腻的感悟和对社会发展的作家情怀。

总之，林宝音小说中塑造的"大伯公"意象象征的是独断专权的新加坡总理，是对新加坡社会父权制政治现实的一种讽刺。

三、"雷电神"意象：父权道德权威

在新加坡社会，华人占了约 75% 的比例，是深受中国儒家文化影响的一个城市国家。而儒家文化影响下的传统华人所践行的传统价值观在现代西方文化和文明的冲击下出现严重衰微的倾向。在这一背景下，林宝音有感于新加坡的社会现实，创作了大量反映现代新加坡人自私、冷漠、迷信、不孝敬父母的作品。而作品中创设的"雷电神"则是父权道德权威形象的一种象征。

所谓父权道德权威，是指通过维护父权制社会中长期存在的道德伦理价值观以维护父权统治而建立的权威形象。这一权威代表了两层含义：第一层含义是这种道德伦理是以父权制为基础的，在华人传统的父权制文化中，以儒家文化为核心的道德价值体系对女性做了种种规约。在这样的社会中，女性是无"我"的，不仅通过"三从四德"从属于男性，而且还要通过"孝道"从属于比自己年长的人，如父母公婆等。第二层含义是通过父权道德权威的建立，威慑那些"桀骜不驯"的叛逆者，使其能在父权制道德体系中规范自己的行为，以保障这一体系的完整性和群体的稳定性。在华人传统文化中，除了被人们广为传颂的"四书五经"、《孝经》和《二十四孝》等宣扬"孝道"的儒家文本外，在民间广为流传的民间信仰中的一些神也被赋予了"惩恶扬善"之意，成为传统父权道德价值体系的守护者。因此，围绕在华人生活中

的"大传统"和"小传统"巩固了父权文化的根基，其影响几乎涵盖了所有华人世界。

林宝音最早使用"雷电神"是在 1980 年出版的第二部短篇小说集《雷电神和其他的故事》（*Or Else, The Lightning God & Other Stories*）[①]中。其中共收录了林宝音创作的 18 篇短篇小说。这部小说集在故事风格和主题等方面都延续了林宝音第一部小说集的传统，作者所关注的还是人物的势利、自私、偏见和无知。在篇幅上比第一部中的短篇小说要稍长一些。"这（部小说集）是在放大镜下的一块各种'关系'的织锦，所展现的是表面和现实的和解会大大地改变这些关系。"（Lim，1999：25）夫妻关系、代际关系、雇主和员工之间的关系、穷人和富人之间的关系都成为林宝音重点描摹的对象。

在《雷电神》一则中，女主人公玛格丽特不喜欢婆婆传统的生活方式。故事中的"中药"代表了华人的传统，而玛格丽特现代化的厨具则代表了现代人的生活方式。婆婆煮的中药溢出弄脏了玛格丽特的厨具，使其非常愤怒。而好友 Suan Choo 与自己的婆婆关系也不好，由此集中体现了新加坡社会现代化的进程为代际关系带来的冲击。故事中的玛格丽特是一个接受现代西方教育、具有独立意识的女性，她理想的婆媳关系是一种平等的关系，而不是传统的"从属关系"。

> 玛格丽特告诉好友 Choo 说："现在和过去不一样了，儿媳不再从属于婆婆，现在我们独立了，我们自己工作挣工资，我们接受教育。现在她们要依赖于我们。"（Lim，1980：182）玛格丽特的妈妈劝说她要尊敬老人，而玛格丽特认为："我们是要孝敬老人，但孝敬的是那些理性的老人，而不是那些有怪异行为的老人。"玛格丽特的妈妈说："不孝敬的人会受到雷神的惩罚。"玛格丽特则反驳说："那是过去了，现在是新时代。……现在没有雷电神或者是灶神。他们早就不存在了。"（Lim，1980：184）

[①] Lim C. Or else, the lightning God & other stories[M]. Singapore: Heinemann International Incorporated, 1980.

可见，新一代华人与传统华人之间存在巨大的鸿沟，而"雷电神"则成为老一辈华人威慑不孝子女的神秘武器。在一次争吵中，婆婆诅咒玛格丽特会受到雷电神的惩罚，她怀的孩子也会受到惩罚。玛格丽特每次回想起婆婆对孩子的诅咒便不寒而栗。她开始变得担心，甚至精神失常。为了确保自己的孩子无事，她便找到灵媒，求他想办法解决。灵媒的解决办法是"婆婆需要写下咒语才能解除之前的诅咒"。最后，玛格丽特不得不请求婆婆原谅，并将婆婆写的咒语化成灰连水一起喝了下去。

故事揭示了在现代社会中婆媳两代人之间关系的发展变化。具有讽刺意味的是，对婆婆不孝的儿媳并不相信传统华人的信仰，但是当自己生儿子的愿望受到威胁时，她屈服了。儿媳对雷神的态度发生了"突转"，婆媳之间的关系也发生了戏剧性的变化，这些都是由"雷电神信仰"导致的。

从故事中可以看到，"雷电神"不再仅仅是华人的一种信仰，而是老一代华人维护父权制道德传统的一种工具。由此，"雷电神"被塑造成惩恶扬善、惩罚不孝子孙的道德伦理之神，对于扭转人物关系起到了关键作用。

在林宝音第三部小说集《他们会回来的……但请温柔地领他们回来》（*They Do Return...But Gently Lead Them Back*）中有一则故事《女人之血》，故事以第一人称回忆了一个年长的妇人阻止丈夫纳妾的行为，里面提到华人"在有雷电时经常发出诅咒"的习俗。在这里，"雷电"意象同样扮演了"惩恶扬善"的伦理道德守护者的角色，只不过，在故事中，"雷电"守护的是夫妻之间的伦理。

在长篇小说《泪痣悲情》中，林宝音再一次用到了"雷电神"的意象。当女主人公玫瑰的婆婆走在大街上，被一些孩子嘲笑她的三寸金莲时，她非常气愤。她的女婿对她也不敬。

> 婆婆心想，"这些顽童和女婿阿恩科会受到雷神（the Lightning God）的惩罚，他们已经站在雷电神的面前接受审判了，雷电神肯定会对这些不孝的（unfilial）、无礼（disrespectful）之辈施法力的"。（Lim，1997：16）而女婿阿恩科对岳母的批评难以忍受，"他想象着将岳母赶出家门，但是一想到岳母肯定会撒泼打闹，会求雷电神惩罚他，他就退却了"。

（Lim，1997：24）

林宝音小说中的"雷电神"除了具有"惩戒"之意外，还代表着给人带来"恐惧"之感。《司徒老师》中的司徒在小时候就产生了对"雷电神"和"大伯公"的恐惧感。小说中司徒回忆自己的成长历程时说：

> 首先是一直保持着祭祖习俗的婆婆，她带来了令人恐惧的众神；然后是皈依基督教的妈妈，她那里同样有一群需要敬仰的圣人、天使和殉道者。我曾经穿梭来往于两种不同的世界中——在教堂的圣水和寺庙的圣火之间，在为拯救人类而死的上帝和向不孝的人们发出雷电警告的雷电神之间。（Lim，2011：24）

故事中的"雷电神"意象，一方面揭露了在新加坡社会中存在着严重的道德问题；另一方面讽刺了人们自私、畏惧的心理。根据林宝音的回忆，关于雷电神的传说是来自儿时祖父的口述。（Quayum，2006：22）这是新加坡华人文学口述传统的又一例证。

林宝音小说中的"男神"形象来源于中国传统父权制文化，成为束缚女性的象征。"民间传统习俗中，有相当大一部分，是与妇女的生存、发展直接有关的。在我国，这些与妇女有关的习俗，绝大部分形成于父权制占统治地位，特别是封建社会儒家思想占统治地位以后，浓重的封建宗法意识和男尊女卑观念的深刻影响是它们最突出的特点。表现在社会生活各个方面和信仰、崇拜、禁忌等习俗中的这类影响，几乎俯拾皆是。"①

在林宝音小说中的三个"男神"意象中，"天帝"意象是作为"女神"的对立面而创设的，其他两个意象则略有不同。

第一，"大伯公"意象与新加坡政府总理联系在一起，成为新加坡父权政治权威的象征。这是林宝音对新加坡"国家父权制"形象的一次具体化处理，

---

① 王庆淑.中国传统习俗中的性别歧视 [M].北京：北京大学出版社，1995. 转引自：王春容."女性写作"与传统习俗 [J].民间文化论坛，1997（2）：21-25.

同时也是将女性主义主题与政治主题结合的一个典范。其中，反对党领袖与有主体意识的女主人公相呼应，而大伯公隐喻的是执政党领袖，这两个层面之间的隐喻关系揭示了小说批判"国家父权制"的深层主题。"大伯公"意象的设置是林宝音将民俗思维和政治现实联系在一起的一个典型意象，她注意到了两者之间的通约之处和隐喻关系，并运用自己熟练的"反讽"手法批判了新加坡社会的政治现实。这既是林宝音自身的智慧，同时也是她在新加坡政治强压语境下被迫采取的一种写作策略。

第二，"雷电神"意象是作为道德权威而创设的。林宝音取"雷电神"意象中的"警示"之意，用来揭示并批判新加坡社会中大众的病态文化心理和逐渐堕落的社会道德。同时，这一意象所维护的是父权制社会中的道德价值体系，是父权制社会秩序维护者的化身。"雷电神"意象在故事叙事中造成了故事情节的"突转"，帮助塑造了人物的性格和形象，揭示了人物之间的关系和命运，成为小说叙事体系中的一个关键节点。

第三，三个"男神"意象都体现了"陌生化"（defamiliarization）[①] 的处理方式。在华人的传统信仰中，"天帝""大伯公"和"雷电神"都是受人敬仰的形象。但是，在林宝音笔下，这些民间信仰的诸神被赋予了独特的隐喻和象征含义，与人们所熟知的、符号化的传统形象完全不同，成为表达作者创作意图的关键素材。"陌生化"突破了人们的心理定式，将日常熟悉的事物变得不寻常，"恢复并更新人们对周围世界的真正的感知"[②]，从而使人产生不一样的审美体验。林宝音笔下的"男神"意象是其批判父权制传统、表达女性主义立场的工具，这种从文化上对传统权威的解构和颠覆强有力地证明了父权制传统的悖谬，从反面强化了自己的女性主义立场。

林宝音的女性书写与中国五四时期的女性书写有相似之处，她们对旧习俗的颠覆式应用实则是对传统"父权制"以及"以男性文本为范本的审美定

[①] 俄国形式主义理论家什克洛夫斯基在《作为手法的艺术》中最先提出陌生化理论。他认为陌生化打破了传统习惯，与人们所熟悉的认知不同，能从平日显而易见的现象中延伸出新的认知。可参见：什克洛夫斯基.俄国形式主义文论选[M].方珊，译.北京：生活·读书·新知三联书店，1989：6.

[②] 李建中，李远.论"陌生化"和"象征化"的异同[J].中国文学研究，2017（4）：63-66.

势的颠覆。正是在这种颠覆中女性才从千百年的精神奴役中冲杀出来，艰难地'浮出历史地表'，看到了人类两性平等的曙光"。①

第三节　文化意象的多视域融合 ②

20 世纪 60 年代的女性主义运动大大促进了女性主义理论的发展。但是，一些极端的女性主义者将这一运动推向另一个极端，即将两性分成对立的二元。这就是林宝音所说的"性别女性主义"（gender feminism）。林宝音说："这种极端的女性主义还是不要为好，因为它就像种族主义一样，是以出生时的属性（birth attribute）来评价一个人的。……我们应该抛弃'性别女性主义'，倡导'平等女性主义'（equity feminism）。平等女性主义，顾名思义，强调的是平等，包括在性别上。"（Lim，2017：98）在她的小说中，林宝音通过对民俗文化中的"女神"信仰的利用和改造，将自己"平等女性主义"的思想融入小说叙事中。

《女仆》中的"眼耳女神"遭受天帝迫害，在女主人公涵的激励下奋起反抗天帝，以争取自己的权利。《泪痣悲情》中的"观音娘娘"和《毒牙》中的"月亮女神"是华人民间信仰中流传较广的两个文化形象，林宝音并未将其"僵化"，而是在文本语境中为其赋予了新的含义。这两个女神意象不仅体现了林宝音对两性之间"平等关系"的诉求，而且还表达出作者对后殖民文化背景下东西方文化之间和代际价值观之间"平等关系"的渴望。这些意象的创设体现了林宝音的女性主义立场和文化认同倾向。同时，这些意象也有各自的独特之处。在本节中尝试从这些意象入手，探讨其在文本中的隐喻和象征意义，分析隐藏在这些意象背后的文化成因和作者的文化心理。

---

① 王春容."女性写作"与传统习俗 [J]. 民间文化论坛，1997（2）：21-25.
② 关于视域融合，可参阅：赵志刚，陈天惠. 评史蒂芬·霍吉对《道德经》译释的多视域融合 [J]. 中华文化论坛，2018（4）：29-35.

一、"眼耳女神"意象：从求神到成神的身份置换

"眼耳女神"是林宝音女性主义小说代表作《女仆》中的典型形象，被塑造成一个因不作为而被人遗忘、因遭受嫉妒而备受压迫、因幡然醒悟而奋起抗争的复杂形象。严格来说，"眼耳女神"在华人族群民间信仰中并不存在，这是林宝音通过自己的想象和深厚的民俗素养塑造的一个文学形象。这一形象在小说中被赋予了独特的含义，具有象征和隐喻的功能，成为一个典型的"民俗化"意象。[①]《女仆》以第三人称全知视角描述了一个从小被卖身为奴、遭受种种屈辱的女仆的成长历程。小说中的故事从 20 世纪 50 年代的新加坡传统社会跨越到 80 年代的现代社会，整个故事时间跨度为 30 余年。在"前言"部分，故事以倒叙的形式交代了一座"眼耳女神"神龛要被推掉，取而代之以现代化的"石油化工建筑群"（petrochemical complex），从而以林宝音惯用的"观念联想"[②]的方式巧妙地引出了一个"女仆变为女神"的动人故事。高耸的建筑群是新加坡社会现代化的象征，而神龛则表征的是即将逝去的历史和传统文化。随着神龛被推倒，历史的记忆将会被抹去，象征着在现代化的社会空间中传统文化力量的逐渐衰微。

"眼耳女神"意象的创设是作者林宝音创作心理的一种体现。这一意象是基于新加坡华人社群中女性的现实遭遇而创设的，蕴含着作者对现实的不满和对未来的心理期待。小说按照女主人公涵的成长历程，分为"孩童"（Child）、"女人"（Woman）和"女神"（Goddess）三部分。涵出生在当地一个贫困的华人家庭中，妈妈"每天在香炉中烧香拜神"，"乞求天帝为丈夫赐福"；父亲给她讲关于天帝的故事。涵在 5 岁时因家庭变故，被卖到当地大家族吴家做女仆。妈妈把涵卖到吴家时送给女儿的最后的礼物是一个"带天帝

---

① 需要说明的是，林宝音小说中的"眼耳女神"是通过作家的想象而创造的一个文学形象，这一形象符合小说中的文本语境，体现的是故事中人物的信仰，属于精神民俗的范畴，因此，我们说这是一个"民俗化"的意象。

② 观念联想（association of ideas）是约翰洛克（John Locke）在《人类理解论》（*An Essay Concerning Human Understanding*，1690）中提出的一个术语。观念联想被认为是现代意识流小说的滥觞。（申丹，2005：34-35）

像的手镯"。父母的"神仙"信仰在涵幼小的心灵中种下了一颗信仰的种子。当涵身处困境时，她就学着妈妈的样子向天帝祈祷，但总是得不到回应。于是她将精神寄托转向一尊被遗弃的、无眼无耳的女神像，并希望能唤起女神对人间的关注。她认为："一个被遗忘并希望重获神力的女神定会努力证明自己是最有价值的，远比那些备受人们恭敬的神可靠。"（Lim，1995：176）涵的这一心理活动将自己与遭遗弃的女神并置，与高高在上、无视人间悲苦的"大神"拉开了距离，表现出初步的对父权权威的不满。

涵为女神像画上了眼睛和耳朵，并在女神像前虔诚地焚香祈祷，希望得到女神的眷顾。但是她在吴家备受屈辱的命运并未得到改变。她只能无助地将内心对现实的不满和绝望转化为梦境。在梦境中，涵变成了"女神"，深受天帝迫害的"眼耳女神"反而要向她求助。（Lim，1995：278-282）由此，涵和女神之间的"救助"关系发生了转变，从而强化了女主人公的主体精神和独立的人格魅力。在这里，林宝音将梦境揳入故事中，成为结构作品的重要手段，增强了小说的叙事张力和审美趣味。根据心理学的相关理论，"在对于梦的解释中，弗洛伊德将梦的根源和动因从'外部'转移到了'内部'，认为梦是一种颇有深意的心理现象，梦所表达的不是神秘命运的启示，也不是身体所受到的某种外部或内部的刺激在心灵世界的投影，而正是做梦者自己的更为深层的自我"。[①] 在这里，林宝音将西方幻想小说[②]的创作技巧与华人民间流传的"观音灵验故事"结合在一起，体现了一种混合式的文学创作景观。

小说的高潮出现在结尾部分。涵被身边所信任的人出卖，她与吴家少爷所生之子被调换，她在世上唯一的希望也随之破灭了。于是，绝望的涵毅然走向湖中，投湖自尽。在弥留之际，她恍惚中又看到女神正在受到天帝的欺

---

① 赵山奎. 论西方传记文学中的梦 [J]. 外语研究，2008（5）：99-103.

② 加拿大幻想文学研究家伊果芙（Sheila A. Egoff）在其《论中世纪以来的儿童幻想作品》一书中认为，幻想文学与其他文体最大的不同点在于："幻想作家是以文学技巧而非文化信仰来塑造故事；他们所说的故事大多包含象征意义，且强调个人色彩，而非文化或民族大梦。因此，幻想文学的读者该相信的是作者所用的技巧，而非作者笔下所描写的事件。" S A Egoff. Worlds within: Children's fantasy from the middle ages to today[M]. Chicago: American Library Association, 1988. 转引自：蒋萍. 论英国幻想小说的传统与创新 [J]. 名作欣赏，2011（24）：148-149.

侮。于是，她勇敢地站出来，大声说："女神，你为什么容忍他如此地对待你？你为什么不反击呢？"（Lim，1995：338）

涵的勇敢和善良唤起了"无眼无耳女神"的抗争意识，奋起打败了天帝，并从此成为一位真正关心人间女性疾苦、备受人们尊敬的善良之神。小说在"后记"部分，讲述了死后的涵被人们尊为"眼耳女神"（Goddess with Eyes and Ears），"因为她总是能够以一颗慈悲之心看到人间的疾苦，听到人们的祈祷"。（Lim，1995：341）这也是对原来不闻不问天下事的女神的嘲讽。

从意象的生成来看，"眼耳女神"意象的创设体现的是作者对冷漠社会现实的批判，因为在小说中，女主人公涵的妈妈不止一次提到"老天无眼"（Lim，1995：13，18），生活在社会底层的其他女仆们也经常说"老天无眼"（Lim，1995：173，179）。这是当地华人在身处困境时经常说的一句话，以谴责世道的不公。林宝音在小说中通过"眼耳女神"意象，揭示出女性所处的恶劣的父权制社会现实，她们的疾苦得不到他人的同情，她们是被忽视的"社会边缘人"。"眼耳女神"意象正体现出女主人公内心对公正、平等的渴望。小说梦境中创设的"眼耳女神"从被动接受压迫到主动反击，是父权制社会中女性自我意识觉醒的写照。

女仆涵由"人"向"神"的转化升华了小说的女性主义主题。小说中女主人公虽出身卑微，但却有一颗勇于反抗权威的无畏之心。她大胆追求自己的爱情，并积极鼓励女神与压迫她的天帝抗争。这是女主人公高贵品格的真实写照。而"眼耳女神"是作为涵的"镜像"①出现的。在故事叙事脉络中，"眼耳女神"意象的设置使得小说形成了"双线叙事"模式：涵的遭遇和命运与女神的遭遇和命运交织在一起。虽然作者分别塑造了两个女性形象，一个是勇敢的涵，一个是懦弱的被涵拯救的女神，但从故事发展来看，这两个形象不过是女主人公性格的两面，即一个代表的是她坚韧的一面，另一个代表的则是她脆弱的一面。而小说中，涵与女神之间的对话，实际上是她自己的

---

① 所谓"镜像"，就如拉康所说，指的是主体能够在镜中凝视自己的映像，把镜子的自我当作另一个自我加以关注，从而通过观照"镜中自我"，完成自我同一性和整体性的身份认同过程。（拉康.拉康选集[M].褚孝泉，译.上海：上海三联书店，2001：96.）

心理活动。

　　小说中女主人公涵和女神之间的关系经历了一个曲折的身份转换的过程：涵在被卖身为奴后，孤苦无依。所以，当她看到被人们遗忘的开始破裂的女神像时，不禁将可怜的神像与自己的境遇联系在一起。最初，涵向女神祈祷保佑自己，实现心愿；随着情节的发展，涵发现女神和自己一样也是受压迫的对象，于是涵鼓励女神利用自己的优势反抗压迫；当涵死后被人们尊为"眼耳女神"时，小说最终完成了涵和女神之间的角色互换。在这里，女仆涵的"身份转换"（identity transformation）① 成为揭示小说女性主义主题的关键。这一身份置换的寓意是女性自身即是自己的"眼耳女神"，女性只有树立自己的主体意识、找到真正的自我，才能挽救自己的命运。

　　通过这一民俗意象，作者巧妙地展现了人物丰富的内心世界。最终，涵被塑造成勇敢的女神，成为向传统父权发起攻击的女性主义斗士，小说的女性主义主题得到了升华。同时，这一情节编排也深刻体现出中华民间故事的叙事模式对新加坡华裔作家的影响。在传统华人民间传说中，凡人往往在死后转化成神。在东南沿海和东南亚华人聚居的地方盛传的妈祖传说即是一个典型的例子。根据林宝音的生平，我们认为林宝音极有可能是受到华人民间故事中"死后成神"叙事模式的启发而创作出《女仆》中涵最后成神的情节。

　　小说中"眼耳女神"是涵的精神寄托，但吴家并没有涵和女神神像的容身之所，所以只能将女神神像供奉在自己经常独处的一个小湖边。如果说吴家代表的是父权制的话，那么小湖边则是涵逃离等级森严的父权制大家族压迫、可以与女神相处的秘密空间，是一个被作者性别化的独特的女性空间。这一女性空间的意义远不止于此。涵与吴家少爷秘密幽会的地方就是在这个小湖边。涵说："湖边是自己的领地，只能在自己的专属之地将贞洁献给吴少爷。"（Lim，1995：248）小说的最后，涵与吴家少爷生的儿子被调换，生无可恋的涵毅然投湖自尽。可以看到，湖边这一空间与小说中女主人公的命运是联系在一起的，同时，女神像被安置在湖边，为自然场景增添了一股神

---

① Garry J, Hasan E S. Archetypes and motifs infolklore and literature: A handbook[M]. New York & London: M.E. Sharpe, 2005:351.

圣和神秘的气息。在这些具有深厚意味的空间中，可以隐约看到英国作家弗吉尼亚·伍尔夫（Virginia Woolf，1882—1941）"房间"意象的异化。在伍尔夫的小说《远航》（*The Voyage Out*，1915）、《达罗卫夫人》（*Mrs. Dalloway*，1925）、《到灯塔去》（*To the Lighthouse*，1927）、《岁月》（*The Years*，1937）中，"房间"是一个具有双重含义的重要意象：一方面指囚禁女性的"牢笼"，另一方面又含有"圣所"之意。

林宝音小说中的女性空间也是如此，这些空间是女性遭受压迫之后不得已选择的栖身之地，但也是她们可以在短暂时间内自由思考、独立生活、寻找真我的神圣之地。不同的是，林宝音的女性空间是由民俗意象构建起来的，《女仆》中的涵选择在"自己的领地"——湖边——结束生命并最终成神，升华了小说中女性空间的象征意义，也是对父权制社会语境的批判和讽刺。《泪痕悲情》中的"寺庙"和"墓地"是与华人的民间信仰有关的意象，象征的是被社会排挤的地方，同时也是女主人公逃避喧嚣和歧视、寻找心理慰藉的地方。在小说中，女主人公受到了来自社会的种种束缚，最大的束缚是来自身边的男人们。长大后的玫瑰并不开心，"她感到自己被男人们贪婪地控制着"。（Lim，1997：250）父亲对自己的偏见和冷漠、哥哥对自己的骚扰、未婚夫奥斯丁对自己的约束，这些都让玫瑰喘不过气来。"玫瑰痛苦地想：男人们说爱她，但是当她准备好以爱回报的时候，总有一个声音在轻声说：'快跑，否则来不及了。'"（Lim，1997：313）在这里，林宝音使用了第三人称的叙事方式，并用这种方式将作者、叙事者、读者与小说中人物的心理联系在一起。这也是林宝音以叙事者的方式参与到作品中，将自己与人物的命运和心理活动联系在一起的一个典型例证。婆婆的墓地和婆婆生前带她去的极乐寺是玫瑰逃离现实的为数不多的地方。这两个地方可以让她暂时摆脱强压在身上的种种束缚。正如米克巴尔所提出的"空间主题化"概念，空间自身也会成为描述的对象本身。①

"眼耳女神"这一民俗意象在故事叙事中也承担了重要作用。在涵的梦

---

① 米克·巴尔.叙述学：叙事理论导论[M].谭君强，译.北京：北京师范大学出版社，2015：160.

境中，女神提醒涵可能将要面临的危险。由此，作者提前交代了故事情节的
发展方向，给读者以一定的心理预期和准备。涵与女神之间的几次对话似真
似幻，为小说情节的发展增添了浪漫主义色彩。另外，女神由被膜拜的对象，
变成了受害者，从而引起情节的初次突转。之后，勇敢无畏的涵变成女神，
成为人们争相崇拜的对象，引起了情节的再次突转。

二、"观音娘娘"意象：传统文化符号的重新编码 ①

"观音"是在东南亚各国华族中普遍存在的信仰。张云江博士说："大概
是在 19 世纪中叶，随着移民潮的泛起，中国传统佛教信仰大规模地向海外
输出，主要输出地则是在东南亚地区。……19 世纪中叶华人移居海外，起初
所携带的是一种民俗性的混合型的中国传统宗教信仰，这是一种杂糅了儒释
道传统的小传统信仰。在这种信仰形态中，佛教是其主流，尤其是民俗化的
观音菩萨信仰在海外华人中最为流行。"② 林宝音小说中出现多次的"极乐寺"
（始建于 1891 年）就位于距其家乡库里姆市不远的马来西亚槟城，供奉观音
像的大殿几经易名后被称为"鹤山"。《新马华人社会史》中说："观音，以仁
慈女神著称，通常为中国和华侨社会的所有华人所崇拜。"③ 观音作为华人族群
中的信仰已经被逐渐符号化了，成为慈悲的象征。

"观音"意象是林宝音小说《泪痣悲情》和《司徒老师》中最为重要的民
俗意象之一。本节在考察"观音"意象固有的符号意义基础上，深入探讨林
宝音小说中"观音"意象与传统"观音"意象之间的关联。

（一）林宝音对"观音"意象的再符号化

林宝音的华裔身份使其不可避免地从华裔族群中继承了"观音"意象传
统的文化符号意义。但是，新加坡多元文化语境为传统文化符号的"再符号

---

① 本章内容已发表。可参阅：赵志刚，张西艳. 林宝音小说中的"观音"意象及其叙
事功能 [J]. 华文文学，2019（6）：77-83.

② 张云江. 观音信仰在新马华人社会网络构建中的作用 [J]. 平顶山学院学报，2017
（1）：95-100.

③ 颜清湟. 新马华人社会史 [M]. 北京：中国华侨出版公司，1991：57.

化"提供了土壤。"再符号化"融注了作者的主观情感，是作者在接受原有符号意义的基础上根据文本语境的需要做出的改变。作为"能指"符号的"观音"意象，在林宝音小说多元文化语境中的"所指"意义是具有重要的认识价值和研究价值的。下面基于具体文本语境来分析一下林宝音对"观音"意象所指意义的挖掘。

首先，《泪痣悲情》中的"观音"是作为故事中女主人公的精神寄托出现的，影射的是冷漠残酷的社会现实。女主人公玫瑰天生一颗"泪痣"，被父母当成不祥之兆。玫瑰从小缺乏父母的关爱，但她的婆婆（姥姥）对她关爱有加。婆婆出身卑微，守寡多年，她传统的生活方式和信仰经常受到女儿和女婿的苛责。两个受伤的心灵紧靠在一起。婆婆对玫瑰最大的影响就是将观音信仰传给了玫瑰。婆婆坚信："观音娘娘播撒慈悲，是最善解人意的。"（Lim，1997：76）婆婆对观音娘娘的描述形成了玫瑰对观音娘娘的基本认知："你看那眼睛、头发、精致的嘴唇、纤细的胳膊、飘逸的长袍和那脚下祥云。"（Lim，1997：76）

玫瑰也觉得观音像很美，只不过"长袍的颜色搭配得不好，脚下卷舒的祥云也很一般，就好像当时的建造工匠没有足够的材料或者失去了信心一样"。（Lim，1997：76）在这里，"失去信心"是一句双关语，暗示新加坡华人对传统信仰的心理变化。玫瑰第一次和婆婆一起去拜观音娘娘的场景让她终生难忘，幼小的心灵与观音信仰结下了不解之缘。每当遇到困难时，她都会向观音祈祷。在华人信仰中，"观音"意象所代表的"慈悲"之意并未发生变化。身处逆境的人们往往向观音乞求帮助。在这里，林宝音以"乞求"母题来揭示社会中慈悲的"缺失"，因此，小说中越是强调人们对观音信仰的依赖，越是表明社会中"慈悲"的缺失，越是体现出作者对冷漠的社会现实的批判。

其次，"观音"意象是华人传统文化和身份的象征，揭示的是后殖民语境下逐渐被边缘化的传统文化和文化认同主题。

林宝音的7部长篇小说都涉及新加坡和马来西亚的后殖民文化语境。在后殖民文化语境中，华人开始出现文化上的分野。传统华人往往对西方文化和宗教持敌对态度，而新一代海峡华人虽然接受西方的语言文化和宗教信仰，但他们又不得不在东西方文化的混杂冲突中寻找自己的身份。

"观音"是在华人中普遍流传的一种传统信仰。在跨文化语境中，"观音"意象往往代表的是华人传统文化，笃信"观音"往往成为华人文化身份认同的象征。在《泪痣悲情》中，女主人公玫瑰和"观音"信仰一样都是被社会边缘化的。故事中新一代华人大多已经失去了对观音娘娘的虔诚信仰，他们把祭拜观音当成获得私利的一种手段。小说中提到有些人祭拜观音的目的是获得中彩号码，这是林宝音对当地民众文化心理的一种讽刺，也在一定程度上反映出传统民间信仰在新加坡新一代华人中逐渐式微。

《泪痣悲情》中的社会语境是一个集多种族、多宗教信仰于一体的文化混杂的世界。玫瑰的少儿时期就是在东西方不同宗教信仰之间的冲突中形成自己的价值观的。玫瑰在天主学校上学期间，接触到了天主教，但学校的修女们不允许她坚持华人传统信仰，哪怕是在绘画课上画的"猴神"都会惹怒她们。婆婆为玫瑰佩戴的护身符也被禁止带入学校。在学校中，她不敢讲"雷电神""观音"以及"婆婆去看算命先生"的故事，但"每当回到家后，她就重新返回到传统信仰的世界中"。（Lim，1997：110）

年幼的玫瑰深陷东西方信仰的激烈漩涡中不知所措。她甚至一度对"观音信仰"产生怀疑。当她来到波丽家看到圣母像时：

> 玫瑰想：圣母玛利亚比观音娘娘还美。她的眼睛、嘴唇、脸颊如此完美。她像观音一样也穿着飘逸的长袍，站在一朵浮云上，手中拿着念珠。不同的是，圣母脚下祥云的颜色是白蓝相间的，搭配得非常完美，而手中的念珠上也没有灰尘。（Lim，1997：85）

在一个孩子的眼中，神像的差异就是东西方两种宗教乃至东西方文化的差异，这是年幼的玫瑰对东西方差异的初步认知。但是，波丽和修女们禁止她坚持自己的传统信仰，使她对天主教渐渐产生了畏惧心理。波丽说："（如果你和你的婆婆坚持华人传统信仰的话，）那么你们会下地狱的，伊丽莎白修女（天主学校的一个老师）就是这么说的。"（Lim，1997：85）

这些话时刻萦绕在玫瑰耳旁，但她也不敢向婆婆提及这些"外国神"

（foreign gods）的事情。她不得不在这两种信仰的"撕扯"中苦苦挣扎：一面是自己的婆婆，一面是自己的好友和老师。选择一方就意味着对另一方的伤害，这是善良的玫瑰所不愿看到的。之后发生的一件事情使得故事情节发生了突转。一天，玫瑰将妈妈给的买文具的钱弄丢了，她害怕极了，担心回家后挨打。当她向天主教的神和圣母玛利亚求助无果后，她转而向观音求助："观音娘娘，请您帮帮我。"玫瑰的这一请求不是用英语发出的，而是用本土华人的方言，结果灵验了。（Lim，1997：116）

在这里，作者强调了人物的语言是"本土方言"而不是英语，这是对族群文化认同的一种暗示，也是对殖民语言和文化的一种反抗。也许这只是一种巧合，但对于幼小的玫瑰来说，这是"观音娘娘"显灵了，观音听到了她的乞求，帮助她摆脱了困境。正是这次经历，确定了玫瑰终生的信仰，也完成了她成长历程中最重要的一次"精神洗礼"。小说中交代："一生中，玫瑰保持了对观音信仰的忠诚。"（Lim，1997：116）

在这里，林宝音创造性地将"观音灵验故事"应用在小说中，以"救济"母题揭示了小说的文化认同主题。这也是林宝音小说中"观音"意象与中国传统文学中"观音"意象的不同之处。在中国传统文学作品中（如六朝时的观音故事），"观音灵验"故事往往宣扬的是佛教教义，目的是让人们相信"真实不虚"的神佛的存在。而林宝音在小说中，通过"观音灵验故事"揭露的是新加坡当地华人的文化心理。对于女主人公玫瑰来说，观音是她在不同宗教间徘徊、犹疑之后的最终选择，也是其一生的精神寄托。这是新加坡社会中华人文化身份认同的一个缩影和写照。由此，多元文化语境中的"观音"意象成为华人传统文化的一个代表性符号，是作者通过隐喻和转喻思维实现的"再符号化"的过程，反映了东南亚华人对观音信仰的传播、继承和变化。此外，小说中的"观音"意象反映的是女主人公在父权制社会中的一种心理需求，"观音"所表征的慈悲和善良正是新加坡华人社群所缺失的，也是身处社会底层的女性所渴望的。

虽然小说后半部分并未过多涉及"观音信仰"，但是关键情节节点都与玫瑰的"观音信仰"存在紧密关联。如玫瑰身处奥斯丁（当地酒店老板、玫瑰未婚夫）、老勇（当地一个年迈富翁）和法国神父马丁三重关系的漩涡中。她与奥斯丁的相遇是在去极乐寺的路上，她遇到歹徒被奥斯丁救了下来，却陷入与奥斯丁的情感纠葛中。她与马丁神父的见面也是买香烛拜观音时遇到危险，误打误撞跑到了马丁神父的教堂避难。奥斯丁和马丁神父都是天主教徒，而玫瑰信仰的却是观音，所以，玫瑰和他们之间的信仰冲突成为推动情节发展、构建人物关系、交代人物性格和命运的一个重要因素。

总之，林宝音选择"观音"来建构小说的故事情节，是其"女神思维"的一种体现，也是其女性主义价值观的一种映射。她所选择的实际上是"观音信仰"所表征的"慈悲"和"救世"精神，从某种程度上来说，小说中的人物越是依赖观音，那么越是表明新加坡社会中"慈悲"的缺失，这是对新加坡社会缺乏人性关怀的一种有力批判。

（二）比较视野下林宝音小说中的"观音"意象

"观音"是在华人文学中普遍存在的一个文化意象。下面就从互文性（intertextuality）[①]的视角考察林宝音作品中"观音"意象与中国传统文学以及其他华裔作家小说中"观音"意象的异同。

第一，林宝音其他作品中的"观音"意象。林宝音对"观音"意象的运用最早可追溯到她在1978年出版的第一部小说集《小小的讽刺：新加坡故事》（*Little Ironies: Stories of Singapore*，1978）。其中的一篇讽刺故事《被选择的人》（*The Chosen One*）借用华人的"观音信仰"，讽刺了新加坡社会大众媒体对受众的误导。故事中的周阿婆（Chow Ah Sum）穷困潦倒，是一个被人们忽视的老太太。她的梦想就是将来能够成为观音菩萨身边的14位护法之一。她晚上做了一个梦，梦到观音菩萨答应她说"七天之后我会来接你"。（Lim，1978：69）周阿婆坚信不疑，她为自己准备好了棺材。这一消息不胫而走，

---

① "互文性"这一概念是克里斯蒂娃（Julia Kristeva）1969年在其第一本专著《符号学：语义分析研究》中创立的。克里斯蒂娃说："某一文本与此前文本乃至此后文本之间的关系……我明确地将这种文本对话性称为'互文性'（intertextualité），并将语言及所有类型的'意义'实践，包括文学、艺术与影像，都纳入到文本的历史。这样做的同时，也就是把它们纳入到社会、政治、宗教的历史。"朱莉娅·克里斯蒂娃. 互文性理论对结构主义的继承与突破 [J]. 黄蓓，译. 当代修辞学，2013（5）：1-11.

不仅引起了邻居们的热议，也惊动了当地的媒体。虽然观音菩萨没有如约而至，但是周阿婆后院的一棵树开花了，于是被人们传的神乎其神，人们认为"这是周阿婆的善行感动了观音菩萨"，媒体记者在此基础上添枝加叶，使得周阿婆成为整个国家人们关注的焦点，甚至还有人来找周阿婆看病。故事最后描述到：

> 人们蜂拥而至。周阿婆双腿盘坐在观音菩萨圣像的旁边。在观音像前面的香炉里插满了供香，人们纷纷献上各种供品。在观音像的前面摆放着一个生锈的饼干盒，供人们投放钱币。盒子很快就被装满了。周阿婆紧闭双眼、口中念念有词，非常高兴。（Lim，1978：70）

林宝音在这则故事中使用了"对比"手法，通过人们对周阿婆的态度的前后变化，讽刺了人们的虚伪和新加坡社会普遍存在的"怕输心理"（Kiasuism）①。"观音"意象在其中扮演了重要角色，是促成人们态度发生转变的关键因素。故事的讽刺性在于那些信仰"慈悲女神"的人并未显示出对他人的慈悲，他们来周阿婆这里只是为了自己的私利。在这则故事中，观音娘娘被塑造成折射新加坡现代社会文化心理、监督社会道德伦理的一个文学意象。

在短篇小说《被选择的人》（*The Chosen One*）中，周阿婆本来已经穷困潦倒，人们平时几乎注意不到她的存在。但是，她对于"观音信仰"的坚守和对"观音灵验"故事的传播使得周围的人们对她刮目相看，她的命运也由于观音信仰而改变。种种巧合神奇地发生在她身上，于是她就成为人们口耳相传和新闻媒体报道的传奇人物。在这一过程中，老人根本不知道自己的命

---

① "kiasui"是由福建话演变而来的，成为新加坡人文化心理的一种典型代表。林宝音为其下定义说：怕输主义是一种态度，一个人会因为自己所花费的金钱、时间和精力与所获得的不成正比而出现极度焦虑感或者兴奋感。林宝音在小说中的对新加坡的这种文化心理进行了批判。可参阅：Lim C. Kiasuism: A socio-historico-cultural perspective[M]//Lim C. Catherine Lim Collection. Singapore: Marshall Cavendish Editions, 2009:279-288.

运会发生什么样的变化，她只是笃信自己的传统信仰，而这种虔诚为她换来了前所未有的财富和名声，故事也因此而达到高潮。

类似的情节被挪用到《泪痣悲情》中，玫瑰的婆婆在梦境中梦到了观音，并承诺会接她到天堂，这与《被选择的人》中周阿婆梦到观音的情节如出一辙。只不过，周阿婆的梦想是成为观音菩萨身边的护法，而玫瑰的婆婆的愿望是希望观音将她接到天上与死去的丈夫团聚。玫瑰婆婆的经历与周阿婆相仿，平时在人们眼中是很不起眼的、被人们视为无物，但是，她们与观音相感应的经历在众人中激起波澜，成为人们关注的中心，她们在人们心目中的地位也随之发生了戏剧性的变化。故事情节在发生突转的同时，也达到了对大众病态心理批判和讽刺的目的。

在《泪痣悲情》中，如果玫瑰没有观音信仰，那么她就不可能独自去极乐寺，也就不可能遇到歹徒，那么也就不可能遇到未来的丈夫奥斯丁，也就不可能陷入与马丁神父的感情纠葛中。在这一情感线索中，去极乐寺的玫瑰遇到歹徒是第一次情节突转，被奥斯丁解救下来是第二次情节突转，遇到正直勇敢的马丁则是第三次情节突转，被奥斯丁怀疑与马丁神父有染而离婚是第四次情节突转。这些情节上的"多重转合"突破了读者们的期待视野，为读者们带来了丰富的阅读体验。

第二，中国文学中的"观音灵验故事"。林宝音小说中的"观音"意象与我国民间文学中"观音灵验故事"的传统既有相似之处，又有很大的不同。随着佛教传入中国，佛教故事与我国的叙事文学传统结合，产生了一批"释氏辅教之书"（鲁迅语）[①]。学术界普遍认为最早的关于"观音灵验故事"的一部书是谢敷（谢庆绪）的《光世音应验记》，该书成书于晋安帝隆安三年（399 年）。孙昌武说："当时人们传说这些故事，并不是有意识地进行艺术创作，而主要是他们虔诚的心愿的流露，寄托着他们的愿望和理想。也正因此，这些表达还相当拙朴的作品才有了较强的打动人心的力量，它们也才得以更广泛地流传。"[②]

---

① 鲁迅. 鲁迅全集（第九卷）[M]. 北京：人民文学出版社，1981：43.

② 孙昌武. 中国文学中的维摩与观音 [M]. 天津：天津教育出版社，2005：115.

后世作"观音灵验记"的文人大多出自佛教世家或与佛教僧侣过从甚密，如《续光世音应验记》的作者张演（约 5 世纪前半）、《系观世音应验记》的作者陆杲（459—532 年）等。士大夫阶层的文人对"观音灵验故事"的传播起到了决定性的作用。"由于观音信仰在他们（民众）中间不仅有着强烈的需要，而且他们是带着自己的宗教体验和情感来对待这种信仰，就使得它们具有更丰富的内容和更热烈的情绪。"（孙昌武，2005：123）六朝时的"观音灵验故事"渲染的是宗教气氛，宣扬的是宗教教义，"大胆的悬想和夸张因而就成了加强其表达效果的主要手段"。（孙昌武，2005：133）虽然后世也多有类似的故事被记录下来，但始终难以摆脱六朝"观音故事"中"灾难—归心—得救"的框架和程式。而林宝音小说中的"观音灵验故事"本身并不是宣扬佛教教义，而是借用这些"灵验故事"来达到揭示社会文化心理、表达文化身份认同的目的。这一点在前文已有详细论述，恕不赘述。

第三，其他华裔作家笔下的"观音"意象。在世界华裔文学史上，观音信仰成为作家们文学创作的重要灵感来源。最著名的要数美国华裔作家汤亭亭的第三部长篇小说《孙行者》（*Tripmaster Monkey*，1990）了，其中的观音是一个"神秘的叙事者"，也是一个"全知的叙述者"，不断引导着男主人公阿辛的思想和生活，也向读者们呈现出了阿辛的全部世界。"当惠特曼（阿辛）表现出较强的男性沙文主义时，观音就会从女性、女权的角度严厉地批评、制止他。尽管惠特曼时不时地表现出失去男性气概的焦虑，但全知的神秘叙事者观音的声音总在他耳边萦绕，时刻提醒他要关注女性世界。"[1]

在这部小说中，汤亭亭有意模糊了男女两性之间的二元对立，"在跨越性别的想象中，……试图构建一种全新的华裔群体身份"。（张伟华，2011：70）

但需要注意的是，汤亭亭笔下的"观音"不再是传统的"救苦救难"的慈悲之神的化身了，而是一种融合西方文学中"智者"色彩的混合型形象。她对阿辛的引导也体现出一种西方价值观的味道。比如当阿辛想要向白人女子唐娜求婚时迟疑不决，观音的声音是："去吧！阿辛，……把自己发自肺腑

[1] 张伟华. 叙事策略的转变与华裔群体构建——从《女勇士》到《孙行者》[J]. 合肥工业大学学报（社会科学版），2011（5）：70-71.

的心爱诗作《恩古斯漫游之歌》读给她听。""勇敢点！阿辛，把银苹果般的月亮和金苹果般的太阳带给她，握住她的双手，亲吻她的嘴唇。"①

　　这样的话语在传统的观音故事中是不可能出现的，这是华裔作家在西方价值观的基础上对传统的文化形象进行的创造性利用。由此，大慈大悲的观音成为汤亭亭笔下具有西方女性主义意识的、接受了西方价值观的全新的形象。汤亭亭自己也承认："现在我认为我的叙述者是观音，这是个巨大的转变——人们一眼就能看出叙述者是个女性。"② 陈昱认为："其实，中国文化中的观音还是一个男性角色，而汤亭亭所谓的'观音'，应该是一个美国式的女神。"③

　　林宝音小说中"观音"意象与汤亭亭小说中"观音"意象既有相似之处，也有差异。林宝音和汤亭亭都将传统的观音形象与女性主义主张相结合。汤亭亭《孙行者》中的女性主义意识因"善解人意"的"观音"意象的设置而变得柔和了很多（相较于其第一部小说《女勇士》来说）。《孙行者》中观音的聚焦对象是一个生活在 20 世纪 60 年代"嬉皮士反文化运动"语境中的男性人物——阿辛。处在男权和女权矛盾中的阿辛对自己的定位是："无论我身处何方，我要做一名调停人。"而阿辛想要成为调停人的目标是在"观音"的指引下完成的。

　　汤亭亭对《孙行者》中的女性主义意识是这样评价的："我认为一个真正强大的女权主义者在心里必须充分意识到这个宇宙的另一半——'阳'，因此，对我而言，写男性的故事、刻画男主人公、去了解之前我所不了解的这个世界的另一半，都具有相当深刻的意义。"④

　　可见，汤亭亭创造的"观音"意象是为自己消解在美国语境下的性别二

---

① Kingston M H. Tripmaster monkey: His fake book[M]. New York: Vintage International, 1990:57.

② Laura E S T. Critical essays on Maxine Hong Kingston[M]. New York: G.K. Hall & Co., 1998:64.

③ 陈昱. 汤亭亭和赵健秀对中国经典的改写 [J]. 理论界，2009（1）：148-151.

④ Paul S, Tera M. Conversations with Maxine Hong Kingston[M]. Jackson: UP of Mississippi, 1998:175.

元对立服务的。汤亭亭只是借用观音形象，观音所携带的传统文化意义已经发生了重要改变，取而代之以美国的价值观。可以说，汤亭亭对观音的利用是将其"再符号化"的过程。

和汤亭亭一样，林宝音创造的"观音"意象也是一种文化混合型的书写，她利用观音意象来批判父权制的文化传统、讽刺新加坡社会病态的大众心理、宣扬自己的女性主义主张。但是小说中观音形象所携带的"救苦救难"的慈悲精神并未改变，与在华人民间流传的观音传统形象基本是一致的。在写作形式上，林宝音将民间流传的观音灵验故事与小说叙事进行了结合，不像汤亭亭《孙行者》中的观音那样直接参与到小说的叙事中，扮演"叙事者"的角色，而是通过"梦境"另造一个精神活动的空间供小说中的人物与观音交流，观音在故事中是一种"若虚若实"的存在，从而营造了小说中一种"虚实相伴"的文化氛围，增强了小说的审美张力。

（三）在《泪痣悲情》和《司徒老师》中的"观音"意象还承担着揭示小说主题、推动情节发展和塑造人物形象、决定人物命运的功能

在主题方面，《泪痣悲情》和《司徒老师》中的"观音"意象主要反映的是女性主义主题和文化冲突主题。《泪痣悲情》中，女主人公玫瑰的父母重男轻女思想严重，再加上玫瑰眼角长着一颗被认为是不祥之兆的"泪痣"，使得玫瑰从小就缺乏父母的关爱。她的女性身份和泪痣就好像受到了"双重诅咒"（doubly cursed）（Lim，1997：41），所以玫瑰对"爱"和"慈悲"的心理需求显得比任何人都要强烈。只要是真心对她好的人，如婆婆、极乐寺中的"疯阿姨"，她都会真诚相待。但是，残酷的社会现实是，婆婆在玫瑰小学还没有毕业时就去世了，极乐寺离自己家比较远，"疯阿姨"备受众人歧视，周围没有人能够倾听玫瑰的心迹，她只能将自己的心事向自己所信仰的观音菩萨倾诉。从这一角度来看，林宝音在小说中创设的"观音"意象反映了身处新加坡华人父权制社会中的女性被动的反抗。她们在社会中的生存空间很小，真正理解她们的人少之又少，这也是为什么小说中出现了大量的心理描写和梦境，而不是人与人之间的对话和互动。

观音意象的设置扩展了小说中人物活动的空间。《泪痣悲情》中的玫瑰从小生活在重男轻女的家庭环境中，冷漠偏执的父亲对她的偏见让她长期处于一种令人窒息的压抑状态，为她幼小的心灵蒙上了一层阴影。当玫瑰长大后，未婚夫奥斯丁总是颐指气使地命令她做这做那，毫无自由可言。总之，玫瑰生活的环境让她心生厌恶。她别无选择，只能将自己的苦恼向逝去的婆婆和供奉的观音娘娘倾诉。墓地和极乐寺就成为玫瑰摆脱束缚、倾诉心声的地方。男人们是绝不会到这些地方来的。由此，"墓地"和"极乐寺"被塑造成带有强烈"性别色彩"的女性空间。

另外一个让玫瑰摆脱束缚的方式就是梦境了。小说中，玫瑰经常在梦境中与观音交谈。梦境中的观音总是那么善解人意，成为玫瑰精神和心理上永恒的寄托。在玫瑰的观音信仰中，我们可以看到一种现实和心理元素的相互交融，即对冰冷残酷现实的绝望和对理想生活的向往。玫瑰越是表现出对观音菩萨所表征的慈悲和善良的渴望，越是能够表明新加坡华人社会在这个方面的严重缺失。因此，可以说玫瑰对观音菩萨的信仰事实上是对父权制社会现实的一种批判。林宝音以梦境构筑人物的心理空间是其小说的一大特色。《女仆》中涵与"眼耳女神"的梦中对话、《泪痣悲情》中玫瑰与"观音娘娘"的梦中交流、《银叶之歌》中银叶与"玉面女神"的梦境倾诉、《毒牙》中安吉拉及家人的噩梦场景、《闰年之恋》中莲与命运女神的梦中相遇、《司徒老师》中司徒在梦中对"订婚戒指"的寻找历程、《跟错误之神回家》中老仆人阿成在梦中与无名神像的交谈，这些梦境开创了人物的心理空间，构成了小说中的核心场景，被作者赋予了强烈的象征意义。因为女主人公的精神在现实空间中受到挤压和扭曲时，她们别无选择，只能在"梦幻"的空间中寻找慰藉。

林宝音小说中这些梦境场景的设置都与小说中的民俗意象相关，并被民俗意象赋予了独特的空间意义。这些梦境空间代表的是故事中人物的内心世界，她们之所以生发这样的梦境，是因为现实生活中的父权制传统强大的压制力，使她们在日常生活中没有倾诉对象，无法表达自己内心的真实感受，她们只能将内心的诉求转向自己信仰的女神。在某种意义上说，梦境空间代表的是现实世界中女性无法完成和实现的精神世界，从而有力地批判了现实中父权传统对女性压迫的严重性。

林宝音小说中的观音往往出现在人物的梦中，增强了小说的"幻想色彩",加大了故事发展的可能性和张力。小说中与观音进行梦境交流的都是处于社会底层的女性,她们淳朴善良,有独立的人格精神,但残酷的社会环境剥夺了她们的生存空间,她们只能转向自己的精神世界,于是梦境叙事与民间流传的"观音灵感故事"达到了某种契合,成为作家文学叙事的一种必然选择。这种必然也体现在林宝音对其他"女神"形象的运用上,如《女仆》中的"眼耳女神",《毒牙》中的"月亮娘娘"等。这种写作风格在法国叙事学中被称为"叙事内镜"或"纹心结构",即故事中套着另一个故事。林宝音作品中对"叙事内镜"的运用反映了她对"内在真实"的执着追求。这也反映了林宝音对西方意识流小说的借鉴。

美国华裔作家赵健秀的作品也以梦境叙事著称,他的成名作《唐老亚》(*Donald Duk*,1991)中梦境与现实交相辉映,以梦境的形式通过民间神话和传说中的人物来钩沉被湮没的华人奋斗史,从而凸显了男性的主体意识,重塑了美国华裔男性的主体形象。与之相比,林宝音梦境中的女神形象一方面是华人传统文化中的典型符号,如观音娘娘和月亮女神,她们是女性慈悲、善良的化身,体现出的是一种"救济"母题;另一方面,女主人公在梦境中与女神的交流实际上是一种自我的心理活动,是在父权的强压下一种潜意识的反映。女神形象成为小说中女主人公的一种"自我镜像"。这是林宝音小说中梦境空间创设的独特之处。

总之,林宝音小说中的梦境场景设置使得小说体现出一种似幻如真、虚实结合的审美意境,民俗意象是实现这一意境的重要手段。林宝音小说中的社会空间和精神空间不是分离的,而是相互依存的"二元共生"关系,即社会空间压缩了女性的活动范围,造成了女性"向内转"的精神诉求模式;而精神空间的创设又是对社会空间的一种解构和批判。

《泪痣悲情》中的"观音"意象反映的另一主题是"东西方的文化冲突"。新加坡是一个多宗教并存的国家,在社会发展的过程中,华人传统的宗教信仰面临着西方宗教的巨大挑战。《泪痣悲情》中玫瑰上的天主学校即是西方宗教在新加坡传播的一个真实写照。该小说对20世纪50年代新加坡华人将孩子送到英文学校学习的情况进行了介绍:

以前上中文、马来文和泰米尔文学校的男孩子们毕业后只能做普通的工作，而上英文学校的孩子们则进入政府部门，挣着高薪水。有的人还获得了政府的奖学金，将孩子送到英国读书。这是大英帝国的慷慨，为什么不好好利用呢？

玫瑰的父亲阿恩科对此拍案而起，斥责那些卖国贼："白人的走狗（running dog），吃白人的屎吧。你们对祖国的忠诚哪里去了？你想让你的子女们说白人的语言吗？你想让他们抛弃祖先的文化吗？"（Lim，1997：60）

孩子们接受白人的宗教，背离的不仅仅是他们的父母，还有他们的历代祖先，以及对母国的记忆。祖先的神龛被忽略了，祖先的墓地也没人打理了。（Lim，1997：60-61）

最终人们达成妥协：男孩子们上英语学校，女孩子上中文学校。但是祖先的神龛在家中的中心地位以及在传统的恶鬼节的盛宴习俗是没有商量的余地的。（Lim，1997：61）

阿恩科受到的是母国的一点点的教育，对外国的事物总是嗤之以鼻。而其他的父母则受到白人的影响放弃了祖先的名字。（Lim，1997：65）

大哥将白人的学校称为"白鬼学校"（White Devil School），他往老师的饭盒里放狗屎，以示对英语教育的极度反感。（Lim，1997：94）

印度警察、马来渔民、华人小贩形成了种族三重奏（racial trio），他们都可以在同一所学校读书，以示这个多种族国家的种族平等。英国殖民者鼓励人们不要失去自己的文化。（Lim，1997：96）

从以上可以看出 20 世纪 50 年代，新加坡华人社会对西方的语言文化持一种排斥态度。在宗教信仰上的冲突就更激烈了，玫瑰成长中的一个重大困惑就是来自"观音信仰"和"天主教信仰"的双重冲突。观音和圣母玛利亚的形象交替出现在玫瑰的梦境中。（Lim，1997：86）对这些梦境的描述表明了玫瑰在混杂的文化语境中表现出的一种"心理焦虑"。玫瑰的这种心理焦虑在天主学校上学期间表现得最为突出，当修女们命令她不要将护身符之类的"异教徒"之物带到学校时，她只能偷偷地将其藏起来。好友波丽因为嫉妒玫瑰的聪明而向修女们揭发，成为影响玫瑰命运的关键事件，在小说中造成了情节突转。

如果说《泪痣悲情》中的"观音"意象反映了东西方文化的冲突，那么《司徒老师》中的"观音"意象则代表了20世纪80年代东西方文化的融合。女主人公司徒老师的好友米塔和司徒的妈妈安娜都皈依了基督教，但是他们并未隔断和传统华人信仰之间的联系。

> 司徒好友米塔说："如果你的婆婆给我一个观音像，它也会有位置的。"（Lim，2011：52）
> 妈妈对司徒说："我从你婆婆那里什么也没有学到。而从你二姨姥那里学到了上帝的仁慈。"妈妈的二姨教会了她默默忍受，因为这就是女人的命。女人天生就要学会忍受。但是，她会说："天帝洞察一切。天帝的侍者（handmaiden）、大慈大悲的观音（Kuan Yin），是不会对女性的痛苦视而不见的。……当妈妈皈依基督教时，她只不过是从对慈悲女神的依赖转到了对温柔的圣母玛利亚的依赖。"（Lim，2011：276）

在这里，东西方宗教中的共性凸显出来，无论是观音还是圣母玛利亚，她们都是慈悲和慈爱的化身，都是身处社会底层、备受父权制文化压迫的女性的精神寄托。小说中的"观音"意象不仅反映了当地华人的一种文化心理诉求，而且还反映出东西方宗教信仰在当地华人族群中的接受和融合，这是现实需求驱动下产生的文化现象。

"观音"意象对于人物性格的塑造和人物命运的发展起到了规约作用。《被选择的人》中的周阿婆和《泪痣悲情》中的婆婆都是典型的传统华人，她们虽然身处异国他乡的社会底层，但是笃信自己的传统信仰。她们在传承和传播华人传统文化方面起着表率作用。"观音信仰"是在海外华人中广泛传播的一种宗教信仰，这是一个不争的事实。在文学作品中，"观音"意象已经成为华人传统文化的代名词，是一种文化符号。林宝音选择"观音信仰"来塑造小说中传统华人的人物形象是再合适不过了。同时，作者通过"观音"意象，透视了当地华人的文化心理和精神面貌。在《被选择的人》和《泪痣悲情》中"围观"的众人影射的就是新加坡社会的众生相，他们冷漠、自私，把信仰当作他们获取物质利益的一种手段。林宝音通过这一意象的设置讽刺了新加坡社会中流行的"怕输主义"文化心理。

三、"月亮娘娘"意象：跨文化语境下的多重隐喻

"月亮"和"月亮娘娘"是华裔作家特别是华裔女性作家经常使用的一个文学意象。美国华裔作家陈美玲（Marilyn Chin）的短篇小说《月亮》[①]是一篇带有魔幻现实主义色彩的"复仇故事"，故事中的华裔女孩"月亮"在受到白人男性的凌辱后奋起复仇。但是，这部小说中的"月亮"并非华人传说中的"月亮娘娘"，其意象是来源于古希腊神话中的月亮女神阿尔忒弥斯。在希腊神话中，阿尔忒弥斯虽然是温柔、娴静、贞洁的化身，但"对于那些侮辱她或者她的神物的人，她会对其毫不客气地施以报复"。[②]在这篇故事中，虽然月亮女神并未"现身"，但"月亮"身上始终散发着一股月亮女神阿尔忒弥斯的气息，让读者感受到西方"月亮女神"睚眦必报的个性。

华裔美国作家谭恩美的小说《喜福会》（*The Joy Luck Club*，1989）通过四对母女之口讲述了身处东西方文化漩涡中的女性复杂而独特的经验。其中一个母亲"莺莺"（Ying-ying）"向来行为怪异，整天沉浸于自己的世界中"。[③]小说中交代，莺莺之所以变成这样，是因为她儿时中秋节不慎落水的一次经历。莺莺被救后，看到了舞台上正在表演的是《嫦娥奔月》。她想让"月亮娘娘"帮助自己实现一个愿望，那就是"被找到"。后来她回忆说："虽然家人找到了我……但是我从来就不认为他们找到的是以前的那个我。"（Tan，

---

① 该短篇小说被收录到了菲律宾裔美国作家杰西卡·海格多恩在 1993 年编辑出版的《陈查理死了：当代亚裔美国小说选集》中。（参见：Jessica H. Charlie Chan is dead: An anthology of contemporary Asian American fiction[M]. New York: Penguin Books, 1993.）
② 查尔斯·米尔斯·盖雷. 英美文学和艺术中的古典神话 [M]. 北塔，译. 上海：上海人民出版社，2005：51.
③ Tan A. The joy luck club[M]. London:Vintage, 1998:35.

1998：82）小说中莺莺的迷失和嫦娥传说被并置在一起。渴望被家人"找到"的莺莺和被"逐弃"的嫦娥共同构筑了小说中"女性寻找自我身份"和二元对立的性别主题。"月亮女神"和莺莺一样都是在迷失自我之后希望能够重新找到自我。但是小说中被揭开神秘面纱的"月亮女神"预示着莺莺"找寻身份"希望的破灭。莺莺在后台看到的"月亮女神"是：

> 面颊干瘪，鼻头油污，满口大板牙，双眼布满血丝。"她"神情疲惫，有气无力地摘掉长发，长袍随之从肩上滑落在地。我的愿望就在嘴边却被一口咽了回去。"月亮娘娘"回头看着我，我发现，"她"转眼变成了一个男人。（Tan，1998：82）

在这里，扮演美丽的"月亮娘娘"的竟然是一个男性，其真实面目与舞台上的形象有天壤之别。莺莺绝不会将自己的心愿托付给这样的一个形象。在《喜福会》中，我们看到的是性别之间尖锐的"二元对立"的矛盾。"后羿"住在"日宫"，嫦娥住在"月宫"。"日"代表着男性，"月"代表着女性，"月"要靠"日"的光辉，"月"是"日"的附属，那么女性就是男性的附属，谭恩美"借此对传统的父权制文化进行了讽刺和批判"。[①]

中国文学史上对"月亮"意象的挖掘大大丰富了月亮的内涵。李白的《古朗月行》和《静夜思》、张九龄的《赋得自君之出矣》、王昌龄的《送柴侍御》都将丰富的情感赋予了"月亮"。但近代作家鲁迅（《秋夜》）、老舍（《月牙》）、茅盾（《谈月亮》）等笔下的月亮却变换了一副模样，成为"黑暗"的代名词。张爱玲笔下的"月亮带着对黑暗、腐朽社会的伤感、悲观色彩"。[②]

与以上作品相比，林宝音小说《毒牙》中的"月亮女神"蕴含着另一种文化意味，成为读者解读小说和作者创作意图的关键意象。

《毒牙》是林宝音的第一部长篇小说，该小说讲述了20世纪70年代一个

① 沈非."月亮娘娘"和映映——论《喜福会》中女性主体性在父权二元对立中的丧失 [J].山东外语教学，2008（3）：96-99.
② 胡光璐.从张爱玲笔下的月亮看创作的主体性 [J].开封教育学院学报，1989（1）：76-79.

新加坡华人家庭成员之间的复杂关系。其中，婆媳之间以及不同代际之间的矛盾和冲突是小说重点聚焦的对象。故事以主人公安吉拉和婆婆之间的矛盾隐喻新加坡社会发展中面临的传统和现代、东方和西方文化之间的矛盾。故事中出现了大量安吉拉的心理活动，以揭示她对婆婆和其他人的态度，因此可以说安吉拉是小说的"聚焦者"。同时，小说中的故事以第三人称全知视角展开，因此，安吉拉也是"被聚焦者"。通过"聚焦"与"被聚焦"，安吉拉所代表的新加坡海峡华人的文化认同倾向被揭示了出来。"月亮女神"贯穿小说全篇，成为串联故事情节、透视人物心理、反映社会问题的关键意象。

《毒牙》中的"月亮女神"是婆婆给儿孙们经常讲述的一个民间故事。小说第六章回忆了婆婆年轻时为孩子们讲的睡前故事："月亮女神在银河中洗着长发，并用翡翠梳子梳理头发。……"孩子们听得津津有味。（Lim，1982：50）

这一场景发生在 20 世纪 50 年代的新加坡，为与 20 世纪 70 年代的新加坡新一代华人的态度进行比较埋下了伏笔。20 年过去了，婆婆所讲的还是"月亮女神"的故事，但是社会已时过境迁、今非昔比了。儿媳安吉拉是接受英语教育的新一代新加坡华人，她和三个孩子（大儿子 Mark，二儿子 Michael，小女儿 Michelle）的名字都是英文名字，上的都是英文学校，与传统华人的世界渐行渐远。安吉拉年幼的二儿子和小女儿正处在对一切都比较好奇的年龄，他们对婆婆的故事表现出浓厚的兴趣。当婆婆给孩子们讲关于月亮的神话传说时，几个孩子的态度截然不同。

> 老太太说："你仔细地看，你仔细地看月亮，你就会看到一个女人。她是月亮女神。她在溪水中洗头发，然后晾干，然后用翡翠的梳子将头发梳起来。"
>
> "月亮女神边梳头发边唱歌，她最讨厌翡翠的梳子了。她想要另外一个梳子——一种金梳子。她还邀请月亮另一边的男人来和她约会。如果这个男人想和她结婚的话，就必须带一把金梳子来。"（Lim，1982：91）

Michael 平时不怎么说话，但是对于奶奶讲的故事却非常认真。而 Mark

的反应完全不同，他说："月亮是不适合居住的星球。那里的条件不适合人类的居住。没有人能在那里生存。"（Lim，1982：91）

他写了一篇以"迷信"为标题的作文，并在学校的写作比赛中获得了一等奖：

> 我的奶奶相信月食是由一条想要吞掉月亮的龙引起的。她用两个易拉罐使劲地拍打，想要把龙吓跑以拯救月亮。当空中打闪电的时候，我的奶奶就会将嘴唇紧紧地并在一起，然后快速地发出很有意思的"啪噗啪噗"的声音。她通过这种方式来吸收闪电的力量，以让自己变得更加强壮和更善良。我奶奶还说梦到人类的排泄物（excreta）会带来好运。（Lim，1982：91）

在这里，林宝音通过对比的方式揭示出新加坡新一代华人对待传统的不同态度和接受情况。"月亮女神"的传说所表征的是传统华人的文化，作者通过这一典型意象旨在说明华人传统文化的逐渐式微。Michael 和哥哥 Mark 对"月亮女神"传说的不同态度其实就是新加坡社会广泛存在的"传统"和"现代"之间、东西方之间的冲突。Michael 对传统故事喜爱有加，代表着新加坡传统华人，而 Mark 则代表了接受西方现代教育的新一代华人。林宝音通过一个家庭中成员间的文化认同差异影射了身处华人传统文化和现代西方价值观的新加坡人所面临的文化困境。

新加坡被殖民的历史为当地华人留下了西方的语言和文化，在现代化的进程中，母国的文化逐渐衰微，那么"文化身份"问题就逐渐凸显出来。林宝音的小说中多次出现"寻找"母题，隐喻的就是"找寻文化身份"。在《毒牙》中，婆婆为小孙子 Michael 佩戴上脐带护身符，以趋吉避凶。但是，儿媳安吉拉认为婆婆的做法很怪异，她总是把护身符偷偷扔掉。而 Michael 则深受奶奶的影响，他把护身符当成珍贵的礼物。所以，当他发现护身符找不到时，连做梦都在寻找。

> 迈克尔的心跳得很快，因为害怕找不到这个宝贵的护身符。当几个

人寻找无果的时候，奶奶开始向月亮女神祈祷：看啊，月亮出来了。我要向月亮女神请求帮助。她会给我们播撒下光，帮助我们找到护身符。结果，奶奶的乞求灵验了，他们找到了护身符。迈克尔高兴极了："快给我戴在脖子上，奶奶。这样我会感觉更好一些。"（Lim, 1982：128）

在这里，"月亮女神"意象和"脐带护身符"意象构成了一个意象组合，即脐带护身符表征的是与母国文化的纽带联系，而月亮女神则是母国传统文化的一个符号象征，两个意象一起寓意以母国文化为灯塔指导迷失的华人寻找身份。

虽然在《毒牙》中的月亮女神成为老一代华人的精神寄托，但在林宝音所有小说中，月亮所代表的意象并不是只有这一个含义。在短篇小说集《他们会回来的……但请温柔地领他们回来》（*They Do Return...But Gently Lead Them Back*）中，有一则故事《满月》（*Full Moon*），以人们对于月亮的传说和相关的禁忌开始。Ah Suat Ee 是一个因财产被骗而精神失常的女人。当她去世后，当地的男人们会在月圆之时到墓地乞求鬼魂给他们彩票号码的暗示。故事结尾时，叙述者说："那些死去的女人，我听到了她们的声音，看到了她们身着寿衣。我请求她们放过我，但是她们依然不依不饶说要割掉我的耳朵，因为我曾经用手指指着圆圆的月亮。"（Lim, 1983：207）

在这里，月亮成为一种禁忌，给人们带来的是恐惧之感。

在《泪痣悲情》中，月亮女神被用来描述受苦受难的女性。一个妻子被丈夫怀疑不忠。她被裸露着绑在位于市场中心的一棵树上，围观的民众则对此麻木不仁。法国神父马丁路过这里，痛骂并喝退冷漠的众人，将女子救了下来。

玫瑰被神父的刚正勇敢深深感染了。她想："这是上帝从天而降，来解救月亮娘娘脱离屈辱和绝望。他将敌人驱散，赋予女人以力量。他的力量可以赶走地狱中的恶魔。"玫瑰的心中泛起一种感激之情，还有一种爱意。她永远不会忘记这一刻。（Lim, 1997：335）

在这里，西方的上帝意象与华人传说中的月亮女神被并置在了一起，成为林宝音小说混合式书写的一个典型例证。

林宝音笔下的"月亮女神"意象是复杂而矛盾的。

首先，《毒牙》中的"月亮女神"信仰成为两代华人不同价值观之间矛盾冲突的导火索之一。婆婆所坚信的月亮娘娘的传说成为维系传统华人和新一代华人的文化纽带。"月亮娘娘"成为华人传统文化的表征。但是，这一纽带在西方的价值体系和观念面前显得脆弱不堪。接受英语教育的安吉拉保持着华人的一些传统美德，比如对待老人和兄弟姐妹，她表现出了传统华人女性的孝顺、善良、谦让等美德。在她眼中，婆婆虽然行为怪异，但还是承担起了照顾婆婆的责任。在她看来，婆婆讲的月亮女神的故事都是过时的民间传说，但她并未明显反对婆婆的这一信仰。然而当她发现自己的小儿子出现精神恍惚的时候，她将原因归咎到婆婆身上，认为是婆婆的故事造成了儿子的病症。另外，婆婆讲述的故事引起了安吉拉大儿子的反感，并影响到其学习。当婆婆的存在对儿子们造成影响时，安吉拉对婆婆的忍耐达到了极限。婆婆则以出走到"死亡之家"（老人院）相威胁。

小说中的讽刺性和故事的一个高潮是安吉拉的大儿子 Mark 准备参加以"孝道"为主题的演讲比赛，虽然最终获得一等奖，但是从其对婆婆的态度上，可以看到作者的讽刺用意。故事中，Mark 和老师一起准备全国的演讲比赛，Mark 演讲的题目和国家正在进行的"孝道"运动相符合。辅导老师准备让 Mark 在关于莎士比亚的演讲之后，再读一首中文诗。老师对莎士比亚的作品高度评价，最后选取的是《李尔王》中的一段演讲：

> 听着，造化的女神，听我的吁诉！要是你想使这畜生生男育女，请你改变你的意旨吧！取消她的生殖的能力，干涸她的产育的器官，让她的下贱的肉体里永远生不出一个子女来抬高她的身价！要是她必须生产，请你让她生下一个忤逆狂悖的孩子，使她终身受苦！让她年轻的额角上很早就刻了皱纹；眼泪流下她的面颊，磨成一道道的沟渠；她的鞠育的辛劳，只换到一声冷笑和一个白眼；让她也感觉到一个负心的孩子，比毒蛇的牙齿还要多么使人痛入骨髓！去，去！（Lim, 1982：70）

这一段与 Mark 和安吉拉对婆婆的态度形成鲜明的对比。他们拒绝接受婆婆的行为和思维方式，拒绝接受婆婆身上携带的传统文化基因。讽刺的是，学校演讲比赛中最终胜出的却是以"孝顺"为演讲主题的"不孝顺"的马克。林宝音借此讽刺了新加坡政府所推行的"儒学复兴运动"①，认为这些都是表面的，对于解决社会中存在的伦理道德问题起不到什么作用。

林宝音在《毒牙》中营造了一个文化混杂的世界，强调了传统华人注重"人与人之间的关系"，而安吉拉和 Mark 代表的西方价值观则更注重个人的利益和感受。安吉拉和她的儿子 Mark 生活在传统与现代交织的时代，他们生活中的价值观主要是以功利为价值导向的。Mark 在学校的作文中写了一篇"我的亲戚（My Relatives）"：

> 华人有一个很奇怪的信仰，那就是当一个孩子生病了，那是因为他的命和他妈妈的命是相冲的，或者在他身体里有了魔鬼。如果这个孩子被收养，那么就要称呼自己的妈妈"阿姨"，将养母叫"妈妈"，声音越大越好，这样就能骗过魔鬼了，就不会再使他生病了。在我的家里就有这样的一位叔叔。但是他并不是我的亲叔叔，而是因为迷信他就成为我名义上的叔叔。因此，尽管看在奶奶的面子上，我不得不叫他叔叔，但是我不必把他当成我的亲叔叔。
>
> 马克就通过这种方式祛除了内心羞耻和憎恨的魔鬼。（Lim，1982：15）

在对待婆婆收养的"傻子"阿木的态度上，更是体现出现代新加坡人的

---

① 在新加坡历史上，有两次"儒学复兴运动"，第一次始于 19 世纪 90 年代，第二次贯穿于整个 20 世纪 80 年代。第二次"儒学复兴运动"是由李光耀倡导的自上而下的一个国家文化工程，是新加坡华族寻求文化身份认同的一个集中体现。新加坡在经济腾飞之后，传统道德和观念面临巨大危机，需要儒家的伦理观念来调和经济基础和上层建筑错位之间的矛盾。可参阅：李元瑾. 从新加坡两次儒学发展高潮检视中国、新加坡、东南亚之间的文化互动 [J]. 中国哲学史，2005（3）：124-125；郭振羽. 新加坡推广儒家伦理的社会背景和社会条件 [C]// 中国孔子基金会. 儒学国际学术讨论会论文集. 济南：齐鲁书社，1989：1324.

自私。

> 安吉拉和她的弟妹 Gek Choo 内心的想法就恶毒的多了：如果阿木那天被淹死的话，该多好啊！看看他现在的样子——一个三十岁的小孩，对老太太来说简直就是一个负担。（Lim，1982：17）
> 马克参加学校的辩论说：如果医生知道孩子是畸形的话，将其流产比让他生下来长大成为家庭和社会的负担要好得多。（Lim，1982：18）

人的生命在他们眼中变得一文不值，由此可以看到林宝音对冷漠的新加坡现代人的批判。

其次，"月亮女神"意象揭示的是"寻找身份"的母题。《毒牙》中，与安吉拉和马克的功利目的相比，婆婆和迈克尔则更具人情味。他们相信月亮女神，相信月亮女神会帮助他们，并给他们带来好运。他们善待周围的人们，包括收养的傻子阿木。总之，他们相信美好事物的存在。故事中的"月亮女神"来自随移民而来的中国传统民间故事，所以在某种程度上代表了婆婆所坚守的传统和对母国的文化记忆。婆婆的故事受众只有迈克尔，表明了新加坡现代社会中传统文化的生存空间是被大大压缩的。小说中着力描述的是一个"迷失的世界"，迷失传统的华人继续迷失着，他们在伦理道德上与传统观念渐行渐远。而保持传统的人被人们认为是"精神失常"的：婆婆被认为"精神失常"、迈克尔被认为"精神失常"、"傻子"阿木被认为"精神失常"。这些人的精神中闪烁着人性的光芒，但他们在社会中却没有立锥之地，他们与"月亮女神"都是被人们排挤的"异类"，处在被边缘化的地位。这是林宝音对新加坡社会"道德错位"的反讽。

月亮女神不仅代表着传统华人的"希望"，而且还扮演着帮助新加坡人"找寻身份"的角色。迈克尔和婆婆乞求月亮女神帮助寻找被妈妈安吉拉扔掉的护身符，即是对"寻找身份"的一种隐喻表达。在这里，月亮女神是那个飞离家乡、只身住在广寒宫中的嫦娥，隐喻的是漂泊在异乡的海外华人。他们共同面临着"文化身份"的追问。"脐带护身符"代表着与母国之间的纽带联系，"被扔掉"这一动作代表着纽带的断裂。而找寻"护身符"则是对"寻找身份"的隐喻。

当婆婆病重住院时，安吉拉安慰她说，很快就会康复回家的。婆婆说："我没有家。"（Lim，1982：169）这是婆婆对新加坡现代社会的失望之语。她的理想家园不是冷漠的现代世界，而是一个人与人之间和谐相处的温馨的世界，也许在那样的家园中，人们就不再需要"月亮女神"了。所以，小说中婆婆对月亮女神的期待实际上是对"月亮女神"所表征的"善良""道德"的期待，是对传统的一种回忆，也是对现代社会在这方面缺失的一种失望。

最后，林宝音笔下的"月亮女神"也是受苦受难的女性的象征。在《泪痣悲情》中，虽然"月亮女神"只出现了一次，但是却意蕴深刻。小说中受尽丈夫凌辱的妻子在女主人公玫瑰看来就是受苦的"月亮娘娘"，而挺身而出将女子解救下来的法国神父马丁被玫瑰解读为"上帝从天而降，来解救月亮娘娘"。（Lim，1997：336）在这里，林宝音想要揭露的是一部分新加坡华人的心态，即他们寄希望于西方文化，希望能受到西方文化的解救，体现了他们对西方文化中自由、平等的渴望。新加坡人往往将东西方文化二分，东方文化代表的是传统和伦理道德，西方文化表征的是自由平等的精神，而神父马丁在玫瑰眼中就是这样的象征。但是，随着剧情的发展，马丁神父的缺点开始暴露出来。天主教义中的禁欲思想以及他从小受到的叔叔的影响，让他认为追求爱情是一种低俗的肉欲，所以当他一想到玫瑰时就充满了负罪感。而小时候他看到叔叔用皮鞭抽打自己的场景总是浮现在眼前，他开始退缩了。"皮鞭"成为天主教"惩戒"的象征意象。小说中对玫瑰和马丁两人的心理描写揭示了马丁性格中懦弱的一面："他们四目相对，深情地望着对方。他害怕感情的到来，而她却需要这样的感情。他的眼神说：我知道，但是充满恐惧；而她的眼神则说：我不怕。"（Lim，1997：336）

马丁的天主教义使其经常处在内心的矛盾和挣扎中。"马丁的内心异常痛苦，好像一个声音在责备他。但是他又无法抗拒玫瑰给他的吸引力。"（Lim，1997：339）

而玫瑰则从由自己的婆婆那里继承来的传统信仰中找到了力量和勇气。她不怕世俗恶毒的话语，她只想追求自己真正的幸福。但来自西方文化中的马丁并不是玫瑰的"保护神"，他并不能真正地保护和解救玫瑰。在《泪痣悲情》中，月亮女神被降格到与普通女性同样的地位，她们都是受压迫的对象，她们都无法摆脱父权制传统的束缚，她们也都希望能有人来帮助她们，但是这种"向外求"的愿望破灭了，她们只能依赖自己。这种"向内求"的女性主义立场在林宝音的小说中被多次表达出来，如《女仆》中的女主人公涵在经历了"求神—助神"之后，最后转化为女神。

小说中的这种处理方式也体现了作者林宝音的文化立场。她从小接受的家庭教育和在天主学校上学的经历让她深入了解到了东西方文化的差异，同时也对这两种文化中存在的弊端了如指掌。在林宝音小说中，"月亮女神"意象的叙事功能与"观音"意象的叙事功能既有相似之处，也存在较大差异。这两个女神意象在推动情节、深化主题和塑造人物方面都起着关键作用。在《泪痣悲情》中，"观音"是直接参与到故事情节之中的，是小说中一个重要人物，与女主人公之间有着丰富的精神交流。而《毒牙》中的"月亮女神"则主要出现在人物的对话中，是人物所秉持的一种信仰，并未以一个独立的人物身份直接参与故事的情节发展。尽管如此，"月亮女神"意象对小说的叙事依然起着不可或缺的作用，主要体现在以下三个方面。

第一，引发情节冲突。《毒牙》围绕着安吉拉一家三代人之间的矛盾和冲突展开。小说以第三人称全知视角对安吉拉家庭中的人物关系、人物性格和相互之间的矛盾进行了全景扫描。其中安吉拉在小说中既是聚焦者也是被聚焦者，她和婆婆之间的矛盾冲突被作为小说的主线，而安吉拉的丈夫、保姆、丈夫的弟弟弟妹以及自己的孩子们形成的多条副线与主线相互交织，共同构成了小说的叙事网络。

"月亮女神"意象往往处在主线与副线交织的关键节点上。《毒牙》前半部分（第一章到第十四章）围绕着安吉拉一家为公公婆婆庆祝75岁寿诞、公公去世、为儿子马克准备生日宴会展开。正如林宝音所说，她的小说"主要关注的是人生的重要节点"。故事通过安吉拉的视角扫描了安吉拉一家人的工作、生活和社会地位。安吉拉是一个接受了英语教育的新加坡华人，但是她对于公婆传统的生活方式不满。这是小说的主线。小说第六章是在第五章"安吉拉邀请婆婆参加儿子的生日宴会"的基础上，通过"观念联想"的方式回忆了婆婆当年给儿子过生日的场景，为和后面安吉拉为儿子在新加坡最豪华的酒店召开生日宴会作对比做好了铺垫。

在这一部分，我们了解到安吉拉比较复杂、矛盾的性格。新潮的安吉拉与华人家庭的传统生活方式是格格不入的。第一章的结尾，安吉拉和好朋友在电话中半开玩笑、半生气地说：

> 你知道吗，我婆婆把她老伴的生病归咎于我，她竟然说主要是因为我在寿宴那天穿的是白色。白色是死亡的颜色，是哀悼的颜色。你会相信吗，Mee Kin？你会相信这样的事情吗？我那天晚上穿的就是那件白色的、纯丝绸的衣服，你记得吗？你怎么能说这么贵重、现代的衣服是哀悼的呢？但是，我本来应该知道的。什么事情都算到我的头上，我就是个坏女人。你猜，现在最忙的人是谁，到处忙活，付药费，什么事都要冲到最前面，现在又要准备公公的寿衣。这些都是我在做啊！（Lim, 1982：11）

因为不认同传统华人的文化，所以安吉拉对奄奄一息的公公心生怨恨，对丈夫的二弟和弟妹心生厌烦，对婆婆收养的傻子阿木更是心存戒心。但是，在对待婆婆的态度上，安吉拉表现得要比其他几个兄弟姐妹要更强一些，最起码她把婆婆从弟妹简陋的住处接到自己的豪宅来住。虽然安吉拉在物质生活上尽量满足婆婆的需要，但是在其内心她经常以"fool"和"foolish"来称呼婆婆。

而小说的主线婆媳关系和另一条副线即安吉拉婆婆和安吉拉儿子们之间的关系则因为"月亮女神"的传说被交织在一起。小说的后半部分基本围绕着这两条线索穿插交错、向前推进。安吉拉发现，当婆婆为孩子们讲述月亮女神的故事时，平时少言寡语的小儿子迈克尔显得兴致勃勃，而且与奶奶交谈时声音洪亮清脆。

> 迈克尔问奶奶："您上次给我们讲的故事中，月亮女神想要靠自己的小脚穿过一条河，但是却淹死了。"这一点引起安吉拉的伤心，"他从来不和我用这样甜美清脆的声音说话"。（Lim, 1982：91）
> 安吉拉心中诅咒道"老傻瓜"（old fool）。她内心责备婆婆用愚蠢的故事传说将自己的两个儿子，一个（马克）弄得非常气愤，一个（迈克

尔）弄得不知所措。（Lim，1982：96）

从以上可以看出，作者将婆媳两代之间的矛盾延伸到婆孙三代之间，他们相互之间的矛盾体现了新加坡现代社会中传统和现代之间的矛盾。揭示出新加坡现代人与传统习俗渐行渐远，他们更适应英国殖民者留下的殖民文化。小说中讲述了新加坡人为孩子选择学校时的做法：

> 安吉拉问丈夫阿布（Boon）："为什么你们所有的人都上英语学校，只有你的弟弟 Wee Tiong 上华语学校呢？"阿布说："父母因为这些事情也争吵过，父亲想让孩子们都上英语学校，而母亲则想让孩子们上华语学校，因为她说上华语学校的孩子更懂得孝顺父母。"（Lim，1982：13）

可见，当时的海峡华人将中西方两种文化二元对立起来。而小说的讽刺意义就在于，父母送孩子去英语学校的初衷是想让他们发展得更好，但是这一做法无疑却带来了负面效果。新一代新加坡华人开始在东西方文化之间迷失，他们对自己的传统文化产生了质疑甚至是反感。林宝音通过一个家庭中代际之间的矛盾将这一问题揭示出来。因此，作者通过这一意象的设置成功引发了代际之间的矛盾冲突。这一点对于小说情节的顺利推进起着关键作用。

第二，隐喻深化主题。《毒牙》的主题是代际之间、"传统和现代之间"以及"东西方之间"的矛盾冲突问题。其中，"代际问题"与后两者之间是一种隐喻关系，即代际问题实际上影射的是"传统和现代之间""东西方之间"的冲突问题。而"月亮女神"作为小说中的一个核心意象，起着"点题"的关键作用。

老一代华人所信仰的月亮女神代表的是整个自母国而来的传统文化。人们对月亮女神的态度代表了传统文化在新加坡的存在样态。由安吉拉所代表的接受西方文化教育的新一代华人对"月亮女神"传说的排斥态度，可以想见传统文化在新加坡逐渐被压缩的生存空间。

小说中由月亮女神信仰引发的层层矛盾的深层次主题即是"文化身份认同"的问题。安吉拉所表现出的矛盾态度——一方面让孩子听婆婆讲月亮女神的传说；另一方面认为这些故事为孩子带来了精神混乱——表明的是安吉拉的"身份认同困惑"。安吉拉身处东西方文化混杂的语境中，既向往西方文明带来的富足的物质生活，又不得不继承传统华人的"伦理道德观"。这两者之间的拉锯使其筋疲力尽。而婆婆乞求月亮女神的情节则隐喻的是"寻找身份"的主题。在现代社会中，传统文化成为"弃儿"，与现代文明格格不入。传统华人希望找回所失去的或所逝去的，婆婆发出"我没有家"的感慨，表达出老人对现代社会的一种失望情绪。林宝音安排老人和孙子乞求月亮娘娘帮助寻找被扔掉的护身符即是对寻找迷失的文化身份的一种深刻隐喻，从而深化并升华了小说的主题。

《泪痣悲情》是一部典型的成长小说。恶劣的社会环境和家庭背景使女主人公玫瑰深受父权制文化传统束缚。在这样的背景之下，玫瑰希望能从东方的文化束缚中摆脱出来，她的叛逆精神和独立的人格魅力使其成为林宝音笔下一个女性主义者的典型。她把自己和其他受压迫的女性与受惩罚的月亮女神联系在一起。所以，当来自法国的神父冒险解救了受屈辱的女子时，她的眼前浮现的是西方上帝的形象，"上帝从天而降，来解救月亮娘娘"。（Lim，1997：336）

小说中"东西方文化混杂"的社会背景由此被揭示出来。在很多新加坡人看来，西方文化代表的"自由、平等"精神是解决父权制社会传统面临的困境的良方。玫瑰被马丁的勇敢和无畏精神深深地吸引了，象征着当时的玫瑰对西方文化的一种依赖感。这也是林宝音小说中经常出现的场景（如《司徒老师》中司徒的好友就信仰来自东西方的各种宗教；《女仆》中涵的妈妈既信仰传统的道教，也对基督教和印度教中的神顶礼膜拜），即一个华人既坚持自己的传统信仰，也皈依西方的宗教，他们这种"文化混杂"的心态表明的是一种对"文化身份"的困惑感。林宝音则对这一现象进行了批判，认为无论东方还是西方文化都不能解决新加坡社会所面临的问题。所以，《泪痣悲情》中的马丁被塑造成一个勇敢正直但又受到天主教义禁欲思想束缚的复杂形象，预示着马丁和玫瑰之间的感情注定会以悲剧收场。与马丁的交往帮助玫瑰完成了对"自我身份"的找寻，也让她明白西方文化不能帮助自己摆脱困境，唯一能使自己摆脱困境的就是自己。所以玫瑰离开家乡，独自生活在新加坡。小说最后，玫瑰毅然把老勇套在自己手腕上的"翡翠手镯"打碎，象征着自己脱离束缚的决心。

从以上分析可以看到，《泪痣悲情》中"月亮女神"意象的创设体现的是林宝音的一种"混合型"文化书写。她将东西方的文化意象杂糅在一起，深刻揭示了小说要表达的女性主义立场和东西方文化冲突与融合的主题。

第三，塑造人物形象。林宝音小说《毒牙》中的"月亮女神"意象成功塑造了小说中的人物形象，对人物性格的形成、人物命运的发展起到了关键作用。安吉拉对月亮女神传说的复杂态度揭示了其复杂、多变的人物性格。婆婆对月亮女神的笃信帮助作者成功塑造了一个坚守传统价值观的华人老妪形象。迈克尔虽然年幼，但是他对月亮女神的向往表明了他对美好事物的追求。与之相比，哥哥马克对月亮女神传说的反感表明了他排斥传统的态度。但小说的讽刺意义在于，排斥传统文化的马克却凭借传统文化中的伦理道德故事频频获奖，这是对讲求功利的新加坡现代华人的一种讽刺和批判。故事中，天真无邪的迈克尔、傻子阿木和婆婆与追求功利的安吉拉和马克形成了鲜明的对比。当迈克尔不小心将马克赢得的象征荣誉和成功的奖杯打碎时，故事的情节冲突达到了高潮，小说试图传递的"传统和现代之间冲突"的主题也获得了升华。

总之，林宝音赋予"月亮娘娘"的象征意义体现了她的一种隐喻思维，她所利用的不是原汁原味的神话传说，而是根据故事的需要选择神话传说中的某一个母题作为小说情节建构的基础。在中国民间故事中，"月亮娘娘"的形成经历了一个逐渐发展的过程，是"中华民族想象力生发的产物"。[①] 在发展的过程中，"月亮娘娘"被赋予了多元内涵。神话中，嫦娥偷走灵药，飞升月宫，被惩罚捣药。随着女性主义文学的发展，作家们将月亮女神赋予了新的含义。人们将"月亮娘娘受到惩罚"这一母题与受压迫的女性联系在一起。文学中受苦难的女性往往将心事和委屈诉予月亮女神，于是月亮女神成为父权制压迫下女性的精神寄托。

---

① 尹泓.嫦娥奔月神话的意象和母题分析 [J].民间文化论坛，2010（5）：93-99.

小结

"女神"意象是林宝音小说中独特的文学意象,体现了林宝音浓厚的民俗情结,也是她用来揭示小说主题的一个主要手段。林宝音所创设的三个"女神"意象既有相同之处,也有区别。

就相似之处而言,三个"女神"意象都揭示了小说中的女性主义主题,都是故事中被边缘化的女主人公的精神寄托,是严苛的父权制社会语境的必然产物。"眼耳女神"意象的创设强调了社会中人们对女性疾苦的漠视,反映出女性在社会中的"边缘地位",女人们渴望"有眼有耳"的女神出现以解救她们于水火。"观音"是"慈悲"的化身,人们对"观音"的信仰在某种程度上反映出社会中"慈悲""怜悯"的缺失,所以"观音"意象的设置是作者对冷漠的社会现实的鞭挞。女主人公在现实生活中找不到可倾诉的对象,只能转而向信仰中的女神求助,从而凸显了父权制社会的残酷现实,也规约了小说"内省式"的叙事风格。

"观音"和"月亮娘娘"意象也是后殖民文化语境中被"边缘化"的华人传统文化的象征。它们都是华裔族群的文化符号,是传统华人所笃信的精神民俗形象,但是在新加坡现代化的社会语境中,逐渐被新一代华人所遗忘,取而代之的是西方的宗教信仰。这些"女神"意象还被赋予了揭示人物文化身份认同、批判社会现实的功能。

林宝音小说中的"女神"意象帮助女主人公完成了成长中的自我认知和社会认知。根据莫迪凯·马科斯(Mordecai Marcus)的观点,"成长小说"主要包含两大类:一类注重以社会和世界的认知为描述对象,另一类把成长解释为"认识自我身份与价值,并调整自我与社会关系的过程"。① 在《泪痣悲情》和《女仆》中,女主人公从小就受到华人传统信仰的耳濡目染,她们笃信"女神"信仰的过程也是对社会进行深入认知的过程。通过"女神"意象的设置,这些女主人公内心中隐藏的女性话语被表达出来,她们与女神的交流可以看作是一种通过自我调整与社会进行协商的方式。林宝音笔下的成

---

① M Marcus. What is an initiation story[M]. New York:The Odyssey Press, 1969:32.

长故事均以悲剧结尾，喻指女主人公与社会协商的失败，同时也说明了社会中父权制文化传统的顽固性。

这些"女神"意象也有不同之处。传统意义上的"观音"意象表征的是"慈悲""善良"，是故事中女性的保护神，也是众多华人女性所尊崇的一位女神；而"月亮娘娘"意象则不仅代表着女性的"阴柔美"，还成为代际之间文化冲突的导火索，也是帮助"找寻身份"的一个重要象征。与这两个女神意象不同的是，"眼耳女神"是林宝音在小说中根据情节需要和基于自己的民俗情结而创设的一个民俗意象，这一民俗意象比前两个意象在揭示女性主义主题方面作用更为明显，因为小说采用了一种魔幻现实的叙事手法①，将"求神""拜神"的女仆与受苦受难的"女神"进行了身份置换，让女主人公最后"成神"，这是对女性主义主题的升华。在林宝音的女性小说中，我们看到很多人物最后都转化为神，这也体现了林宝音的一个思想：人即是神，女性的解放需要自身的觉悟。

"观音"意象和"月亮娘娘"意象都体现了林宝音混合式书写的特点。在相关的作品中，林宝音将两个女神意象分别与西方的宗教意象并置，成为揭示小说"东西方文化冲突"主题和"文化身份认同"主题的关键意象。总之，林宝音小说中的"女神"意象是理解小说主题的关键，读者在阅读解码时应深刻体会作者编码的过程，从而挖掘隐藏在这些意象背后的文化意蕴，同时也要关注这些不同意象之间的相通之处和区别，以深切把握作者的叙事重点和创作意图。

---

① 魔幻现实主义文学兴起于 20 世纪 50 年代的拉美文坛，其核心宗旨是以"魔幻"的手法描写社会现实。在小说中，作家往往将现实背景进行高度细节化的处理，并大胆借鉴象征、寓意、意识流等西方现代派文学各种技巧，嵌入令人难以置信的元素，从而将神话、幻想与现实相互交融。可参阅：陈光孚 . 魔幻现实主义 [M]. 广州：花城出版社，1986.

第三章　林宝音小说中的身份认同主题

　　身份认同几乎是所有华裔作家都关注的一个主题。面对复杂多元的文化语境，他们希望通过作品实现文化身份的建构。在当代文化全球化的语境中，华裔作家巧妙地创造出基于母国文化又异于母国文化的文学新样式。对新加坡华裔作家而言，他们的"文化间际"处境令他们的作品体现出一种焦虑和迷茫。林宝音的《跟错误之神回家》中无处安置的一尊来自中国的神像就象征着当地华裔的矛盾心理。小说中"寻家"的神像贯穿始终，深化了小说的"文化身份认同"主题。虽然当前的一些研究成果涉及林宝音小说中的"文化认同"主题，但林宝音小说的叙事特色和文化利用的策略被湮没在文学史研究中，亟待进一步挖掘。林宝音所创设的民俗意象是华人传统文化和英国经典文学双重影响的结果。在混杂性文化书写中，林宝音并没有盲目地认同东方或者西方，而是将二者作为新加坡的镜像或参照，以此来思考和审度新加坡社会所面临的现实问题。因此，考察这些民俗意象与身份认同之间的关系成为解读林宝音乃至世界华裔作家文学创作的一个重要课题。

第一节　对母国文化的想象 [1]

　　《跟错误之神回家》是林宝音的第四部长篇小说，故事以 20 世纪 80 年代以来新加坡现代化进程为背景，以女主人公尹玲（Yin Ling）帮助老佣人陈阿成供奉的一尊无名神像寻找家园为线索，对新加坡现代社会中年轻一代华人 [2]

---

[1] 本章部分内容已发表。可参阅：赵志刚.林宝音小说《跟错误之神回家》中的"无名神像"与身份认同研究 [J].外国文学，2020（4）：172-181.

[2] 主要是指战后在新加坡出生而又主要接受英文教育的一代华人。

的道德错位和新加坡在家庭与社会政治层面根深蒂固的父权制传统进行了辛辣讽刺和批评，带有浓厚的批判现实主义色彩。而依附在无名神像上的"回家"母题则表达了新加坡华人对母国文化的守望及对其身份的困惑和焦虑。作品中浓郁的异域情调（exotic taste）引起了西方出版商如英国 Orion、美国 The Overlook Press、澳大利亚 Allen & Unwin 的关注，最终由英国的 Orion 出版社出版。目前，我国学术界关于这部小说的研究成果仅有刘延超的《新加坡英语文学研究》（2011）一书。刘延超认为："神像的回归，暗示的是新加坡身份认同中的族群认同困惑。"（2011：177）

《跟错误之神回家》这部小说通过老仆人阿成回忆无名神像的来历，创造了叙事契机，让它带领读者回顾了新加坡华人移民的历史，见证了华人传统文化在新加坡现代社会中的式微，并由此完成了对文化母国的回望和想象，表达了自己的文化认同倾向。

首先，小说通过老仆人陈阿成的超现实梦境讲述了她携带神像漂泊到新加坡的历程，以隐喻手法重现了当年第一代华侨下南洋的艰辛历史。故事中的阿成来自中国一个偏远的村落。她地位低下，受尽了屈辱和冷落。后来"也许是逃婚或者是逃避其他的迫害"，阿成误打误撞地逃到了一艘大船上，漂洋过海来到了新加坡。但现实并非像阿成想象的那样美好。来到新加坡之后，阿成经常被视为"多余人"，"遭受着众人的侮辱和嘲讽（insults and innuendoes），生活在痛苦之中"。（Lim，2001：317）在异域他乡遭受的不公使得阿成只能将自己的精神世界寄托在从母国带来的一尊长相怪异、被人嫌弃的神像上。她经常独自与神像交流，倾诉自己的悲苦命运和不幸遭遇。作品通过梦境叙事让无名神像发声。在阿成的梦境中，不被人们认可和接受的无名神像因为在新加坡没有自己的神位而感到烦恼，希望阿成帮它追根寻源回到家乡去。就这样，林宝音以超现实手法巧妙地将神像与阿成的"寻根""回家"愿望揉捏在一起，使两个人物在小说中互为镜像、相互衬托，共同串联起小说的叙事主线。

作品通过回忆神像的来历建立了新加坡和文化母国之间的历史关联，带领读者走进了华人移民的历史场域中，完成了作者对新加坡华人移民历史的文学想象。小说中，阿成代表了当年背井离乡到南洋求生的第一代华侨，他们初到南洋的艰难生活以及对母国难以割舍的情感为小说中的"寻根"母题埋下了伏笔。与阿成命运相连的神像则代表着与移民一道南迁的传统信仰。同时，小说通过无依无靠的阿成对神像的心理依赖和需求，反映出第一批华人移民当时所面临的残酷的生存现实。他们只能将生存的希望寄托在传统的宗教信仰上。林宝音在小说中设置的"无名神像"正是对历史事实的真实写照。

其次，通过神像被边缘化的命运遭际隐喻母国文化传统在新加坡的式微。小说中的神像长相奇特、怪异，并不属于华人神仙谱系中的"大神"："这个神像长得有点畸形（slightly deformed），一个肩膀高、一个肩膀低，前额高高隆起，朝天鼻，脸上总是带着友善的微笑。"（Lim，2001：38）作品中交代，没有人认识这尊神像，甚至连阿成本人也不知道它的名字和来历。用阿成的话说，神像是一尊无名、无神位的"无家之神"（god-with-no-home）。（Lim，2001：35）在这里，"无家"一词可谓是一语双关：一方面指这个无名无神位的神像不被接受而无处安放，另一方面则喻指由神像所表征的华人传统信仰和习俗在新加坡现代社会中的生存空间被大大压缩。作品中，婚后的尹玲将老人接来与自己一起住，但婆家人容不下阿成和她的神像，因为尹玲丈夫文森特皈依了基督教，他将华人母国文化称为"祖先的黑暗世界"，是绝不允许阿成的神像出现在家里的。（Lim，2001：38）文森特的基督教信仰使得他母亲的道教神像都要藏在小小的隔间中，更不要说阿成的神像了。这反映了新加坡后殖民文化语境中华人传统文化被大大边缘化了。

另外，阿成不止一次梦到神像被孩子们扔来扔去，甚至被关进鸟笼中，受尽折磨而得不到尊重。（Lim，2001：145）根据心理学理论："弗洛伊德将梦的根源和动因从'外部'转移到了'内部'，认为梦是一种颇有深意的心理现象，梦所表达的不是神秘命运的启示，也不是身体所受到的某种外部或内部的刺激在心灵世界的投影，而正是做梦者自己的更为深层的自我。"（赵山奎，2008：99）作品中阿成处于社会的底层，毫无话语权，所以作者只能通过梦境的形式来揭示阿成的精神世界。作品通过梦境揭示了阿成内心深处的担心和焦虑。梦境中的顽童们不再接受传统华人的信仰和民间文化了。在他们眼中，阿成的信仰非常可笑。这也说明了新加坡社会中年轻一代华人对待母国文化的态度。这让阿成既气愤又伤心。这是华人传统文化在新加坡现代社会中被边缘化的又一典型例证。

最后，小说中无处安放的神像隐喻了新加坡华人精神上的无处安顿，并由此催生了故事的"回家"母题。故事中阿成的神像被众人排斥和嘲弄，它的最大愿望就是能有属于自己的家。尹玲帮着阿成物色了几个安放神像的地方，但都不理想。尹玲和阿成认为无名神像代表的是"爱神"和"善良之神"，其他神像不配和它摆放在一起，因为"其他的神只追求权力而没有同情心"。（Lim，2001：130）最后阿成和尹玲决定将神像送回到神像在中国的故乡。作品中的这些情节充满了隐喻，突出表达了身在异域的华人对精神原乡的渴求。老人和神像"回家"的愿望是身处"东西／古今"之间华人"文化寻根"情结的集中体现，小说主题由此得到进一步升华。

需要注意的是，作品中多次提及神像无名、无神位，不仅新加坡年轻一代华人对神像的来历和名字不解，就连阿成也说不上名字来，她只是模糊记得神像来自中国一个偏远的山村。在这里，"无名"隐喻的是新加坡华人对母国形象的模糊记忆，神像在新加坡无处安顿和其对文化母国的守望暗示了海外华人在精神和心理上的文化诉求。虽然小说最后指出尹玲按照阿成所说的村庄的名字找到了那个地方，但是小说中始终未提及那个山村的具体名字。这种模糊的处理方式，表明"中国"在当地华人的心中只是一个概念，具体是中国的什么地方已经不是那么重要了。由此，作品通过无名神像的回家之旅，勾勒出一个想象的、模糊的文化母国形象。虽然神像没有明确的身份和名字，但正是这样"不确定性"的艺术处理方式，大大增加了小说的叙事张力并给读者们留下了无限的想象空间，因为它可以代表任何来自中国的神以及由此所表征的任何中国的民间信仰，或者进一步讲，"神像"表征的就是中国和中国文化。

总之，作品通过文学想象重现了新加坡华人移民史，揭示了新加坡现代华人文化断层的严重程度。作品中无名无主、被边缘化的神像象征了新加坡现代华人在后殖民文化语境中对母国文化的模糊记忆和身份认同困境，贯穿作品的无名神像的寻家之旅则升华了小说的主题。

作品中的无名神像生发于新加坡的多元文化语境，是一个被赋予了多层寓意的复杂意象，体现出林宝音文学创作的独具匠心。作品主要通过梦境叙事让无名神像参与到叙事中。一方面梦境叙事增添了故事的趣味性和叙事张力；另一方面作品通过梦境让无名神像发声，使其与故事中的人物形成镜像关系，为深入地揭示主题服务。无名神像在故事叙事网络中扮演重要角色，对于揭示小说主题、把握作者创作动机起着不可或缺的作用。

作品中无名神像模糊的身份揭示了新加坡华人的身份认同困惑。作者将无名神像塑造成华人传统文化的象征，通过梦境叙事让其发出了"此处非我家"的呐喊。作品中信守传统文化的阿成将神像描述成一个"善良""仁爱"之神，这是对社会中逐渐消失的传统价值观的呼唤，体现了作者回归传统价值观的创作意向。无名神像的寻家之旅暗示的是新加坡华人在后殖民文化语境中产生的文化身份焦虑和困惑。小说中对无名神像来历的描述和神像最后回归中国隐喻了新加坡华人族群和自己文化母国之间难以割舍的关系。但小说的悲剧结局（尹玲将神像送回中国，在返回途中因飞机失事而殒命）又体现出作者的一种矛盾性心理，即新加坡华人完全回归传统是不现实的，这也暗示了新加坡作为一个独立的多民族国家面对强大的中国文化所带来的影响的担忧。此外，无名神像的生成体现了作者辩证性的创作思维。作品中交代神像来自中国，但没有名字。即使到小说最后神像被送回中国，作者也没有交代神像具体的身份。由此，作者以模糊的处理方式为神像留下了一个开放的阐释空间——它可以是华人传统信仰中的任何神。这一处理方式体现了作者"无"即是"有"的辩证哲学观。

总之，林宝音通过塑造无名神像意象表达了自己对新加坡社会现实的深切反思。通过这一意象，作品揭示了新加坡华人在后殖民文化语境中的文化身份焦虑，并以此来隐喻新加坡整个国家在寻找"新加坡性"过程中面临的尖锐问题。

第二节 对殖民文化的解构 [①]

东西方多元文化的滋养和居间（in-between）[②]的文化身份培养了林宝音"双重视界"的文化意识。在作品中，林宝音将东西方文学和文化中的传统杂糅混合，形成了一种"混杂性"文化书写的风格，这是林宝音解构殖民文化，将英语文学"本土化"的一种有益尝试。

一、混杂的语言

新加坡是一个多种族混杂的国家，当地居民包括华人、马来人和印度人，华人占了 75% 左右的比例。随着英国的后殖民影响和新加坡政府为了协调各民族之间的关系而采用的"英语+X"语言政策，英语作为主要语言被广泛接受。同时，英语也与新加坡的华人、马来人和印度人所使用的民族语言相融合而变异，形成了独具特色的"新加坡式英语"（Singlish）。新加坡式英语在语汇和句法上与标准英语的规范存在很大差异。新加坡政府担心新加坡式英语的普及会影响国民的英语水平，于是在 2000 年发起了"标准英语运动"（Speak Good English Movement），鼓励人们使用标准英语。在新加坡文坛，林宝音和陈慧慧（Hwei Hwei Tan）等作家普遍认为新加坡式英语是一种本土化的语言，作为表达新加坡人身份认同的重要工具，"其作用不可替代"。（刘延超，2011：66）

从新加坡文学史来看，虽然第一代先锋作家王庚武（Wong Gung Wu）在其诗集《脉搏》中就已经开始使用新加坡式英语进行创作了，但并未引起人们的重视。20 世纪 70 年代，新加坡式英语文学开始快速发展，并引起了学

[①] 本节内容已发表。可参阅：赵志刚.混杂性书写：林宝音小说与新加坡"本土性"[J].外国文学评论，2018（4）：153-166.

[②] 霍米·巴巴（Homi Bhabha）曾用"in-between"表示同时受到两种文化渗透的现象。巴巴在接受采访时说："in-between 这一概念来自海德格尔和厄润特的作品"。当前学界将其翻译为"居间"。见：生安锋.后殖民主义、身份认同和少数人化——霍米·巴巴访谈录[J].外国文学，2002（6）：57.

界的广泛关注。林宝音是较早有意识使用新加坡式英语进行创作的作家之一。在她的第一部短篇小说集《小小的讽刺》（*Little Ironies: Short Stories of Singapore*，1978）中有一则"出租车司机的故事"（Taximan's Story）。在对白中，很多句子没有主语，如出租车司机说："是的，夫人，（我）以此为生。"（Yes, Madam, can make a living）；有的省略系动词，如"这样更好"（this way better）。这是林宝音"第一次有意识地将本土色彩浓厚的、口语化的新加坡式英语运用到文学创作中"。（刘延超，2001：67）林宝音在后来出版的长篇小说中或多或少延续了这一风格。在长篇小说《毒牙》（*The Serpent's Tooth*，1982）中，傻子阿木（Ah Bock）掉进泥潭中，他大声呼喊："（我）要出去。"（Want to get out!）（Lim，1982：22）这里省略了主语。同样，《泪痣悲情》（*The Teardrop Story Woman*，1997）中的妈妈对玫瑰总是用一种提防的口吻问她："（你）去干什么？"（what to do?）和别人说起女儿时说："（她）嫁不出去的。"（Will never find a husband）（Lim，1997：154）都是典型的例证。这些作品中的老一代传统华人所使用的就是新加坡式英语。更为典型的是，林宝音将来自当地华人的典型语汇应用到小说中，如"Kiasuism"是根据新加坡当地华人移民的闽南语发音而创造的一个英文单词，意为"怕输主义"。林宝音在多部作品中对新加坡社会中这一病态心理进行了讽刺和批判。

在林宝音的小说中，可以从人物的名字准确地判断出这一人物的社会地位和文化背景。如果华人的名字为英文，如《毒牙》中的安吉拉（Angela）、《泪痣悲情》中的波丽（Polly），那么他们肯定接受的是英语教育，笃信天主教或基督教，往往有较高的社会地位。而如果人物的名字为汉语拼音转化而成，如《泪痣悲情》中的阿恩索（Ah Oon Soh）或者根本没有正式的名字而是用外号如《泪痣悲情》中的"猪阿姨"（Pig Auntie）、"泔水婆"（Swill woman），《女仆》中的女仆"口水脸"（Spitface）等，那么他们社会地位则较为低下。林宝音通过这种方式揭示了新加坡传统华人和接受英语教育的海峡华人之间的文化分野，也由此揭示了英国殖民文化为新加坡带来的影响。

在《泪痣悲情》中，20世纪50年代的新马华人普遍对西方文化持排斥态度。女主人公玫瑰的父亲痛骂那些把孩子送到英语学校的人："白人的走狗，吃白人的屎吧。你们对祖国的忠诚哪里去了？你想让你的子女们说白人的语言吗？你想让他们抛弃祖先的文化吗？"但也有反对的声音说："以前上中文、马来文和泰米尔文学校的男孩子们毕业后只能做普通的工作，而上英文学校的孩子们则进入政府部门，拿着高薪水。有的人还获得了政府的奖学金，将孩子送到英国读书。这是大英帝国的慷慨，为什么不好好利用呢？"（Lim，1997：60）最后，人们大多接受了这样的事实："把孩子们送到英语学校吧，那里才有未来。"（Lim，1997：60）女主人公玫瑰向备受人们歧视的邻家男孩说："告诉他们，将来你要上英语学校，然后挣很多很多钱。"（Lim，1997：152）可见，当时的华人对英语和西方文化呈现一种较为矛盾的态度，这是文化混杂语境中人们不得不面临的问题。从中也可以看出，当时华人学习英语的动机并非文化认同，而是生活需要所导致的。在以20世纪80年代为背景的小说中（如《毒牙》《跟错误之神回家》），主人公都是接受英语教育的女性，说的是标准英语。而传统华人所说的新加坡式英语则与之形成鲜明对比。林宝音小说中的新加坡式英语来自本土华人的日常生活。从其小说中的语言来看，她深受华裔口头叙述的影响，并将其应用在小说的叙事中。

对于新加坡文学而言，林宝音使用新加坡式英语具有极为重要的意义。新加坡在建国后的30多年中，英语文学的创作和发展一直笼罩在英国文学的阴影下。新加坡英语文学研究专家科佩尔·辛格（Kirpal Singh）教授在其编著的《对话：新加坡文学研究》的前言部分说："当谈到英语文学的时候，……我们会立刻将我们的作家作品和那些英美的作家作品作一比照。……我认为新加坡——也许比世界上其他任何国家更甚——通常更倾向于对自己的文学嗤之以鼻（Pooh-pooh），然后继续盲目地推崇那些从远方已经到来和即将到来的'他者'。"（1998：xi-xii）这番话道出了新加坡文学的尴尬处境。科佩尔·辛格说："虽然英语不是新加坡的本土语言（事实上没有任何语言是新加坡本土语言），但英语正在快速成为大多数新加坡人所使用的语言，特别是英语在新加坡书面语和口语中应用甚广。同样，用英语写就的文学应该成为新加坡的本土文学。"（1998：xi）

从新加坡文学史来看，自20世纪初到70年代，英国的一些小说家如休·克利福德（Hugh Clifford，1866—1941）①、约瑟夫·康拉德（Joseph Conrad,1857—1924）②、韩素音（Han Suyin,1917—2012）③、安东尼·伯吉斯（Anthony Burgess,1917—1993）④ 都把故事背景设定在马来亚（新加坡是其中一部分），但是"他们把东方看成是'异域'（exotica），在很大程度上他们描述的是西方视角下的新加坡，无论如何是不能被当成本土小说的"。⑤

　　建国之后的新加坡文学亟须找到一条适合自己的发展之路。在这样的背景下，林宝音的小说将新加坡人熟悉的生活化的语言与标准英语杂糅，在一定程度上为文学文本注入了新加坡本土特色，满足了新加坡本土文学发展的需要。林宝音在小说中对新加坡式英语的使用打破了英国经典文学对新加坡文学创作的束缚，从而将殖民语言变换成表达自己思想、服务本土文学的一种工具。黎德仪（Amy Tak-yee Lai）在谈到林宝音等亚裔作家的后殖民文学

① 休·克利福德爵士是英国驻海峡殖民地的一个官员。他在 1883 年到达马来亚，时年 17 岁。他一生写了很多关于马来亚的故事、小说，其中多篇带有浓厚的怀旧情结。（Holden P. Modern subjects/colonial texts: Hugh Clifford & the discipline of English literature in the Straits Settlements & Malaya, 1895—1907[M]. Greensboro, NC: ELT Press, 2000.）
② 约瑟夫·康拉德，英国作家，以创作海洋冒险小说闻名。他最初的两部小说《奥尔迈耶的愚蠢》（*Almayer's Folly*，1895）和《一个荒岛上的流浪者》（*An Outcast of the Islands*，1896）有着相同的马来亚背景。（Edward S. Joseph Conrad and the fiction of autobiography[M]. Cambridge: Cambridge University Press, 1966:8-12.）
③ 韩素音，著名英籍华裔作家，代表作有：《瑰宝》（*A Many-Splendoured Thing*，1952）、《残树》（*The Crippled Tree*，1965）。
④ 安东尼·伯吉斯，英国作家，以《马来三部曲》（*Malayan Trilogy*，1964）闻名。
⑤ 学术界普遍公认的真正意义上的新加坡第一部小说是吴宝星（Goh Poh Seng）的《如果我们梦的太久》（*If We Dream Too Long*，1972）。这部小说被认为是"对当代新加坡的描述"，特别是新加坡快速发展的城市化、工业化以及资本主义带来的令人担忧但又不可避免的影响。小说中的一些地名如"板球俱乐部"（Cricket Club）、富勒顿大厦（Fullerton Building）、维多利亚纪念馆（Victoria Memorial Hall）被作为殖民心态的残余揭开了新加坡的殖民史。小说中提到了在快速变革的社会中，有着不同经历的父子两代人之间的代沟、新加坡社会中印度移民的困境、新加坡人的家庭生活和新加坡土地开发为新加坡城市发展带来的变化。（Jeffrey L. The Singapore novel: a critical approach[D]. Singapore: National University of Singapore, 1991:39-40.）

创作时说："这些作家的作品与西方的文学巨匠的作品形成了呼应，但是并没有完全与西方的文学标准一致。……他们深受后殖民和独立后的文化语境的影响；同时动摇了西方文学的霸权地位，开创了亚洲文学的新世界。亚洲文学处在不断变化和不断更新中。新加坡的林宝音和香港的毛翔清（Timothy Mo）都是典型的代表。"①

新加坡英语文学研究家伊斯梅尔·塔里布（Ismail Talib）通过对林宝音小说中新加坡英语使用情况的解析，表达了对新加坡社会中流行的"本土英语"现象的肯定，并建议教师在设置语言教学的综合目标中应该包括学生在社会文化意识、自我身份意识和社会交流技能意识等层面的提高，所以他认为像林宝音小说这样的"不同英语混杂的文学文本比标准的英语文本更容易帮助学生达到这一目标"。②英国学者艾勒克·博埃默从后殖民的角度说："（作家们）通过使用当地的惯用语和带有特定文化所指的语汇，就可以使英语适应新的水土，变成一种民族性的语言了。……（由此，）英语已经通过吸收同化而被'征服'了。"③

在某种程度上，林宝音通过使用带有本土特色的新加坡英语实现了英语文学的本土化，这是对西方经典文学和西方文化霸权地位的一种反拨。林宝音有意识地使用新加坡式英语进行创作也是社会发展现实的一种召唤。20世纪80年代初开始，多种族共存的新加坡对构建一个共同的国家身份提出了诉求，这一诉求超越了对种族身份的追求。④在这样的背景下，新加坡作家肩负起了构建想象的国家身份的重任，而新加坡式英语也成为这一过程中能彰显新加坡本土特色的有力武器。

---

① Lai A T. Asian English writers of Chinese origin: Singapore, Malaysia, Hong Kong[M]. Cambridge: Cambridge Scholars, 2009:239.

② Talib I. Why not teach non-native English literature?[J]. ELT Journal, 1992, 46 (1):51-55.

③ 艾勒克·博埃默. 殖民与后殖民文学 [M]. 盛宁，韩敏中，译. 沈阳：辽宁教育出版社，1998：242.

④ Quah S R. Performing Chineseness in multicultural Singapore: a discussion on selected literary and cultural texts[J]. Asian Ethnicity, 2009(10):225-238.

二、混杂的文化意象

林宝音善于取物造像，以文化意象的方式来揭示小说的主题。其中一些典型的文化意象是东西方文化合力作用的结果。林宝音小说中频繁出现的"鬼魂"意象和小说中的"鬼魂回归"母题体现出华人传统文化和英国哥特叙事传统的双重影响。

林宝音对"鬼魂回归"母题情有独钟。她的第三部小说集《他们会回来的……但请温柔地领他们回来》（*They Do Return...But Gently Lead Them Back*，1983）中的《满月》（*Full Moon*）讽刺了当地人在月圆之时到墓地乞求鬼魂给他们提供彩票号码的恶习。这在林宝音的小说中经常出现，主要用以批判新加坡现代人贪婪、自私的社会心理。小说集中的另一则故事《女人之血》（*Of Blood From Woman*）中详细地描述了人们在墓地招魂的过程。这是对当地华人"鬼魂"信仰的一种写照，也是对民众文化心理的一种讽刺。在这些故事中，"墓地"表征的是被社会边缘化的一个空间，这一空间承载着祖先的灵魂和他们的传统文化遗产，是与现代社会相对立的一个空间。"墓地"被铲平象征的是社会发展过程中传统和现代之间日趋激烈的矛盾，而逝去的灵魂回归则是对现代社会发展的一种控诉。

在小说《毒牙》中，婆婆向安吉拉讲述了一个被婆婆表叔迫害致死的女仆变成鬼魂后回归报仇的故事，"这个女孩的鬼魂经常出现在这个表叔的家里，致使他阳痿，然后逼其发疯。一天晚上，发疯的表叔将一张雕刻精细的四维柱大床劈得粉碎。不久以后他就去世了"。（Lim，1982：104-105）当安吉拉把婆婆留下来的一张同样款式的古床搬到自己的新家之后，她就噩梦不断，经常梦到死去的女仆的样子。《毒牙》中对安吉拉的噩梦描述得相当精彩："在噩梦中，安吉拉看到了表叔的龌龊、女仆的痛苦，令她不解的是，还看到了婆婆的身影，将带血的床单撤走（暗示了婆婆也是凶手之一）。很快表叔变成了米娜（一个洗衣工）的丈夫，米娜的丈夫变成了安吉拉的公公，然后这几个男人的形象相互交换着。他们都在对女仆施加暴力。但是，紧接着梦中的男人变成了安吉拉的老公。"（Lim，1982：108）这是林宝音通过梦境来隐喻现实的一种创作手法。安吉拉梦境中的女仆代表着社会中被压迫的女性，而梦中交错出现的男人们——叔公、米娜的丈夫、老太爷和安吉拉的丈夫，虽然他们来自不同的时代、不同的社会阶层，但都是压迫和迫害女性的凶手。这一梦境叙事揭示了无论过去还是现在，新加坡父权传统并未发生任何改变。女仆鬼魂意象往往出现在林宝音的现代社会小说中，"女仆"这一特殊的身份代表着新加坡特定的历史阶段。在传统的华人族群中，女仆处于社会的最底层，她们受尽凌辱，所遭受的迫害也往往不为人所知。因此，林宝音借用"鬼魂回归"母题，使女仆的鬼魂穿越时空，向人们揭示女性遭受压迫的历史真相，揭露父权制社会对女性的压迫。这也是林宝音小说的一个特色。她将历史和现实的不同时空交错映现在一个叙事单元，以形成鲜明的对比，即过去女性所遭受到的父权压迫与现代社会中女性遭受的压制形成呼应，以表明在所谓的以先进的"现代性"自居的新加坡社会，女性的社会地位并未发生改观。现代女性依然遭受着过去女仆所遭受的痛苦，她们都是"被侮辱与被损害"的人，并由此讽刺了新加坡政府所鼓吹的"现代性"的虚伪。

《毒牙》中祖先"鬼魂回归"母题与英语哥特文学中的"鬼魂回归"母题既有相似之处，也有不同。莎士比亚《哈姆雷特》中哈姆雷特的父亲的鬼魂回归是为了揭示自己被害的秘密，从而为剧中情节的发展提供线索。而林宝音将"鬼魂回归"母题作为一种刻画人物性格、揭示人物关系的手段。比如《毒牙》中通过老太爷鬼魂的回归我们了解到这一家族中存在的父权传统和婆婆以前在家中的卑微地位；老太爷鬼魂分别到访不孝的子女，对他们逐个进行了警示和惩罚，使他们对待老人的态度发生了转变，有效促成了小说中的情节突转，加强了小说的叙事张力。如果将小说中"鬼魂回归"的情节省略，那么小说叙事的戏剧性张力就无法保障。在长篇小说《银叶之歌》（The Song of Silver Frond，2003）中，富翁与祖先鬼魂之间的较量成为故事情节进展的关键。在这些场景中，"祖先"是破坏情侣间真实感情的巨大阻力，这一阻力表征的是传统文化中伦理道德的虚伪。故事中富翁与祖先之间的关系经历了一个从"崇拜"到"协商"到"决裂"再到"和解"的过程。这一过程与富翁和银叶两人之间的情感波折形成了对照。富翁与"祖先"关系的缓和也意味着富翁与自己传统价值观的"和解"。虽然这一过程令人痛苦，但人们对美好生活的向往是任何力量都无法阻止的。

林宝音小说中的这些"鬼魂"意象和"鬼魂回归"母题引起了哥特文学研究者的极大兴趣，他们认为林宝音的鬼魂叙事是深受英国哥特文学影响的。哥特文学研究学者威斯克认为林宝音的小说"体现出一种哥特式历史文学的色欲和暴力"。（Wisker，2003：64）但与传统哥特文学发生在古堡中的鬼魂故事不同，林宝音小说中的鬼魂往往出没在他们生前生活过的地方，出现在人们的日常生活中，因此评论家将其称为"凡常哥特"。瓦格纳博士则用"城市哥特小说"来定位林宝音的小说特色。（Wagner，2008：46）无论怎样，林宝音将西方文学的叙事与本土流行的鬼故事结合，体现的是一种文化混杂的书写特色。林宝音对"鬼魂"意象的创设体现出其对新加坡文坛流行的"鬼故事"的一种应和。当地读者的需求和长期在图书市场占主导地位的鬼故事成为林宝音设置"鬼魂"意象的一个客观因素。而这一客观需求与林宝音的成长背景和她对"鬼故事"素材的搜集促成了林宝音小说中的"鬼魂"意象。林宝音将自己熟悉的华人鬼故事与英国哥特文学的叙事模式相结合，以"鬼魂回归"母题来揭示新加坡社会中存在的各种矛盾，显示出一种文化混杂的风格。另外，《女仆》中的"眼耳女神"意象[①]、《泪痣悲情》中的"观音"意象和《毒牙》中的"月亮娘娘"意象等女神意象的创设是为小说的女性主义主题服务的，都是多元文化混杂的结果。

第三节　对本土文化的建构

林宝音混杂性文化书写是其将英语文学本土化的一个重要手段，也是新加坡文学发展的现实需要。从新加坡文学发展史来看，第一代作家生活的环境是一个混杂了移民传统、本土文化和殖民影响的社会，主要关注的是个人在社会中的错位和在困惑中的抗争精神。这一时期的代表作家包括吴宝星、林天赐（Thean Soo Lim）、吴信达（Goh Sin Tub），他们的小说标志着一个

---

① 赵志刚. 林宝音小说《女仆》中的"神话母题"研究 [J]. 华文文学，2017（4）：57-62.

"把新加坡当作家园的国家主义和爱国主义"的时代。(Chua, 1990：3)第一代作家将人物的命运安排在一个更广阔的历史和政治语境中，个体对自我的追求被掩盖在整个社会的影响之下。"在混乱的世界中，他们找到了某种身份，但是在这一阶段，外在的世界是模糊不清的（nebulous），小说中的人物无所作为，他们只是对社会的变革做出反应。也许是因为社会中的变革来得太快了，他们的反应看起来好像是在求助。"(Chua, 1990：17)

作为新加坡第二代作家的代表，林宝音所面临的社会问题和第一代作家所面临的问题迥然有别。新加坡经济迅猛发展，国家极力鼓吹西方文明为新加坡社会带来的优越的"现代性"。但与此同时，华人的传统道德和价值体系逐渐式微。这成为林宝音小说反映的主要主题之一。《毒牙》《泪痣悲情》《跟错误之神回家》中的老一代华人都是坚守华人传统习俗的代表，而新一代年轻人则大多变得唯利是图、自私冷漠。这些故事被设定在文化混杂的社会背景中，也是对社会现实的一种影射。林宝音对新加坡的混杂性文化表示出一种担心。她说："如果我们坚持现在正在形成的这种难以形容的文化的话，那么（新加坡的文学创作）将来在很大程度上会是西方和亚洲的混合体。"(Klein, 2001：169)林宝音笔下的新一代新加坡华人充分表明了这一点。但总体来说，林宝音的混杂性文化书写揭示了新加坡社会所面临的主要问题。林宝音的混杂性文化书写是对新加坡社会现实的一种反思。她通过对混杂语言的应用、对混杂的文化语境和文化意象的创设，揭示了新加坡华人在多元混杂的社会中体现出的文化身份焦虑，并以此来隐喻新加坡整个国家在寻找"新加坡性"过程中面临的尖锐问题。林宝音的创作激情被多文化混杂的时代语境所唤醒，她敏锐的洞察力、居间的文化身份和深厚的文学素养，使其形成了独特的叙事风格。她从语言、叙事策略和叙事主题等层面对英语文学进行着本土化的改造：新加坡式英语的应用、对英国哥特文学的超越、对华人社区民俗的利用、对新加坡本土历史和现实的集中反映等，无不体现了林宝音的本土意识。英语不再是殖民文化的一种束缚，反而成为她向世界发出自己声音的工具。但是，新加坡移民社会、殖民以及后殖民历史的客观事实只能将其"本土化"的努力限制在一定的程度中。从新加坡文学史的层面来看，林宝音是一位承上启下的作家，其作品和写作风格对之后的新加坡新生代作家影响深远。(Lim，1990：53)在林宝音第一部小说集取得成功之后，其他新加坡作家的创作激情被激发了出来，比如：林新苏（Thean Soo Lim）发表的《14篇短篇小说》(*Fourteen Short Stories*，1979)、查·丽贝卡（Rebecca Chua）出版的《报社编辑的故事》(*The Newspaper Editor and Other Stories*，1980)、戈帕尔·巴拉坦（Gopal Baratham）创作的《虚构的经历》(*Figments of Experience*，1981)都是在林宝音的影响下出版的，从而极大促进了新加坡文学的发展。(Sim，1988：1-2)林宝音说："我认为使我成为一个独特的新加坡作家的是我作为新加坡人的意识以及想要为新加坡文化身份作出贡献的愿望。新加坡的文化身份当然包括我们从母国携带而来的整个历史、文化和情感等方面的遗产。这一遗产可能被吸收进时髦的现代性（sleek modernity）之中，使得新加坡的气质与众不同，并带来一种全新的情感和全新的文学。"(Quayum，2006：23)

林宝音擅长通过"以小见大"的方式来揭示小说主题。在作品中，她往往通过聚焦代际之间的价值冲突隐喻新加坡社会中的传统和现代之间的矛盾、通过不同宗教信仰之间的矛盾揭示新加坡社会中东西方文化的冲突。这些也帮助构筑了林宝音小说中多元混杂的文化语境。

在《毒牙》中，婆媳两代人之间的文化冲突实际上表征的是新加坡社会中传统和现代之间的矛盾。接受现代教育的安吉拉对丈夫家人的传统习俗嗤之以鼻，对婆婆所讲的月亮女神故事和儒家"孝道"故事不屑一顾，对婆婆将孩子出生时用脐带制成的护身符更是反感至极。"安吉拉看到婆婆收藏的四个金属的圆筒，原来里面放着的是四个孩子的脐带，用带有汉字的黄纸包裹着。按照华人的说法，父母应该将孩子的脐带带在他们身上，因为脐带是联系父母和孩子之间的纽带。"安吉拉认为婆婆的行为是"可怕的、非理性的、古怪的"。(Lim，1982：83)在对待老人的态度上，安吉拉对生病的公公满腹怨气，她担心老人如果长期卧病在床会使她身心疲惫。她将新加坡与西方的养老制度作了对比："在西方，一个人在上了年岁之后会去老人院（Old Folk's Homes），并且有选择'安乐死'的权利，不会给任何人带来负担。"(Lim，1982：20)在她的内心中，她总是用"fool""foolish"和"viper"（毒蛇）这样带有侮辱性的字眼来咒骂婆婆。对于婆婆经常去拜望的寺庙神职人员（temple priests），安吉拉认为他们都是"骗子"（swindling）。（Lim，1982：82）讽刺的是，虽然安吉拉对婆婆古怪的行为难以忍受，但是她也经常去找算命先生和风水师（geomancer）算命。"她去占星师那里为自己的丈夫算命，因为最近他情绪很低落。据说政府中的一些高级官员（top brass）也来找这位占星师咨询，印尼政府中的一位部长都来咨询他，新加坡的侨民（expatriate community）、高级专业人士和商人也都来找他。"（Lim，1982：111）可以看出，安吉拉虽然以代表着新加坡现代性的身份自居，但她还是无法完全摆脱传统的迷信行为。在这里，林宝音不动声色地讽刺了以安吉拉为代表的新加坡大众病态的文化心理，也揭示出新加坡政府所宣称的现代性的虚伪。

如果说《毒牙》中代际间的价值冲突表征的是新加坡社会中传统和现代之间的矛盾的话，那么《泪痣悲情》和《跟错误之神回家》中不同宗教信仰间的冲突则象征的是东西方文化之间的矛盾。《跟错误之神回家》中女主人公尹玲的丈夫文森特皈依基督教之后，他的妈妈齐太太所供奉的道教神像就被基督教的圣母像所取代了，占据了家中最显眼的位置。而齐太太的神像则被偷偷地藏在储藏室里，成为"避难之神（refugee gods）"。（Lim，2001：54）文中交代说齐太太"将忠实于自己的神，等寿终时，希望得到自己的神的眷顾，而并不是异域之神（alien gods）"。（Lim，2001：56）在林宝音的小说中，她将新加坡社会中的东西方文化冲突浓缩在家庭矛盾中，体现出其"以小见大""以家庭喻国家"的创作思维。

《泪痣悲情》中的社会语境是一个集多种族、多宗教信仰于一体的文化混杂的世界。玫瑰就是在东西方不同宗教信仰之间的冲突中形成自己的价值观的。她从小深受婆婆观音信仰的影响。在天主学校上学期间，她又接触到了天主教。修女老师们不允许她坚持华人传统信仰，哪怕是在绘画课上画的"猴神"都会惹怒她们。婆婆为玫瑰佩戴的护身符也被禁止带入学校。在学校中，她不敢讲"雷神""观音"的故事，但"每当回到家后，她就重新返回到传统信仰的世界中"。（Lim，1997：110）年幼的玫瑰深陷东西方信仰的激烈漩涡中不知所措。不同宗教信仰之间的冲突伴随着她的成长，并改变了她的人生轨迹。在她的精神世界中，观音和圣母玛利亚总是交替出现，成为其成长过程中的一个极大困扰。林宝音在小说中创造的混杂的文化语境是新加坡社会中东西方文化冲突的一个真实写照。她通过文学想象创设了一个仿真的文化混杂空间，通过人物的命运悲剧隐喻了文化认同困惑为国家和社会发展带来的阻碍。这是新加坡人在寻找和构建"新加坡性"时需要直面的一个紧迫问题。

在小说中，林宝音往往将人物间的冲突设置在混杂的文化语境中，从而揭示冲突产生的文化根源。在《毒牙》中，"脐带"是一个承载着多元隐喻的丰富载体。"脐带"是母子之间联系的纽带，象征着海外华裔和母国之间的文化关联；大儿媳安吉拉"扔掉脐带护身符"，象征着对母国文化的背弃；婆婆和孙子"寻找脐带护身符"，象征着对母国文化的留恋和对文化身份的找寻；而代际之间围绕脐带护身符产生的冲突则隐喻着新加坡现代华人的身份认同困惑。

作者安排对传统习俗有抵触的安吉拉来"发现"婆婆保留的"脐带护身符"的秘密，旨在说明这一习俗在新一代华人中逐渐失去市场。婆婆只能"偷偷地"做这件事情，反映了两代人之间存在的巨大鸿沟。"脐带护身符"由此成为代际冲突的导火索。当安吉拉发现婆婆为儿子的衣角上缝入"脐带护身符"时，她气急败坏。她甚至把婆婆视作毒蛇，"毒蛇已经开始咬了……它的毒牙深深地咬入，毒液传遍全身"。（Lim，1982：103）在莎士比亚笔下，"毒牙"被用来批判儿女对父母的不孝，但是林宝音将其"反用"或者进行"陌生化"的处理，从安吉拉的视角用毒牙来喻指婆婆的一套与自己格格不入的行为规范和价值理念。

在《毒牙》的结尾，作者写道："当婆婆去世之后，安吉拉将老人的一些私人用品和用脐带做成的护身符一把火烧掉，一切清理干净了。……她相信那些可怕的噩梦不会再回来了，所有的恶魔都已经被祛除。……在经历了所有的事情之后，安吉拉终于松了一口气，——啊，真是太乱了，但是谢天谢地，一切都已经清理干净了。"（Lim，1982：183-184）

在这里，作者连用两个"清理干净"来描写安吉拉与传统的决裂。在安吉拉看来，传统是打乱她的现代生活的罪魁祸首。而从婆婆视角来看，"脐带护身符"别有一番含义。它象征着一种"纽带"，既是父母和孩子之间的纽带，也是一种文化的象征。婆婆希望这种纽带能够传承下去，希望孩子们能够接受，无奈现代化的进程大大压缩了传统文化的生存空间。到最后，作者直接用一把火将这一传统华人所坚守的纽带烧断，隐喻了新加坡现代社会中出现的一种"文化断裂"的现状。

小说中婆婆和孙子迈克尔一起寻找被安吉拉扔掉的"脐带护身符"，实际上是对"寻找身份"的一种隐喻。老一代传统华人在现代社会中出现了一种"身份困惑"，他们不想失去传统的文化身份，但是现实把他们的守望和期待打得粉碎，通过"寻找"，他们希望能重新找回已经逝去的和即将逝去的文化记忆和文化身份。这是作者的一种文化怀旧书写。通过这种文化书写，作者揭示了新加坡社会中存在的传统和现代之间的激烈冲突，同时也表明了身处这一矛盾漩涡中的两代华人之间不可调和的文化矛盾，以及由此所引发的他们对文化认同产生的困惑。在小说中，"脐带护身符"意象还承担了连接故事情节、引发人物冲突、塑造人物性格的任务，成为读者解读小说的一个关键意象。

小结

在林宝音小说中，新加坡多元文化背景中的传统华人对"中国性"的衰微表露出一种文化身份的"焦灼感"（anxiety）。而年轻一代华人则是在全球化时代被多元文化塑造的群体。代际之间不同的价值体系势必会引发激烈的冲突。林宝音的小说以新加坡本土华人的生活和精神世界为中心，一方面与她个人的文化身份有关，另一方面华人占新加坡社会人口结构中的大多数，所以她以华人族群的面貌来隐喻整个新加坡国家的情况就不足为怪了。

在新加坡，人们往往将东西方二元对立起来，即西方代表着现代文明，经济繁荣但道德堕落；而东方则以儒家价值观为导向，以传统的美德如孝道著称。而林宝音在小说中则批判了新加坡人普遍存在的这一文化价值观，她将东西方文化杂糅在一起，意在指明东西方文化各有优势和不足。

第四章　林宝音文化利用的启示意义

林宝音在小说中对民俗文化的利用既反映出本土文学发展的客观需求，也体现出作者的独具匠心。她并未将叙事停留在民俗文化的表面，而是通过民俗意象的设置，增强了小说中的哲理意蕴和审美趣味。在人物的刻画上，一些民俗意象帮助读者走进主人公的精神世界，体现出作者在人物刻画方面"心理现实主义"的深度。林宝音对民俗文化的利用具有多重意义。本章从新加坡本土文学、世界华裔文学和后殖民文学三个视角来审视林宝音小说对民俗文化创造性使用的启示意义。

第一节　林宝音民俗文化利用对新加坡文学的启示意义

林宝音从 1978 年开始创作。在她之前，新加坡的英语文学创作面临着发展的困境。其一，本土视角的新加坡小说匮乏。如前文所述从新加坡文学史来看，从 20 世纪初到 20 世纪 70 年代，虽然英国的一些小说家把故事背景设定在马来亚（新加坡是其中一部分），但是"他们把东方看成是'异域'（exotica）"，因此，在很大程度上他们描述的是西方视角下的新加坡。

在 1965 年以前新马还未分家时，一些马来西亚作家如 Johnny Ong、李国良（Lee Kok Liang）、劳埃德·弗兰多（Lloyd Fernando）和新加坡作家被放在一起研究。1965 年以后，随着新马在政治上的分离，这些马来西亚作家不被当成是本土作家了。所以，学术界普遍的做法是只有新加坡人写的作品才被当成是"本土的"，尽管作品中的内容未必和新加坡有关。（Low，1991：4）学术界普遍公认的真正意义上的新加坡第一部小说是吴宝星（Goh Poh Seng）的《如果我们梦的太久》（*If We Dream Too Long*，1972）。这部小说深深植根于本土社会中，呈现出的是个人在与过渡期的社会进行协商过程的奋斗史，对当地文学意识具有重要意义并产生了重要影响。吴宝星之后的其他作家如林天赐（Thean Soo Lim）[①]、陈国成（Tan Kok Seng）、林宝音（Catherine Lim）、杨荣文（Joan Hon）和罗伯特·杨（Robert Yeo），以及新生代作家菲利普·惹耶勒南（Philip Jeyaretnam）和柯林昌（Colin Cheong）[②]开始将创作的焦点转向新加坡本土，对新加坡本土故事进行文学书写，并开始形成一定规模的作家群。

其二，小说类型单一，多以"回忆录"性质的作品为主。回忆录式的文学作品几乎贯穿了20世纪40年代到90年代的新加坡文坛：陈启昂（Kee Onn Chin）的《颠覆马来亚》（1946）[③]和《马来尔》（1952）[④]，葛川·辛格（Gurchan Singh）的《星嘉：马来亚的狮子——葛川·辛格回忆录》（1949）[⑤]，西碧儿·卡迪卡素（Sybil Kathigasu）创作的《决不饶恕》（1954）[⑥]，吴宝星（Goh Poh Seng）的《如果我们梦的太久》（*If We Dream Too Long*，1972），柯宝星（Kirpal Singh）的《中国往事》（*The China Affair*，1972），陈国成（Tan Kok Seng）的《新加坡之子》（*Son of Singapore*，1974），那拉坦（Nalla Tan）的《心和十字架》（*Hearts and Crosses*，1984）。第二次世界大战的经历和英语语言等因素促使这些作家以"回忆录"的形式来书写他们对过去岁月的记忆。其内容有时是关于他们在中国或斯里兰卡的早期岁月，中间点缀着对家乡奇异习俗（curios customs）和生活方式的描摹。在这些作品中，1945年之

---

① 林天赐的代表作《Ricky Star》传递的是新加坡20世纪60年代晚期的社会文化，他是目前为止对"新加坡／马来西亚华人"心理探讨得最深入的作家之一。可参阅：Singh K. Interlogue: Studies in Singapore literature (Vol. 1): Fiction[M]. Singapore: Ethos Books, 1998:xiii.

② Cheong 的小说尝试将当代的流行文化融合进小说中，呈现出的是一个年轻人的现代意识。

③ Chin K O. Malaya upside down[M]. London: George G. Harrap, 1946.

④ Chin K O. Ma-Rai-Ee[M]. London: George G. Harrap, 1952.

⑤ Singh G. Singa: Lion of Malaya: Being the memoirs of Gurchan Singh[M]. London: Quality Press, 1949.

⑥ Kathigasu S. No dram of mercy[M]. London: Neville Spearman, 1954.

后的生活往往被大大简略或者消音（be rushed and hushed）。如范·库伊朗博格1982年的作品《新加坡：穿越阳光和阴影》[①]共260页，故事在1961年结束，而关于战后岁月的记忆却被大大压缩，仅剩18页的篇幅。[②]当时大多数作家并不是以英语为母语的，但是他们在英国参加了一些专业的学术课程。其中陈国成[③]创作的三部自传，第二部《眼观世界》（*Eye on the World*）更像是游记，"讲述了从斯里兰卡到伦敦、北美、又回到东亚的旅程，他说他通过听力学习英语……当用汉语完成第一部作品之后，他向Austin Coates用英语来讲述，而Austin Coates帮助他完成英语翻译"。（Syed，1998：17）严格意义上来说，"这些作家的创作并没有太大的实验意义，但是他们为新加坡文学遗产的多样性作出了巨大的贡献"。（Singh，1998：xiv）

　　20世纪80年代末到90年代，在新加坡最流行、拥有读者最多的当属"鬼故事"，特别是"幽灵"作家Russel Lee创作的一系列作品，至今人们还不知道她/他的具体身份，但是24本鬼故事丛书吸引着成千上万的人纷纷到书店购买，其销量已达百万册。在1989年Russel Lee的《真正的新加坡鬼故事集》（*True Singapore Ghost Stories*）毫无悬念地取得成功之后，事实上，鬼故事集作为一种文类似乎已经成为在整个20世纪90年代被广泛阅读的当地文学的唯一形式了。类似的一些短篇畅销小说还包括：K. K. 希特（K. K. Seet）创作的《死亡仪式：惊醒的传说》（*Death Rites: Tales from a Wake*，1990），F. J. 乔治（F. J. George）的《青少年的新加坡幽灵》（*Teenagers' Ghosts of Singapore*，1991），《大众附体》（*Mass Possession*，1994），《校园幽灵和其他》（*The Campus Spirit and Other Stories*，1998）。（Wagner，2008：50）

　　其三，第一代作家的时代局限性。新加坡第一代作家生活的环境是一个

---

① Cuylenburg J B. Singapore: Through sunshine and shadow[M]. Singapore: Heinemann Asia, 1982.

② Kazmi S N R. Memorial reconstructions: trends in biography and autobiography[M]// Singh k. Interlogue: Studies in Singapore Literature (Vol. 1): Fiction. Singapore: Ethos Books,1998:17.

③ Tan K S. Son of Singapore: The autobiography of a coolie[M]. Singapore: University Education Press, 1972.

混杂了移民传统、本土文化和殖民影响的社会，主要关注的是个人在社会中的错位和在困惑中的抗争精神。这一时期的代表作家包括吴宝星、林天赐、吴信达（Goh Sin Tub）。这些作品除了关注个人问题之外，还有更为广阔的社会政治问题。这些作品中的角色往往是不确定的、无家可归的，他们对周围的环境没有控制力，从而暗示在那样的社会大潮中，个人的力量是渺小的、个人的主体意识是被边缘化的。吴宝星《如果我们梦的太久》中的广猛就是一个很好的例证。他想要建构自己的身份，但是他很难摆脱现实中的困境。他生活在社会的边缘，是一个社会不重视的异类。他看不到自己的前途，他把自己称为"一个小小的、受挫的英雄"。

第一代作家将人物的命运安排在一个更广阔的历史和政治语境中，个体对自我的追求被掩盖在整个社会的影响之下。这种矛盾被放置在最重要的位置上。"在混乱的世界中，他们找到了某种身份，但是在这一阶段，外在的世界是模糊不清的（nebulous），小说中的人物无所作为，他们只是对社会的变革做出反应。"（Chua，1990：17）也许是因为社会中的变革来得太快了，他们的反应看起来好像是在求助。

以上是对新加坡文学发展困境的梳理，下面来看一下林宝音的文学创作是如何弥补这些不足的。

首先，林宝音小说中本土化的民俗意象。从新加坡的文化构成来看，新加坡作家赖以创作的文化遗产是东西方文化混合的产物。新加坡作家的创作虽然继承了一些英语文学传统，但是更大程度上是受到"文化传统"的影响。新加坡是一个移民国家，随移民而来的还有"他们的信仰、迷信和其他的民俗方式"，所以"很自然地，这些作家会根据自己文化遗产中的价值观、习俗和传统进行创作"。（Veronica，1984：11-12）这些作家深受丰富文化的熏陶，对这些文化的记忆成为其创作的动力。而他们所创作出来的文化意象事实上反映的是他们追寻身份的一种无意识表达。

林宝音的小说创作均取材于马来西亚和新加坡华人族群，是对华人民俗文化的创造性应用。她所针对的是新加坡本土的华人社会，展现的是本土故事和本土视角，是对东方主义和西方主义话语的一种反拨。林宝音从日常生活中提取小说创作的素材，摸索出一条有效发展本土文学的途径。林宝音小说中的"男神"和"女神"大多是新加坡华人信仰中受众较多的宗教意象，具有广泛的代表性。她在小说中多以本土新加坡华人的视角来看待人和事，向世界传递出了新加坡的声音。

其次，民俗意象与本地小说类型的结合。林宝音的女性主义小说创作大大丰富了当地的小说文类，并使得新加坡的小说水平获得了提高。在"回忆录"和"鬼故事"盛行的时代，林宝音的小说为当地读者带来了全新的阅读体验。她不仅关注新加坡华人的历史，更关注新加坡华人的现在和未来。她用"带有辛辣讽刺的笔调描绘着当代新加坡社会的人生百态"。（刘延超，2011：165）

我们也能明显看到新加坡小说遗产对林宝音创作的影响。在《女仆》《泪痣悲情》《银叶之歌》中，故事叙述者采用倒叙的形式对历史进行了回顾，这是一种典型的"回忆录式"的写作方式。这种"回忆录式"的写作方式与林宝音的其他几部长篇小说中的"写实"风格通过民俗意象联系在一起，比如"观音"意象在《泪痣悲情》和《司徒老师》中都有体现，从而建立了不同文本之间的"互文性"关系，也说明了历史和小说中女性的境遇并未发生根本性的变化。林宝音的小说中也加入了"鬼故事"，但是与新加坡流行的鬼故事相比，林宝音小说中的鬼故事是附属在小说"宏大叙事"的基础上而形成的，"鬼魂"意象象征着"被压迫""被欺侮"的灵魂，是英国哥特文学在新加坡后殖民文化语境中的延续和体现。美国著名学者瓦特在其经典性学术著作《小说的兴起》中，就认为恐怖的哥特式小说"没有多少内在的价值"，"只是极为明显地表现了书商和书刊经营者们，力图迎合读者不加鉴别地希望悠然地沉醉于角色的感伤情调和浪漫故事之中的要求，而施行的那种使文学堕落的影响"。[1] 更有学者将哥特式小说称为"英国文学中最反动的现象"。[2] 但林宝音对哥特文学传统的使用具有积极的文学价值和文化意义。在多元文化背景中，林宝音为新加坡华人族群的世俗空间注入神秘、奇异的超自然因素，

---

① 伊恩·P 瓦特. 小说的兴起 [M]. 高原，译. 北京：生活·读书·新知三联书店，1992：335.

② 阿尔泰莫诺夫. 十八世纪外国文学史 [M]. 方闻，译. 上海：上海文艺出版社，1958：179.

为读者解开了很多不为人知的历史疑问。"鬼魂"叙事是作者进行历史重塑或重构的重要手段，体现了新加坡哥特文学的一个重要特点。这种文学形式揭露了因高速的社会变革所引起的社会焦虑。被推倒的神龛、被掘开的墓地、缺乏人性的豪宅是林宝音小说中鬼魂经常出没的地方，这些意象表明了现在社会发展所付出的代价是失去文化遗产。这些哥特式意象的设置是林宝音想要人们进行反思的、激起人们记忆的一种方式。

林宝音小说中的一些"鬼魂"意象是没有身份的，他们出没于人们的日常生活之中，存在于人们的口头传说和街谈巷议之中，这些"鬼魂"意象表征的是新加坡社会普遍存在的"焦虑"和"无名无主带来的恐惧"。（Wagner，2008：53）在这种象征和隐喻的意义上，林宝音小说是一种本土化的哥特小说。同时，林宝音小说的哥特式书写是对新加坡"鬼故事"文学的一种纠偏，是将传统和现代之间的矛盾协商转化为故事脚本的一种有益的文学实践。

再次，林宝音小说将"哲学思考"与审美趣味融合在一起，有利于新加坡小说整体水平的提升。在林宝音的小说中，通过"女神"和"男神"意象的设置，批判了社会中长期存在的父权制传统，但林宝音并没有陷入两性"二元对立"的窠臼中，而是主张一种"平等女性主义"哲学。这在政治森严和父权制传统盛行的新加坡当代语境中是难能可贵的。同时，林宝音在小说中通过多个民俗意象（如"观音"意象、"神像"意象、"月亮娘娘"意象、"鬼魂"意象）解构了新加坡社会中广泛存在的东西方"二元对立"的思维模式。

最后，林宝音对民俗文化的利用是对时代语境的反映，也是对时代语境的超越。在林宝音的小说中，华人民俗文化成为吸引读者的一个亮点。不得不说，林宝音小说在世界特别是西方世界中的畅销与其小说中蕴含的"异域情调"存在一定的关系。但除此之外，林宝音小说中的民俗文化具有一种"写实"的风格，是对新加坡华人族群文化和心理的真实写照，反映了新加坡华族的历史和发展现状。在此基础之上，林宝音还在进行着"跨越边界"的超越，为自己的作品注入普世价值，以被全球读者接受。她在第二部故事集《最好的女性读本》中就有意识地讲述在全球普遍发生的故事，超越了"种族化"的写作局限，具有一种"跨国／跨民族视野"（transnational in scope）。[①]
林宝音的长篇小说代表作《跟错误之神回家》由英国的 Orion 出版。正如
Orion 公司出版的林宝音的类文本（paratext）[②] 所显示的那样，这本小说是在
全球将亚洲特别是离散华人文学商品化（commoditised）的市场背景中出现
的，反映了新加坡在全球文化和资本流动背景中的变迁和新加坡文学的进一
步变化。（Philip，2009：88）但是，林宝音并未在全球化的浪潮中迷失自我，
她的创作不是为了迎合西方读者的口味而故意靠民俗描写增添异域情调，而
是通过将民俗文化与小说叙事结合的方式形成文学意象，从而为小说叙事的
深层结构服务。与英国和马来西亚作家的新加坡故事相比，林宝音的小说因
民俗意象的创设而显得更具本土特色。

　　作为新加坡第二代作家的代表，林宝音所面临的社会问题和第一代作

---

① Holden P. Who's afraid of Catherine Lim? [M]//Quayam M A. Sharing Borders: Studies
in Contemporary Singaporean-Malaysian Literature. Singapore: National Library Board,
National Arts Council, 2009(2): 85. "跨国主义"（trans-nationalism）一词的源头可
以追溯到波尔恩（Randolph S. Bourne）发表在 1916 年 7 月号《大西洋月刊》上
的《超越国家的美国》（Trans-National America）一文。波尔恩在文章中对当时流
行的移民同化理论提出质疑，认为美国不该是移民同化的熔炉，而应当是一个由
不同民族和文化组成的"超越国家的美国"。参阅：潘志明．跨国主义亚裔美国文
学批评之我见 [J]．当代外国文学，2012（4）：24-31. 当前学术界一般将"跨国主
义"定义为"移民在祖籍国与移居（接收）国之间所建立并维系的多层社会关系
的动态过程"。见：Basch L G. Nations unbound: Transnational projects, postcolonial
predicaments and deteritorialized nation states[M]. Langhorne, PA: Gordon and Breach,
1994. 转引自：周敏，刘宏．海外华人跨国主义实践的模式及其差异——基于美国
与新加坡的比较分析 [J]．华侨华人历史研究，2013（1）：1-19. "其核心是超越国
家政权控制的网络和联系。"（潘志明，2012：25）霍米·巴巴的论文集《文化的
定位》（1994）探讨的主题之一就是"想象共同体的混杂性的跨民族感和翻译感"
（transnational and translational）。在这里，生安锋将"transnational"翻译为"跨民
族"的。（生安锋，2004：150）本书中，虽然林宝音身为新加坡华裔作家，但是她
的问题意识并不仅仅局限在新加坡的华族，她所探讨的话题超越了个人的身份意
识，跨越了国家和民族的界限，具有普世价值。在这个意义上来说，林宝音是一
个具有"跨国／跨民族视野"的作家。
② 类文本研究重在综合研究出版作品正文之外的表现形式：包括标题、副标题、封
面设计、宣传语、前言、后序、书评、作者访谈等因素在内的研究。

家所面临的问题迥然有别。新加坡经济和政治的发展使其进入一个相对稳定的经济和社会平台中，迅速发展成为一个富足的、高度城市化的国家。社会整体环境注重的是竞争，所有的成就都是按照物质财富、名望和社会地位来衡量的，失去了对文化和传统的重视。在这种价值体系之下对个体性格的强调是没有出路的。金钱成为人们生活中唯一重要的东西。人们内在的美德如善良和同情心显得无足轻重。面对现代化的汹涌浪潮，人们越来越被异化（alienation）、逐渐丧失人性（dehumanization）。物质主义成为第二代作家文学中困扰人物的主要障碍。林宝音的小说《毒牙》《泪痣悲情》《跟错误之神回家》中的老一代华人都是坚守华人传统习俗的代表，而新一代年轻人则大多变得唯利是图、自私冷漠，一些传统的习俗成为他们利用的对象。在小说中，林宝音不止一次地提到新加坡的年轻人在"墓地"和神龛前焚香乞求中彩号码，"鬼"和"神"都成为他们利用的对象了，这是林宝音对新加坡人文化心理的一种讽刺。

虽然林宝音在讲述新加坡的本土故事，但是在本土故事基础上，林宝音为其注入了世界的视角，使得其作品超越了民族和国家的界限而具有了国际化的意义。在新加坡的文化语境中，人们往往将东西方二元对立起来，西方代表着现代文明，经济繁荣但道德堕落；而东方则以儒家价值观为导向，以传统的美德如孝道著称。而林宝音在小说中则批判了新加坡人普遍存在的这一文化价值观，她将东西方文化杂糅在一起，意在指明东西方文化各有优势和不足。比如《泪痣悲情》中的马丁神父既是人们熟悉的西方绅士，又是一个笃信天主教义、在爱情面前畏缩不前的懦弱男人。《跟错误之神回家》中的美国教授Ben勇敢正直，但是同时又传出他生活不检点。这些都在表明，西方并不像人们想象的那样完美。而传统华人所表征的传统习俗中也有很多过时的习俗，诸如"重男轻女"，表明东方的价值观也并非完美无瑕。在《跟错误之神回家》中的美国教授Ben发现《国家时报》上有人撰文谴责美国的暴力，赞扬亚洲的价值观，而Ben则撰文反驳："任何社会都不能垄断勤奋、家庭、孝敬这样的美德。"（Lim，2001：97）林宝音通过故事中的人物批评新加坡政府所标榜的亚洲价值并非东方或者儒家所专有，实际上是普遍存在的"普世价值"，从而解构了新加坡人所普遍持有的"东西方二元文化对立"的荒谬性。林宝音的"家国意识"①是对华人家庭观念的一个集中反映，这也是在新加坡现代化的过程中影响最大的一个方面：新加坡的家庭身份变化巨大，成为文学书写的主旋律，也最能够体现出新加坡社会中所面临的主要问题。

林宝音小说中所处理的"女性主义"主题和"传统与现代之间的矛盾"主题都是当前全球普遍面临的问题。她通过新加坡本土场景所引入的主题具有更加广泛的价值。"其小说中的现代化以及随之而来的种种复杂性不仅仅是新加坡本土的问题，而是很多处于传统和现代观念之间冲突的国家所共同面临的问题。"（Veronica，1984：41）正因为如此，林宝音的小说才能走出新加坡和东南亚，被西方国家中的很多读者接受。

第二节　林宝音民俗文化利用
对世界华裔文学的启示意义②

当前学者往往从文化符号学（如徐颖果③、魏全凤④、刘红林⑤、刘畅⑥）、后殖民主义（如陆薇⑦、张龙海⑧）和女性主义视角（如赵文书⑨、王健⑩）对华裔作

---

① 女性文本大多是以家庭为依托，从与自身命运密切相关的婚俗、婚姻观念入手，创造出被视为女性经验、女性特色的文本。林宝音小说的特色即以家庭命运隐喻国家命运，以女性隐喻社会中的弱势群体，包括政治上的反对派。

② 本章部分内容已发表。可参阅：赵志刚.华裔作家的民俗文化利用与文学创作研究 [J]. 文化学刊，2021 (4)：50-53.

③ 徐颖果.美国华裔文学中的中国文化符号 [J]. 外国文学动态，2006（1）：34-36.

④ 魏全凤.美国华裔文学中的"不可靠叙述" [J]. 英美文学研究论丛，2013（2）：25-33.

⑤ 刘红林.风景这边独好——近三十年加拿大华裔文学综论 [J]. 华文文学，2014（4）：106-110.

⑥ 刘畅.华裔文学中的中国传统文化解读 [J]. 语文建设，2015（14）：9-10.

⑦ 陆薇.走向文化研究的华裔美国文学 [M]. 北京：中华书局，2007.

⑧ 张龙海.透视美国华裔文学 [M]. 天津：南开大学出版社，2012.

⑨ 赵文书.华美文学与女性主义东方主义 [J]. 当代外国文学，2003（3）：49-56.

⑩ 王健，王军.评美国华裔女性小说家的女性主义写作 [J]. 国外理论动态，2009（11）：85-88.

家的民俗文化利用进行阐释。一些学者认为华裔作家对民俗文化的利用是为了增加作品中的"异域情调"，以迎合西方读者的口味。在这一问题上，人们意见不一。本节在梳理当前世界华裔作家对民俗文化利用的基础上，重点考察林宝音对民俗文化利用的特色，及其为世界华裔文学发展带来的启示意义。

一、从华裔文学中民俗文化的"异域情调"谈起

华裔文学中典型的文化事象大多是民俗文化。纵观美国华裔文学史，民俗文化成为华裔作家塑造人物形象、推动情节发展、揭示主题的关键。美籍华人李延富（Yan Phon Lee）1887 年用英文发表的《我在中国的童年》（*When I Was A Boy in China*）被广泛认为是最早的美国华裔英语文学作品。这部作品描写了华人独特的饮食、服装和礼仪风俗，美国读者往往将其视为社会学或人类学方面的文献资料。[1] 朱路易的《吃碗茶》被认为是"第一部以不具他国情调的唐人街为其背景的美国华裔小说"[2]，其中的中国茶文化、华人婚俗、广东方言成为人们解读华人生活的重要文化符号。汤亭亭小说《女勇士》和《中国佬》（*China Men*，1980）中对中国的民间故事和历史故事进行了改编。在汤亭亭笔下，花木兰和岳飞的故事被融合在一起，用她的话说就是"用男子的力量去增加女子的力量"。[3] 谭恩美《喜福会》（*The Joy Luck Club*，1989）中的"月亮仙子""生辰八字""护身符""西天王母"等民间传说和信仰，成为作者搭建小说叙事大厦的重要素材。限于篇幅，恕不一一赘述。

当前学界普遍使用的"传统文化"这一概念，强调的是华裔文化的"时间性"特征，突出的是与中国文化的"传承性"，用一些学者的话说，是一种

---

① Elliott E. Columbian literary history of the United States[M]. New York: Columbia University Press, 1988：811-812.

② 萨克文·伯科维奇. 剑桥美国文学史：第 6 卷 [M]. 张宏杰，译. 北京：中央编译出版社，2009：15. 转引自：胡贝克. 美国华裔文学的文化特征及其时代演进 [J]. 东北师大学报（哲学），2016（1）：17-24.

③ 汤亭亭. 女勇士 [M]. 李剑波，陆承毅，译. 桂林：漓江出版社，1998：164.

"中国性的再现"。① 根据以上研究可以看出，华裔文学中的所谓"传统文化"被作者进行了大幅度地改写或重构。"这种重构的历史虽与中国历史有一些联系，却绝不是中国的历史文化，而是华裔美国的历史文化。"②

华裔作家文化利用中有一个因素是不能忽视的，那就是"目标读者"。一些评论家认为华裔作家对传统族裔文化的改写存在"迎合西方人口味"之嫌，或者说西方人对华裔文学"异域情调"的心理期待在某种程度上影响了华裔作家的创作。由此看来，华裔文学创作不仅反映了作者的创作心理，也在某种程度上反映了西方人的"东方主义情结"，或者说因为文化差异，西方人始终对中国传统文化持有一种"先见"，"即观看他者时所拥有的世界经验、知识体系、价值参照、认知方式和伦理取向等，这些东西决定着观看者在观看他者时所持有的立场、观点、态度和价值判断标准。先见盘踞在人们的内心深处，根深蒂固，影响着一国作家对异国形象的塑造"。③

华裔作家对民俗文化的利用，实际上体现的是民族文化的一种历史性渗透。对这种"历史性渗透"的研究不仅可以追溯作家的价值取向和创作心理，而且还可以挖掘文本中蕴含的深层民族文化心理和思维模式在跨文化语境中的变迁。有学者认为华裔作家的民俗叙事是少数族裔为了争取话语权利而采取的一种创作手段，如张卓（2006）认为："美国华裔作家对中国传统文化资源的利用和改造，目的不在于承传中国文化，而旨在建构华裔在美国主流社会中的形象，在'东方主义'的裂缝中为华裔开拓出生存的空间。"④ 还有学者认为华裔作家的民俗利用是为了给小说增添"异国情调"，从而迎合西方读者的口味。宋伟杰认为在黎锦扬的《花鼓歌》（*Flower Drum Song*，1957）中，"将美籍华人遭受的种族歧视、华埠社区存在的男女比例严重失调状况、移民两代人的代沟冲突等问题用喜剧的气氛予以消解，唐人街被渲染成古怪奇特、

① 张静. 华裔英语文学中"中国性"的再现 [M]. 济南：山东大学出版社，2008.
② 王惠. 全球化视野下看中国文化在华裔美国文学中的消解 [J]. 外国文学研究，2013（2）：100-107.
③ 史景迁. 文化类同与文化利用：世界文化总体对话中的中国形象 [M]. 北京：北京大学出版社，1990：243.
④ 张卓. 美国华裔文学中华裔自我形象的建构 [J]. 学术交流，2006（3）：160-163.

异国情调的场所，……中国的风俗习惯、食品与药物被故意描写成与美国大相径庭的'东方奇观'。"①

西方对中国文化"异域情调"的热衷是由来已久的。从古丝路的开辟，到 13 世纪《马可·波罗游记》再到 14 世纪英国的《曼德维尔游记》，西方表现出对中国文化"异国情调"的极大热情。15、16 世纪的欧洲传教士和 17 世纪文人的渲染使西方对中国的仰慕达到了顶点。18 世纪的中国是作为典范的身份出现的，在整个欧洲掀起了一股"中国热"。（史景迁，1990：243）时至今日，华裔文学仍然是西方读者了解中国和华人社群生活样态与精神面貌的一扇窗口。然而，华裔作家可能会为了争取更多的读者而牺牲传统文化的"原生形态"，对其进行大幅度改动，以满足西方读者的期待心理。

有学者指出："对异国情调的书写最危险的做法是利用读者的无知、好奇而去伪造（falsify）'异国情调'。"② 正因为这一点，美国华裔作家汤亭亭对华人民间故事的改写广为人们诟病。美国华裔作家、文学评论家赵健秀（Frank Chin）抨击汤亭亭等作家改写中国民间故事和历史传说的行为是在"篡改历史"，他说："汤亭亭、黄哲伦、谭恩美……竟然从众所周知的亚洲文学和历史中，挑选最为人熟知的作品，公然对其进行篡改、伪造。为了让他们的伪造合法，他们不得不伪造所有的亚裔美国历史和文学，并辩称华人移民在美国定居，建立华裔美国后，他们和中国文化日渐疏远，于是有缺失的记忆和新的经验一起产生传统故事的新版本。新版的历史是他们对刻板形象的贡献。"③ 赵健秀认为"神话本质上不可改变也不会改变，因为他们深植于文化记忆，否则他们就不是神话"。（Chin，1991：32）赵健秀从"文化本真"的视角对汤亭亭等华裔作家提出批评，指责他们以一种美国人立场，从美国中心出发来利用中国

---

① 宋伟杰.臣服·激愤·婉讽——美国华裔英文文学三作家、三群落、三阶段 [J]. 美国研究，1995（1）：79-105.

② Burgess A. The corruption of the exotic[J]. The Listener, 1963,9(3):465-474.

③ Frank C. Come all ye Asian American writers of the real and the fake. In: Chan J P, Paul J. The Big Aiiieeeee!: An Anthology of Chinese American and Japanese American Literature[M]. New York: Meridian-Penguin, 1991:3.

文化，即这些作家"按西方人的口味来改写中国形象"。^①汤亭亭则以实用性为原则反驳说："汉学家批评我不懂中国神话，并对它们胡乱改动；中文盗版书还对我书中的神话作了修改，使它们与传统的中国说法保持一致。他们根本不懂得神话需要改变，要么对人有用；要么被人遗忘。神话随着华人漂洋过海来到美洲，如同华人成为美国人一样，神话也成为美国神话。我所写的神话是一种新神话，是关于美国的神话。"（Kingston，1999：15）

这场论战的双方并不仅仅局限于赵健秀和汤亭亭二人。当赵健秀用"亚裔感性"^②来批评汤亭亭等作家时，他也同样遭到了其他评论家的批评。张敬珏（King Kok Cheung）和斯丹·尤根（Stan Yogi）在《亚裔美国文学：注释书目》（*Asian American Literature: An Annotated Bibliography*，1988）的前言中明确指出"赵健秀等以'亚裔感性'作为衡量亚裔美国文学的标准是一种非常主观的做法，认为这种狭隘的定义只会压抑而不是鼓舞正在发出自己声音的亚裔作家。"^③而韩裔美国教授金惠经（Kim Elaine H.）则批评赵健秀提出的"亚裔感性"是一种具有"排他性的文化民族主义"。（1993：xiii）黄秀玲（Wong Sau- ling）认为"赵汤论战"的关键问题之一是，"如何认识中国传统文化在华裔美国文学中的改写"。^④

与国外的争论形成鲜明对比的是，当代中国学者对华裔作家利用传统文化的现象大多持一种"同情的理解"态度。胡勇（2003）指出："神话传说为艺术家提供了灵感，却从来没有限制他们以自己的风格与方式来从中表现这

---

① 胡勇. 文化资源与文学阐释——试论美国华裔文学的中西文化利用范式 [J]. 世界华文文学论坛，2002（4）：21.

② 赵健秀的作品"掺杂了一般英文、黑人英文、华人英文、广东话、北京话……生动地呈现出语言与文化的混杂（hybridity）现象"。（单德兴. 书写亚裔美国文学史——赵健秀的个案研究 [C]// 王德威主编. 铭刻与再现——华裔美国文学与文化论集. 台北：麦田出版社，2000：224.）他提倡亚裔作家们在作品的语言、风格、文类等方面要体现"亚裔感性"。

③ 饶芃子，蒲若茜. 从"本土"到"离散"——近三十年华裔美国文学批评理论评述 [J]. 暨南学报（哲学社会科学版），2005（1）：46-53.

④ Wong S L. Autobiography as guided Chinatown tour? Maxine Hong Kingston's The Woman Warrior and the Chinese American autobiographical controversy[M]//E S T Laura. Critical Essays on Maxine Hong Kingston. New York: Twayne Publishers, 1998:146-157.

种灵感。因此，大多数华裔作家对中国神话与民间传说的利用，都能进一步说明华裔文学植根于中国文化。华裔文学对中国神话与民间传说的改写，既在于展示一种妙笔生花的艺术效果，同时也反映了作者在西方语境中写作时策略上的调整。"他认为汤亭亭所塑造的"花木兰"形象是符合儒家文化的标准的，赵汤之间的差异"更多的是文化策略的不同而导致的不同的利用方式，其对中国文化的体认，在本质上是相同的"。⑤ 卫景宜（2001）所说的"文化调适策略"⑥ 也是这个意思。持这一立场的还有赵文书（2003），他说："赵健秀虽然抨击汤亭亭对中国文化传统的肆意篡改，但他本人对于关公的阐释也是对中国文化的改造。汤亭亭利用女性主义改写中国文化中的花木兰形象，为华裔女性塑造了女性主义传统，而赵健秀借助个人英雄主义再造中国文化中的关公形象，为华美男性梳理出一个英雄主义传统。"⑦ 张卓（2006）认为："美国华裔作家对中国传统文化资源的利用和改造，目的不在于承传中国文化，而旨在建构华裔在美国主流社会中的形象，在'东方主义'的裂缝中为华裔开拓出生存的空间。"⑧ 肖画（2012）则认为"赵汤论战"具有积极的历史意义，他认为："赵健秀攻击汤亭亭的篡改和伪造，与其说出自对中国传统文化的维护，不如说是以激进的策略引起话题，吸引更多读者参与华裔文学的发展之中。"⑨ 胡勇（2002）指出赵健秀对传统文化的"直译"和汤亭亭对传统文化的"改写"代表了华裔文学两种不同的"文化利用范式"。⑩

---

⑤ 胡勇. 论美国华裔文学对中国神话与民间传说的利用 [J]. 外国文学研究，2003（6）：87-92.

⑥ 卫景宜. 西方语境的中国故事——论美国华裔英语文学的中国文化书写 [D]. 广州：暨南大学，2001：1. 卫景宜认为："汤亭亭文本中的'中国文化符码'是受族裔意识和女性主义意识的观照，体现的是边缘文化的属性特征，即既不认同父辈的传统文化，也不接受美国的意识形态。美国华裔文学对中国文化的开发和利用形成了'跨文化对话的空间'，是一种文化'调适策略'。"

⑦ 赵文书. 华裔美国文学与中国文化传统 [J]. 外国文学研究，2003（3）：69-75.

⑧ 张卓. 美国华裔文学中华裔自我形象的建构 [J]. 学术交流，2006（3）：160-163.

⑨ 肖画. 重读美国华裔文学中的"赵汤之争" [J]. 华文文学，2012（4）：69-76.

⑩ 胡勇. 文化资源与文学阐释——试论美国华裔文学的中西文化利用范式 [J]. 世界华文文学论坛，2002（4）：21-23.

　　华裔作家不仅享有写作的自由，而且还享有如何写作的自由。赵健秀可以坚持自己"文化本真"的创作原则，汤亭亭也可以坚持自己"改写传统"的风格。对此，读者们应该以一种包容或者"文化相对主义"①的心态来看待华裔文学中的"文化利用"现象。胡勇说："华裔文学对中国神话与民间传说的利用展示出华裔文学对文化中国认同的一种特殊途径，即主动地在文学叙述中整合中西文化资源，整合现实与文化理想间的差异，这对于全球化语境中的书写和文化交往，不无有益的启示。"（胡勇，2003：92）

二、林宝音小说中民俗意象的独特性

　　从林宝音小说所涉及的民俗文化类型的全面性、民俗意象与文学主题的恰切性和民俗意象体现出的本土性来看，林宝音小说中的民俗意象体现出作者独

---

① 根据史景迁的观点："文化相对主义这一概念是欧洲人提出来的，其最初的含义是强调欧洲文化优于其他任何民族文化，欧洲人通过殖民活动把文明和进步带给欧洲以外的其他民族，这是典型的欧洲中心论。……斯宾格勒在《西方的没落》的积极意义在于承认每一种文化都具有自己的特殊性和价值，这对于欧洲人认识他种文化无疑有一定的指导作用。但在相当长的时间内，欧洲学术界只是打着文化相对主义的旗号，其真实意图在于突出欧洲文化和文学优于其他文化和文学。后来，随着美国的崛起……东方和第三世界文化的崛起以及后殖民主义作为一种文化思潮对旧殖民主义的解构，使文化相对主义的内涵发生了根本变化，一批尊重实践、胸襟宽阔的西方学者认识到西方文化发展到了一个困顿的境地，单从内部难以克服自身存在的种种问题，必须借助于外部的理论和实践来反观自身，镜鉴自身，方能找到摆脱困境的出路。在这一背景下，文化相对主义从妄自尊大变得尊重他性文化。按照当今学者对文化相对主义的理解和阐释，任何文化都是相对于另一种文化而存在的……世界上的不同文化之间既有差异又不无相似之处，应该互相尊重、求同存异，从其相似之处出发寻求交流的基点，以加强和促进不同文化之间的了解。"（史景迁，1990：240）关于文化相对主义的定义和作用也可参阅：Benedict R. Patterns of culture[M]. London: Routledge & Kegan Paul,1935:200; Fokkema D. Issues in general and comparative literature[M]. Calcutta:Papyrus, 1987:1; Fokkema D, Ibsh E. Knowledge and commitment: A problem-oriented approach to literary studies[M]. Amsterdam/Philadelphia: John Benjamins Publishing Company, 2000:40; 王宁 . 文化翻译与经典阐释 [M]. 北京：中华书局，2006：97-98.

特的审美趣味和人文关怀，在华裔文学中具有代表性和极大的研究价值。

从民俗事象的类型来看，林宝音在小说中所应用的民俗几乎包括了所有类型①，体现出其浓厚的民俗情结和深厚的民俗文化素养。与美国华裔作家汤亭亭注重语言民俗②、谭恩美注重精神民俗的叙事风格③相比，林宝音小说中的民俗叙事手法更加多元化。

在林宝音的小说中，精神民俗主要分为民间信仰、文化禁忌、巫术迷信三类。在民间信仰层面，《女仆》中的"天神"和"女神"信仰，《银叶之歌》中的"玉面女神"和"神通的地仙"（earth-bound gods），《泪痣悲情》中的"观音"信仰，都是取材于新加坡本土华人的民间信仰。林宝音小说中文化禁

---

① 本书对民俗的分类主要遵照按照钟敬文先生的研究成果。钟敬文在综合中外研究的基础上将民俗分为物质民俗、社会民俗、精神民俗和语言民俗四个部分，其中物质民俗包括生产、商贸、饮食、服饰、居住、保健医药等民俗，社会民俗包括社会组织、社会制度如习惯法、岁时节日、民间娱乐等民俗，精神民俗包括民间信仰、民间巫术、民间艺术等，语言民俗包括谚语、谜语、歇后语和神话、民间传说、民间歌谣等。这也是当前较为权威的分类方法。参阅：钟敬文.民俗学概论 [M].上海：上海文艺出版社，1998：5.

② 汤亭亭的民俗叙事主要是通过对中国古典文学进行"挪用"和"改写"，她的三部小说——《女勇士》（1975）、《金山勇士》（1980）、《孙行者》（1989）——涉及的中国经典文学作品包括：《易经》《道德经》《三字经》《离骚》《太平广记》《说岳全传》《镜花缘》《聊斋》《水浒》《三国演义》《西游记》等，都是"语言民俗"的范畴。参阅：卫景宜.改写中国故事：文化想象的空间——论美国华裔作家汤亭亭文本"中国故事"的叙事策略 [J].国外文学，2003（2）：112.在《女勇士》中，当"我"以华人的视角反观美国现象，或把华人的思维言行放置进美国文化背景中进行描述时；当"我"的美国主流文化视角下的"天真"叙述，相悖于读者所认识的事实真相，或以美国式的轻松诙谐将神圣与俗常并置时，这种由反差或错位所产生的幽默和反讽的张力效用尤其表现得淋漓尽致。……作者企图颠覆美国主流文化中的"东方华语"的初衷，轻易被掩盖在作品表层喧闹的中国文化符码之下。参阅：卫景宜.中国传统文化在美国华人英语作品中的话语功能——解读《女勇士》花木兰 [M]// 卫景宜.跨文化语境中的英美文学与翻译研究.广州：暨南大学出版社，2007：6-9.）

③ 谭恩美小说《喜福会》（1989）中的"生辰八字""护身符"，《灶神娘娘》（1991）中的"灶神传说"，《通灵女孩》（1995）中的"轮回"场景，《接骨师之女》（2001）"龙骨"以及"鬼魂"都是"精神民俗"的范畴。

忌类的精神民俗是其表达女性主义主张的有力武器。如《银叶之歌》和《女仆》中都多次提及社会中对女性"经血"的禁忌。"巫术迷信"也是小说中精神民俗的重要组成部分。《银叶之歌》中的"法师驱魔"成为故事中女主人公命运的一个转折点，引起了小说中的"情节突转"，是小说叙事中的重要一环。在四部现代社会小说中，林宝音通过迷信叙事一方面讽刺了新加坡华人堕落的社会风气和不正常的心理，另一方面，也揭示出新加坡所标榜的"现代性"的虚伪，即虽然新加坡的年轻一代认为新加坡在经济上取得巨大成功，发展成一个现代化的都市，但是，他们的迷信行为如算命、在婚礼或葬礼求彩票号码等与人们所宣称的"现代性"形成鲜明的对比，由此巧妙地解构了人们所鼓吹的"新加坡现代性"。

　　林宝音小说中的社会民俗主要包括仪礼习俗和岁时节日。三部传统社会小说都介绍了女主人公的感情生活，以及在恋爱阶段所经历的礼仪习俗。情侣互赠"礼物"是三部小说中共同出现的民俗事象，不同的"礼物"体现了当时社会中的婚姻观。另外，在这三部小说中，重点描述的岁时节日主要是饿鬼节（Hungry Ghost Festival），讽刺了华人"重鬼不重人"的病态社会习俗。而《毒牙》和《司徒老师》中的丧葬习俗则表现出传统华人和现代华人之间的观念冲突。

　　林宝音小说中的语言民俗主要体现在对民间传说、歌谣、谚语和习惯用语的应用上。《银叶之歌》中有关于"打婆菜"的传说、"祖先"的传说、"和尚"的传说、"毒蛇"的传说等；《女仆》中有"鸡鸣"传说、"一千个女孩"的传说、"舍利子"传说、"鬼情侣"传说，这些传说在揭示小说主题、刻画人物形象、推动小说情节发展等方面起着重要作用。小说中经常出现的语言民俗也是受妈妈和邻居们的影响。林宝音说："我的妈妈总是说一些俗语，当然还有邻居女人间的相互咒骂。这是我可以不断汲取营养的宝藏。"（Klein，2001：164）

　　在物质民俗层面，林宝音在小说中重点描述的民俗事象包括中药、首饰、古董等。其中，多部小说都提到"中药"治病的场景。如《银叶之歌》中三太太给银叶喝的中药和找到的治病偏方使得银叶的命运发生了变化，引起"情节突转"；《跟错误之神回家》中文森特的妈妈偷偷给孩子喝中药治病，而不想让信仰基督教的儿子知道，揭示了小说"代际冲突"和"文化认同"等主题。小说中由这些物质民俗表征的代际之间的冲突实际上表征的是传统与现代之间的冲突。

这些民俗事象与小说中其他的叙事因素结合在一起，共同构筑起了小说的叙事大厦，成为小说的有机组成部分。在三部以新加坡传统社会为背景的小说中，华人族群还未出现严重的文化认同分裂的情况。他们基本认同华人的传统习俗。小说中，作者通过批判华裔族群传统民俗文化中的父权制传统，提出了自己的女性主义主张。但是在现代社会小说中，情况则发生了变化。民俗事象成为传统华人和现代华人文化冲突的焦点，突出了新加坡现代社会中普遍存在的传统和现代之间的这对矛盾，讽刺了现代性的虚伪。

从意象生成来看，林宝音小说中的民俗意象是在文本语境中生成的，与文本反映的主题相辅相成。"女神"意象、"男神"意象的创设是为小说中的女性主义主题服务的；"鬼魂"意象是为批判大众文化心理这一创作意图服务的；"脐带护身符"意象是为揭示身份认同主题而创设的。从生成机制来看，林宝音小说中民俗意象与作者的主观意图是相吻合的。当作家有感于社会的问题并试图通过小说的形式来揭示这些问题时，她所积累的文学素材被激活，通过筛选机制，相应的民俗素材被提炼出来，与作家的想象力和文学素养结合之后，成为小说叙事中的一部分。读者在文本语境中认知被作者加工过的民俗文化，并在文本语境中深入领会隐藏在这些民俗意象背后的含义。从这一角度来看，林宝音小说中的民俗意象是作家在深刻感悟社会问题的基础上创设的，而不是"为了写作而写作"。从林宝音的作品中可以看到她对新加坡华人社会存在的众多问题的思考。民俗意象帮助林宝音深化了作品的主题，同时增强了故事的叙事张力。

林宝音所应用的民俗文化大多是在新加坡本土能够找到的"原生态文化"，与汤亭亭小说中的民俗文化相比，变动和改编的地方并不大，这也是为什么林宝音小说没有引起人们关于"异域情调"之争的原因。在林宝音小说中的民俗事象如"观音娘娘""月亮娘娘""大伯公""天帝""脐带护身符""泪痣""雷电神"等都是新加坡华裔族群中广为流传的民间文化，林宝音并没有为了迎合西方人的口味将这些民俗文化进行"自我东方化"（selforientalization）。在林宝音的小说中也可以看到诸如"裹脚"的华人旧习俗，但这一意象是作为历史上父权制对女性的身心迫害出现的，是为了和现代社会中女性遭受的痛苦进行对比而设置的，也就是根据小说中故事的需要而出现的，并不是借此迎合西方读者的品位，这一点与美国的一些华裔作家的做法不同。①

美国和英国的一些华裔作家往往将故事背景设置在中外之间，美国华裔作家谭恩美的小说就是一个很好的参照。谭恩美几部小说的魅力在于华人移民穿梭往来于中美两个国家和其代表的不同的文化世界中。有学者认为："这两个世界之间的较量——一个是古老的中国农村：父母包办的婚姻、落后的乡村、家庭中的暴力以及夺命的饥荒；另一个是美国新世界的日常生活：繁华的超市、美丽的郊区、家庭成员有趣的活动以及中产阶级舒适的生活当中夹杂着的忧愁。……这两个世界并不和谐，相互碰撞而迸发出火花。"② 而英国华裔作家虹影的创作也往往将故事发生的背景设定在中外城市中，对上海更是情有独钟，体现出她对故国文化的"执迷"（如《饥饿的女儿》，1997；《上海魔术师》，2006）。从香港移居英国的作家毛翔青（Timothy Mo）则以书写历史题材而闻名，如有关鸦片战争的《岛之占有》（*An Insular Possession*）。与其他华裔作家相比，林宝音更注重本土社会中存在的问题，"本土意识"更为强烈。林宝音小说中所涉及的海峡华人或峇峇文化融合了中国、马来和欧

---

① 华裔文学中很长时间以来一直将华裔女性的"裹脚"习俗作为写作的素材，以至于很多西方读者将其作为中国的一种文化符号。直到20世纪末21世纪初时，一些畅销的华裔文学作品中还在以"裹脚"习俗作为一种有效的商业手段来迎合主流读者的阅读心理和期待。张邦梅的《小脚与西服》（*Bound Feet and Western Dress*，1996）封面上的中文名是《幼仪与志摩》，书中对"裹脚"习俗进行了翔实的描写。哈金（Ha Jin）的《等待》（*Waiting*，1999）、闵安琪（Anchee Min）的《变成毛夫人》（*Becoming Madam Mao*，2000）也都有对这一习俗的运用。可参阅：赵文书.和声与变奏——华美文学文化取向的历史嬗变 [M]. 天津：南开大学出版社，2009：143.

② S Jose. Mercury news in Amy Tan's novel The Hundred Secret Senses[M]. NewYork: IvyBooks, 1995. 转引自：陈爱敏. 论美国华裔女性文学中呈现的中国文化 [J]. 外国文学研究，2005（6）：71-74.

洲（主要是英国）的文化传统。尽管峇峇在种族上属于华人，但是他们在语言和物质文化上被马来化了，在政治上则被欧洲同化，但他们依然保持与他们祖先的某些特定的风俗习惯的联系，比如婚俗、丧葬仪式和敬祖等。林宝音小说中的故事主要发生在新加坡或马来西亚的槟城，聚焦对象以华人移民后裔为主，涉及中国的描写非常有限。在《跟错误之神回家》中，林宝音设置了送"无名神像"回中国的场景，但只是一笔带过，中国并不是其聚焦对象。在其他小说文本中，"中国"是林宝音想象中的一个文化之根，其着眼点主要在新加坡社会和历史中存在的问题。虽然小说中的民俗文化是随华人移民南来的，但林宝音并未在小说中考察这些民俗意象的渊源，而是借用这些文化意象来表达自己的文学诉求。总之，"本土意识"是林宝音小说中的民俗意象与美国华裔作家小说中的民俗意象的主要区别之一。

林宝音小说中的民俗意象体现了一种"文学性的文化意象"的特点。陈思和（1999）认为华裔文学中的"文化意象"实际上是华裔文学"族裔性"和"文学性"合力诉求的一种结果，他说这些意象"是以民族自身的血肉经验加入世界格局下的文学诉求，以此形成丰富而多元的世界性文学对话的结果"。[①] 这一论述包含了两层意思：一是华裔作家作品中的文学意象具有族裔文化特色，是在独特的艺术审美观照下的产物；二是华裔作家身处的多元文化语境促成了华裔文学独特的景观。陈涵平和吴奕锜（2006）在文学意象和文化意象概念的基础上，提出华裔文学研究应观照这两种意象的"融合体"，即"文学性的文化意象"。他们认为："这种意象，既不是单纯的文学意象，又不是单纯的文化意象，而是两方面特性融合而成的新型意象。……民族印记和历史意蕴的注入，既使美华文学中意象群落的创造具有了某种内在的必然性，又使其意义构成接纳了丰富而深厚的文化内涵。"[②] 按照这些学者的论断，林宝音小说中的民俗意象是与作品有机结合的一种文学意象。在文本语境中，作者将民俗文化事象镶嵌在故事框架中，使其成为故事有机整体中的

---

① 陈思和. 当代中国文学史 [M]. 上海：复旦大学出版社，1999：248.
② 陈涵平，吴奕锜. 美华文学中的文化意象初探 [J]. 暨南学报（哲学社会科学版），2006（1）：68-69.

一部分，成为表达作者意图的重要手段和素材。这种利用民俗文化的方式与将民俗文化停留在表象的做法是截然不同的，为今后华裔作家的文学创作树立了典范。

第三节　林宝音民俗文化利用对后殖民文学的启示意义

林宝音对民俗文化的利用不仅对新加坡英语文学和世界华裔文学的创作具有重要的启发意义，而且对于后殖民文学创作具有重要价值。

在后殖民文学的创作中，作家们对自身文化的利用和书写往往显示出三种方式：对抗性文化书写、认同性文化书写与混合性文化书写。[①]

对抗性文化书写体现的是后殖民作家的"西方主义"思维，他们在作品中将西方刻画成邪恶的形象，他们"戏仿西方殖民文本的叙述结构、移置其意象、嘲弄其视角，解构、批判其霸权话语下，但是他们的思维装置与文本建构并没有打破、否定与超越黑格尔'主/奴'关系的权力模式，依然采用西方在地域区分、差异确定基础上的文化塑形模式，充其量不过是将'主/奴'的位置颠倒而已。另外，这些作家所采用的戏谑、复制、移置等解构策略与批判思想，直接来自宗主国的理论成果，没有摆脱与宗主国理论和文学实践的相互依存关系。"（刘亚斌，2005：115）

认同性文化书写是一些后殖民作家为了迎合西方读者的口味而进行的文学创作，他们选择的是一条"自我东方化"或"自我他者化"的道路。[②]

混合性文化书写是指"既承认西方文化的优势影响，又不放弃本土文化的特性"的文学创作方式。"在后殖民文学作品中，无论是对抗、认同还是混合的文化书写模式，都未能破除西方对东方的文化塑形模式。在民族主义支撑下的对抗与认同，不仅没有超越西方'主/奴'关系的文化书写模式，反而按照西方的文化需求来'生产'与'配制'文化传统，作为医治西方文化

---

① 刘亚斌. 后殖民文学中的文化书写 [J]. 外国文学研究，2005（4）：114-120.
② 张兴成. 民族幻觉与中国人的自画像 [J]. 书屋，2004（6）：4-12.

疾病的'药丸',甚至在满足西方的'偷窥'欲望中发明与创造腐朽落后的'文化风情',并对一些本应该抛弃的东西加以认同。在混合性的文化书写中,依然采用殖民教化的语言模式,其书写实践又与后帝国时期经济发展的经营模式相得益彰,成为帝国霸权的'同谋犯'。"(刘亚斌,2005:120)

与以上三种文化书写模式相比,林宝音更注重对本土文化的"日常性"和"生活性"进行书写。她充分利用殖民语言和文化,传递出了新加坡本土的声音。当林宝音以族群民俗文化为依托,以本土华人的日常生活为描摹对象对现实进行批判、反思和重建时,她就摆脱了西方的话语规范和权力限制,从而也就摆脱了"他者化"的文化表述和文化身份认同困惑。

新加坡是一个新兴的城市国家,由于其独特的殖民历史和社会人口构成,语言政策成为新加坡文学发展的关键影响因素。为了平衡各种族间的利益,新加坡推行的是"英语+X"的语言政策。这一政策为定义"新加坡本土文学"带来了一定的麻烦。Singh Kirpal(1998)教授在对新加坡文学的研究中分析了新加坡的语言政策以及由此带来的影响,并确定英语为新加坡的本土语言,而新加坡英语文学为新加坡的本土文学。他说:

> 在所谓的新国家中,对于本土文学的接受困难重重,因为它经常被看作与各种各样的问题相关。如果文学语言不是本土的,那么这个问题就更严重了。……英语不是新加坡的本土语言,事实上没有任何语言是新加坡本土语言。但是,英语正在快速成为大多数新加坡的本土语言,特别是英语在新加坡书写和口语表达的方式获得相关的、必要的流行度的情况下。那么,同理,用英语写就的文学也应该成为新加坡的本土文学。(Singh,1998:xi)

由此可以看到新加坡的殖民历史为其社会发展带来的连锁影响。

新加坡在建国后的30多年中,英语文学的创作和发展一直笼罩在"他者"尤其是英国文学的阴影下,以至于新加坡人对本土创作的英语文学缺乏足够的自信心。人们对于新加坡英语文学所持有的固有的偏见使他们对于新加坡英语文学取得的成绩视而不见。1987年,Jeyaretnam创作的《初恋》

（*First Loves*，1987）创造了畅销书的奇迹，这是由新加坡本土作家创作的英语小说第一次占据畅销书榜首位置，并连续数周居高不下；Bonny Hicks 创作的《请问，您是模特吗？》（*Excuse Me, Are You a Model?* 1990）给新加坡的文学体验带来了革命性的变化；[①] 已故作家 Lim Thean Soo 仍然是目前为止对"新加坡／马来西亚华人"心理探讨得最深入的作家之一；N. I. Low 是一位出色的学者，以自己独特的方式记录了第二次世界大战和日本占领时期的新加坡，但是目前学术界对他的研究甚少。

在这样的后殖民语境下，林宝音所创造的民俗意象使读者很容易将其视为新加坡本土文学的标签，从而摆脱英国经典作家对新加坡英语文学发展的影响。与上面提到的几位作家不同的是，林宝音是一位多产的作家，她的 7 部长篇小说和 11 部畅销的短篇小说集不仅在新加坡国内的图书市场掀起了一股阅读浪潮，而且在国际市场上也是被争相阅读的对象。高质量的创作及其在全球的影响力，吸引了众多学者的目光。从前文所梳理的研究现状就可以看到林宝音的小说所蕴含的价值和诸多可能性。这也是林宝音小说在后殖民语境下的一种突破。

林宝音使用英语进行创作但并未被该语言束缚住，她始终坚持书写本土文化，并成功运用本土化的英语，受到了广泛好评。新加坡作家劳埃德·佛南多（Lloyd Fernando）高度评价了亚洲作家创造性地使用本土特色英语进行文学创作的现象。他说："这是一种符码转化的过程，从而打破了英语语言的束缚和限制，并将英语完全变成为自己服务的一种工具。"[②]Amy Tak-yee Lai 认为："这些（亚洲华裔）作家的作品与西方文学巨匠的作品形成了呼应，但是并没有完全与西方的文学标准相一致。……他们深受独立后的后殖民文化

[①] Bonny Hicks（1968—1997）是出生在新加坡的欧亚混血儿，她既是一名模特也是一名作家。她的第一部自传性小说《请问，您是模特吗？》（*Excuse Me, Are You a Model?* 1990）在新加坡文学史上占有重要地位。她的创作初衷是写一本能与读者产生互动的书。可参阅：Talib I. Singapore[J]. Journal of Commonwealth Literature, 2000, 3 (35):105-112.

[②] Lloyd F. Making a language, finding a voice. In: Kiong,Tong Chee. Ariels: Departures & Returns: Essays for Edwin Thumboo[M]. Singapore: Oxford University Press, 2001:324.

语境的影响，也因此动摇了西方文学的霸权地位，开创了亚洲文学的新世界。新加坡的林宝音和香港的毛翔清（Timothy Mo）都是典型的代表。"① 由此，可以看出，林宝音是将殖民文化作为一种"反殖民"的手段，从而有效地突破殖民文化的影响和束缚，为本土英语文学或者"新英语文学"的发展作出了有意义的尝试。

　　林宝音小说中民俗意象的创设针对的是新加坡社会所面临的问题。在后殖民文化语境中，林宝音并未偏向于东方或者西方，而是呈现出一种"文化混杂"的态势。比如在《泪痣悲情》《跟错误之神回家》中，西方男性的形象既充满正义，也存在缺点。《泪痣悲情》中的法国神父马丁深受天主教"禁欲"思想的束缚，对待感情问题犹疑、懦弱。《跟错误之神回家》中的美国教授 Ben 大胆揭露新加坡政府和社会中存在的不公平现象，但是在个人作风问题上广为当地人诟病。在《毒牙》《司徒老师》中，华人传统的伦理道德观念在逐渐衰微，而中国传统的儒家思想并不能解决新加坡年轻一代所面临的精神困境。总之，东方和西方文化都不能解决新加坡本土所面临的问题。《女仆》中的女主人公涵从"求神"到"成神"的过程也许体现出林宝音的一种文化立场，即只有依靠自身才能找到解决问题的办法，女性解放需要如此，新加坡的发展也需要如此。

---

① Lai A T. Asian English Writers of Chinese Origin: Singapore, Malaysia, Hong Kong[M]. Cambridge: Cambridge Scholars, 2009:239.

结　　语

　　通过对林宝音小说中典型民俗意象的研究，可以发现民俗意象是故事叙事中的重要因素，是小说叙事网络中的关键节点。林宝音熟练地运用民俗事象揭示主题、推动情节、营造氛围、塑造人物，从而使作品散发出浓郁的文学性和文化韵味。林宝音通过为传统民俗文化注入自己的情感，创造出卓尔不群的文学文化意象。她运用这些文化意象批判了长期存在于华裔族群中的"传统女性意识"①，并以以女性为中心的叙事策略树立了自己的现代女性意识。②

　　林宝音的小说中所涉及的民俗文化的种类更为广泛，包含了物质民俗、精神民俗、语言民俗和社会民俗等各大种类，将这些素材通过想象熔铸到故事中华人的日常生活中。总体来说，林宝音在小说中所创设的民俗意象是一种"文学性的文化意象"，是将文学和文化结合的一个典范。林宝音小说中民

---

① 陈碧月认为："经过长期的历史过程的累积，男权文化将女性物化，视为其私有财产，而女性自己也在不自觉中无怨无悔、理所当然地接受这样不公平的使命，认为其牺牲与奉献是与生俱来的天职，这种集体无意识让女性没有选择地完全服从于封建的既定的家庭秩序，认定她们是第二性，是男性的附庸，必须依靠男性而活，加以传统的礼教规范与贞操观念，牢牢地约制着女性的自我认知，这种社会对女性、男性对女性，甚至女性自己对女性的传统认识，就是所谓的'传统的女性意识'。"（陈碧月．大陆女性婚恋小说——五四时期与新时期的女性意识书写[M]．台北：秀威资讯科技股份有限公司，2002：30-31.）

② 任一鸣认为："女性意识应该是女作家的主体意识之一。他将女性现代意识分为两个层面：其一是以女性眼光洞悉自我，确定自身本质、生命意义及其在社会中的地位；其二是从女性立场出发审视外部世界，并对它加以富于女性生命特色的理解体验和把握。"（任一鸣．中国女性文学的现代衍进[M]．香港：青文书屋，1997．转引自：陈碧月．大陆女性婚恋小说——五四时期与新时期的女性意识书写[M]．台北：秀威资讯科技股份有限公司，2002：28.）

俗意象的生成与其浓厚的民俗情结是分不开的。她的家庭背景使她继承了华裔口头叙述的传统，并将这一传统应用在小说的叙事中。而林宝音对英国经典文学的接受则塑造了她将民俗素材应用到文学中的能力。另外，林宝音小说中民俗意象的生成是其深厚的民俗情结与强烈的"本土意识"结合的结果。新加坡华族社会中根深蒂固的父权制观念和习俗使得女性生活在重重压制之下，即使在现代社会中，女性的社会地位也未能有根本性的改善。而父权制文化在政治上的延续使反对党处于和女性一样的边缘地位。林宝音敏锐地捕捉到这一点，她运用特定的民俗意象将女性主义主题和政治主题结合在一起，揭露了新加坡父权制对人性的压制，批判了父权制对个人和国家命运的影响，讽刺了国家父权制的荒谬。林宝音通过民俗意象构建的叙事系统将代际之间的矛盾并置，并由此隐喻了现代和传统之间存在的巨大鸿沟，这是林宝音的民俗情结与社会现实相结合的例证。

林宝音民俗叙事风格形成的原因除了个人民俗文化素养之外，还有一个客观原因，那就是新加坡社会严苛的审查制度和紧张的政治氛围。在新加坡，文化艺术的创作要经过相关部门的层层把关，涉及政治方面的作品更是很难通过审查。这也是林宝音选择将自己的小说在欧美国家出版的一个因素。民俗意象的创设通过隐喻和象征的手段巧妙地揭示出小说的主题和作家的创作宗旨，也大大提升了作品的审美趣味，比直接批判社会现实效果更好。

在对民俗文化利用的过程中，林宝音采用了"陌生化"的处理方式（比如对"天帝"意象的解构和颠覆），这是作家通过想象并根据叙事的需要而对传统习俗进行的改造和再利用，是林宝音用来揭示小说主题的一个重要手段。通过"去弊"和"发现新意"，消解了这些民俗意象的"前在性"，往往令读者产生全新的审美体验。民俗意象的陌生化处理是林宝音对民俗文化制度荒诞性的讽刺和对文化传统的颠覆，表达了其深切的人文情怀和直率而有担当的写作态度。

林宝音在40年的创作生涯中，经历了新加坡文学和社会发展的各个时期，成为新加坡英语文学史上的一面旗帜。经过多年的积累，林宝音形成了独特的文学风格，她将民俗文化与个人和国家的命运联系在一起，提升了作品的品格和审美维度。在世界华裔文学史的层面上，林宝音并未一味追求

"异域情调"而失去小说的文学性。从后殖民文学视角来看，林宝音通过对本土民俗文化的利用，有效摆脱了后殖民语言和文化的束缚，为后殖民文化语境下的作家创作起到了模范作用，树立了后殖民作家创作的信心。从新加坡的第一代英语作家到以林宝音为代表的第二代英语作家，新加坡的后殖民文学经历了一个质的飞跃，新加坡作家以自己的方式向世界发出了自己的声音。

本书就林宝音小说中民俗意象的价值进行了系统而全面的梳理和探讨，但是因为篇幅和笔者能力所限，本书还存在一些不足之处：

第一，本书以华裔作家林宝音小说中的民俗意象研究为中心，并主要以英国和美国华裔作家的小说为参照，未能对世界华裔作家所有作品进行全面而系统的考察。因此，今后需要以本书的研究为契机，进一步梳理其他国家和地区的华裔文学作品，以发现不同华裔作家之间创作的更多相似之处和差异。

第二，本书以林宝音小说中的典型民俗意象为研究重点，因此，对小说中其他重要的非民俗意象缺乏足够的关注和探讨，希望今后能进一步归纳小说中的文化意象，并深入探究其蕴含的文艺和文化价值。

第三，林宝音的小说还未被译介成中文，因此，书中所采用的引文是笔者的拙译，其准确性和规范性还有待提高。计划在未来的三年中，将林宝音的主要小说翻译成中文，并出版发行。

总之，林宝音小说中的民俗意象是反观林宝音的创作心理和其所处的文化语境的一面明镜，无论在文学层面还是在文化层面，这些民俗意象背后的价值都值得进一步去挖掘。

参 考 文 献

一、中文文献

中文著作

[1] 阿尔泰莫诺夫，等.十八世纪外国文学史 [M].方闻，等译.上海：上海文艺出版社，1958.

[2] 阿兰·邓迪斯.世界民俗学 [M].陈建宪，译.上海：上海文艺出版社，1990.

[3] 包亚明.现代性与都市文化理论 [M].上海：上海社会科学院出版社，2008.

[4] 波尔蒂克.牛津文学术语词典 [M].上海：上海教育出版社，2000.

[5] 曹革成.中华民俗文化 [M].北京：首都师范大学出版社，1994.

[6] 查尔斯·米尔斯·盖雷.英美文学和艺术中的古典神话 [M].北塔，译.上海：上海人民出版社，2005.

[7] 陈碧月.大陆女性婚恋小说——五四时期与新时期的女性意识书写 [M].台北：秀威资讯科技股份有限公司，2002.

[8] 陈惇，刘象愚.比较文学概论 [M].北京：北京师范大学出版社，1988.

[9] 陈光孚.魔幻现实主义 [M].广州：花城出版社，1986.

[10] 陈勤建.当代中国民俗学 [M].上海：上海文艺出版社，1988.

[11] 陈勤建.文艺民俗学导论 [M].上海：上海文艺出版社，1991.

[12] 陈勤建.中国民俗学 [M].上海：华东师范大学出版社，2007.

[13] 陈思和.当代中国文学史 [M].上海：复旦大学出版社，1999.

[14] 陈志明.迁徙、家乡与认同——文化比较视野下的海外华人研究 [M].段颖，巫达，译.北京：商务印书馆，2012.

[15] 丹尼·卡瓦拉罗.文化理论关键词 [M].张卫东，等译.南京：江苏人民

出版社，2006.

[16] 蒂费纳·萨莫瓦约.互文性研究 [M]. 邵伟，译.天津：天津人民出版社，
2003.

[17] 董晓萍.民俗学导游 [M]. 北京：中国工人出版社，1995.

[18] 龚敏律.西方反讽诗学与 20 世纪中国文学 [M]. 北京：人民出版社，
2011.

[19] 郭齐勇，郑文龙.杜维明文集（第五卷）[M]. 武汉：武汉出版社，2002.

[20] 郭振羽.新加坡的语言与社会 [M]. 台北：正中书局，1985.

[21] 方红.完整生存：后殖民英语国家女性创作研究 [M]. 杭州：浙江大学出
版社，2011.

[22] 福斯特.小说面面观 [M]. 朱乃长，译.北京：中国对外翻译出版公司，
2002.

[23] 华莱士·马丁.当代叙事学 [M]. 伍晓明，译.北京：北京大学出版社，
2005.

[24] 黄霖，韩同文.中国历代小说论著选（上）[M]. 南昌：江西人民出版社，
2000.

[25] 拉康.拉康选集 [M]. 褚孝泉，译.上海：上海三联书店，2001.

[26] 勒内·韦勒克，奥斯汀·沃伦.文学理论 [M]. 刘象愚，译.南京：江苏
教育出版社，2005.

[27] 林玉钻.峇峇文化之旅 [M]. 新加坡：亚太出版社，2004.

[28] 林骧华.文艺新学科新方法手册 [M]. 上海：上海文艺出版社，1987.

[29] 刘延超.新加坡英语文学研究 [M]. 北京：中国社会科学出版社，2011.

[30] 罗钢.叙事学导论 [M]. 昆明：云南人民出版社，1994.

[31] 马尔克斯·门多萨.番石植飘香 [M]. 林一安，译.北京：生活·读书·新
知三联书店，1987.

[32] 凯特·米利特.性政治 [M]. 宋文伟，译.南京：江苏人民出版社，2000.

[33] 鲁迅.鲁迅全集（第九卷）[M]. 北京：人民文学出版社，1981.

[34] 陆薇.走向文化研究的华裔美国文学 [M]. 北京：中华书局，2007.

[35] 马明奎.多民族文学意象的叙事性研究 [M]. 北京：中国社会科学出版社，

2016.

[36] 米兰·昆德拉. 小说的艺术 [M]. 唐晓渡，译. 北京：作家出版社，1992.

[37] 米克·巴尔. 叙述学：叙事理论导论 [M]. 谭君强，译. 北京：北京师范大学出版社，2015.

[38] 莫言. 说吧·莫言中卷 [M]. 深圳：海天出版社，2007.

[39] 皮埃尔·吉罗. 符号学概论 [M]. 怀宇，译. 成都：四川人民出版社，1988.

[40] 秦耕. 文艺民俗学 [M]. 合肥：安徽出版社，1993.

[41] 任一鸣. 中国女性文学的现代衍进 [M]. 香港：青文书屋，1997.

[42] 荣格. 荣格文集 [M]. 冯川，苏克，译. 北京：改革出版社，1997.

[43] 萨克文·伯科维奇. 剑桥美国文学史：第6卷 [M]. 张宏杰，等，译. 北京：中央编译出版社，2009.

[44] 申丹. 叙述学与小说文体学研究 [M]. 北京：北京大学出版社，1998.

[45] 申丹，等. 英美小说叙事理论研究 [M]. 北京：北京大学出版社，2005.

[46] 申丹，王丽亚. 西方叙事学：经典与后经典 [M]. 北京：北京大学出版社，2010.

[47] 什克洛夫斯基，等. 俄国形式主义文论选 [M]. 方珊，等译. 北京：生活·读书·新知三联书店，1989.

[48] 史景迁. 文化类同与文化利用：世界文化总体对话中的中国形象 [M]. 北京：北京大学出版社，1990.

[49] 宋德胤. 文艺民俗学 [M]. 哈尔滨：北方文艺出版社，1991.

[50] 苏珊·朗格. 艺术问题 [M]. 北京：中国社会科学出版社，1983.

[51] 孙昌武. 中国文学中的维摩与观音 [M]. 天津：天津教育出版社，2005.

[52] 陶立璠. 民俗学 [M]. 北京：学苑出版社，2003.

[53] 陶立璠. 民俗学概论 [M]. 北京：中央民族学院出版社，1987.

[54] 汤亭亭. 女勇士 [M]. 李剑波，陆承毅，译. 桂林：漓江出版社，1998.

[55] 王宁. 文化翻译与经典阐释 [M]. 北京：中华书局，2006.

[56] 卫景宜. 跨文化语境中的英美文学与翻译研究 [M]. 广州：暨南大学出版社，2007.

[57] 乌丙安.民俗学原理 [M].沈阳：辽宁教育出版社，2001.

[58] 吴晟.中国意象诗探索 [M].广州：中山大学出版社，2000.

[59] 西蒙娜·德·波伏娃.第二性 [M].桑竹影，译.长沙：湖南文艺出版社，1986.

[60] 熊明.唐人小说与民俗意象研究 [M].上海：上海古籍出版社，2015.

[61] 许建平.意图叙事——以明清小说为分析中心 [M].北京：人民出版社，2014.

[62] 亚里士多德.诗学 [M].陈中梅，译.北京：商务印书馆，1996.

[63] 亚里士多德.诗学 [M].罗念生，译.北京：人民文学出版社，2000.

[64] 阎嘉.文学理论精粹读本——方向标读本文丛 [M].北京：中国人民大学出版社，2006.

[65] 严明，樊琪.中国女性文学的传统 [M].台北：洪叶文化事业有限公司，1999.

[66] 颜清湟.新马华人社会史 [M].北京：中国华侨出版公司，1991.

[67] 杨义.中国叙事学 [M].北京：人民文学出版社，1997.

[68] 伊恩·P瓦特.小说的兴起 [M].高原等，译.北京：生活·读书·新知三联书店，1992.

[69] 郁沅.中国古典美学初编 [M].武汉：长江文艺出版社，1986.

[70] 云惟利.新加坡社会和语言 [M].新加坡：南洋理工大学中华语言文化中心，1996.

[71] 詹·乔·弗雷泽.金枝（上）[M].北京：中国民间文艺出版社，1987.

[72] 张静.华裔英语文学中"中国性"的再现 [M].济南：山东大学出版社，2008.

[73] 张龙海.透视美国华裔文学 [M].天津：南开大学出版社，2012.

[74] 张勇先.英语发展史 [M].北京：外语教学与研究出版社，2014.

[75] 张紫晨.中国民俗与民俗学 [M].杭州：浙江人民出版社，1985.

[76] 赵文书.和声与变奏——华美文学文化取向的历史嬗变 [M].天津：南开大学出版社，2009.

[77] 赵炎秋.文学批评实践教程 [M].长沙：中南大学出版社，2007.

[78] 赵毅衡.当说者被说的时候 [M].北京：中国人民大学出版社，1998.

[79] 赵毅衡."新批评"文集 [M].北京：中国社会科学出版社，1988.

[80] 郑良树.华人文化史论丛（卷一）[M].新加坡：新加坡南洋学会，1982.

[81] 中国孔子基金会.儒学国际学术讨论会论文集 [M].济南：齐鲁书社，
1989.

[82] 钟敬文.民俗学概论 [M].上海：上海文艺出版社，1998.

中文论文

[1] 贝京.《红楼梦》还泪报恩拟神话及其叙事分析 [J].红楼梦学刊，2003（2）：
330-341.

[2] 陈爱敏.论美国华裔女性文学中呈现的中国文化 [J].外国文学研究，2005
（6）：71-74.

[3] 陈德志.隐喻与悖论：空间、空间形式与空间叙事学 [J].江西社会科学，
2009（9）：63-67.

[4] 陈涵平，吴奕锜.美华文学中的文化意象初探 [J].暨南学报（哲学社会科
学版），2006（1）：68-72.

[5] 陈连山.中国民俗学未来发展的三个基本问题 [J].民间文化论坛，2004(6)：
8-12.

[6] 陈昱.汤亭亭和赵健秀对中国经典的改写 [J].理论界，2009（1）：148-151.

[7] 陈珍.民俗事象与哈代小说叙事 [J].河北科技大学学报（社会科学版），
2017（3）：78-83.

[8] 程锡麟.叙事理论的空间转向——叙事空间理论概述 [J].江西社会科学，
2007（11）：25-35.

[9] 朝戈金，巴莫曲布嫫.民俗学术语钩沉——迈克尔·欧文·琼斯教授访谈
录之二 [J].民间文化论坛，2005（3）：85-95.

[10] 郭惠芬.从文学视角看当代新加坡华人的文化与社会变迁 [J].世界民族，
2010（1）：61-69.

[11] 范若兰.父权制松动和性别秩序变化对女性政治参与的影响——以东南
亚国家为中心 [J].东南亚研究，2014（5）：19-26.

[12] 范若兰 . 新加坡妇女权利与国家父权制关系试析 [J]. 东南亚研究，2016
（1）：4-10.

[13] 洪梅 . 简·奥斯丁《傲慢与偏见》中反讽艺术的运用 [J]. 沈阳农业大学学
报（社会科学版），2008（5）：629-632.

[14] 胡贝克 . 美国华裔文学的文化特征及其时代演进 [J]. 东北师大学报（哲学
社会科学版），2016（1）：17-24.

[15] 胡光璐 . 从张爱玲笔下的月亮看创作的主体性 [J]. 开封教育学院学报，
1989（1）：76-79.

[16] 胡勇 . 论美国华裔文学对中国神话与民间传说的利用 [J]. 外国文学研究，
2003（6）：87-92.

[17] 胡勇 . 文化资源与文学阐释——试论美国华裔文学的中西文化利用范式
[J]. 世界华文文学论坛，2002（4）：21-23.

[18] 吉成名 . 论祖先崇拜 [J]. 湘潭大学学报（哲学社会科学版），2015（4）：
141-144.

[19] 姜吉林，赵莉萍 . 对父权文化的抵抗和颠覆——论《呼啸山庄》的叙事
政治 [J]. 妇女研究论丛，2010（3）：67-72.

[20] 蒋萍 . 论英国幻想小说的传统与创新 [J]. 名作欣赏，2011（24）：148-149，
174.

[21] 李洱 . 文学的本土性与交流 [J]. 东吴学术，2014（1）：41-43.

[22] 李金莲 . 女性、污秽与象征：宗教人类学视野中的月经禁忌 [J]. 宗教学研
究，2006（3）：152-159.

[23] 李元瑾 . 从新加坡两次儒学发展高潮检视中国、新加坡、东南亚之间的
文化互动 [J]. 中国哲学史，2005（3）：124-128.

[24] 李建中，李远 . 论"陌生化"和"象征化"的异同 [J]. 中国文学研究，
2017（4）：63-66.

[25] 刘畅 . 华裔文学中的中国传统文化解读 [J]. 语文建设，2015（14）：9-10.

[26] 刘锋杰 . 张爱玲的意象叙事 [J]. 合肥师范学院学报，2013（4）：2-9.

[27] 刘红林 . 风景这边独好——近三十年加拿大华裔文学综论 [J]. 华文文学，
2014（4）：106-110.

[28] 刘霓.社会性别——西方女性主义理论的中心概念 [J]. 国外社会科学，2001（6）：52-57.

[29] 刘涛.俗世中的奇，奇中的俗世——1995年至今十四篇"民俗小说"短评 [J]. 南方文坛，2012（3）：139-142.

[30] 刘亚斌.后殖民文学中的文化书写 [J]. 外国文学研究，2005（4）：114-120，175.

[31] 刘延超.新加坡英语文学中的身份认同困惑初探——以小说《跟着错误女神回家》和《辩护者的魔鬼》为例 [J]. 东南亚纵横，2009（9）：56-60.

[32] 刘延超.新加坡英语文学创作述评 [J]. 译林（学术版），2011（1）：14-21.

[33] 刘延超.新加坡英语文学创作的缩影——评新加坡著名英语女作家林宝音的小说创作 [J]. 学术论坛，2011（2）：92-96.

[34] 刘延超.论新加坡英语文学创作风格的流变 [J]. 南方文坛，2011（4）：127-130.

[35] 刘延超.族群认同与文化认同的双重困惑——新加坡英语文学中的身份认同困惑初探 [J]. 广西师范大学学报（哲学社会科学版），2012（2）：55-59.

[36] 刘思谦."原型批评的理论与实践"笔谈：原型批评与集体无意识与性别 [J]. 中州学刊，2001（3）：108-111.

[37] 龙红莲.论张爱玲小说的反讽叙事 [J]. 石河子大学学报（哲学社会科学版），2003（2）：53-57.

[38] 陆扬.空间理论和文学空间 [J]. 外国文学研究，2004（4）：31-37，170.

[39] 罗世平.凝视：后殖民主义文学折射 [J]. 外国文学，2006（4）：3-10，122.

[40] 罗宗宇，刘鹏娟.论沈从文小说对民俗的叙事建构 [J]. 西南民族大学学报（人文社科版），2007（11）：109-113.

[41] 潘志明.跨国主义亚裔美国文学批评之我见 [J]. 当代外国文学，2012（4）：24-31.

[42] 彭家海，王玫.从灶神之妻到无忧女神——解读谭恩美成长小说《灶神之妻》[J]. 湖北工业大学学报，2010（6）：167-170.

[43] 饶芃子，蒲若茜. 从"本土"到"离散"——近三十年华裔美国文学批评理论评述 [J]. 暨南学报（哲学社会科学版），2005（1）：46-53，138.

[44] 芮渝萍，范谊. 认知发展：成长小说的叙事动力 [J]. 外国文学研究，2007（6）：29-35.

[45] 桑俊，贺雅琼. 论民俗与文学研究 [J]. 长江大学学报（社会科学版），2012（2）：5-7.

[46] 邵严毅. 哲学与隐喻的不解之缘 [J]. 社会科学家，2008（4）：154-156.

[47] 沈非. "月亮娘娘"和映映——论《喜福会》中女性主体性在父权二元对立中的丧失 [J]. 山东外语教学，2008（3）：96-99.

[48] 沈梅丽，陈勤建. 文艺民俗学：近三十年交叉研究走向 [J]. 文艺理论研究，2014（4）：85-91.

[49] 沈庆利，叶枝梅. 新加坡华人宗教信仰现状及前景 [J]. 国际研究参考，2015（8）：14-17.

[50] 生安锋. 后殖民主义、身份认同和少数人化——霍米·巴巴访谈录 [J]. 外国文学，2002（6）：56-61.

[51] 生安锋. 霍米·巴巴的流亡诗学 [J]. 文艺研究，2004（5）：149-151.

[52] 斯农平措. 重构民俗学基础理论 [J]. 西南民族学院学报（哲学社会科学版），1998（6）：13-16.

[53] 宋家典. 荣格原型理论浅释 [J]. 内蒙古农业大学学报（社会科学版），2005（4）：191-193.

[54] 宋伟杰. 臣服·激愤·婉讽——美国华裔英文文学三作家、三群落、三阶段 [J]. 美国研究，1995（1）：79-98.

[55] 苏蕊. 美国华裔英语文学的文化身份流变——以汤亭亭作品为例 [J]. 文艺争鸣，2013（3）：143-146.

[56] 苏耕欣. 压迫与保护、对立与依赖——评哥特小说中女性与父权制度的矛盾关系 [J]. 北京大学学报（哲学社会科学版），2003（4）：83-87.

[57] 陶东风. 从命运悲剧到社会历史悲剧——阎连科《年月日》《日光流年》《受活》综论 [J]. 中国现代文学研究丛刊，2016（2）：173-188.

[58] 王安. 论空间叙事学的发展 [J]. 社会科学家，2008（1）：142-145.

[59] 王春容."女性写作"与传统习俗 [J].民间文化论坛,1997（2）：21-25.

[60] 王惠.全球化视野下看中国文化在华裔美国文学中的消解 [J].外国文学研究,2013（2）：100-107.

[61] 王列耀.论新加坡华文文学的文化取向 [J].暨南学报（哲学社会科学版）,2000（2）：29-33.

[62] 王嘉良.眷顾与批判：民俗叙事的两重视角与两种姿态——民俗文化视域中的现代中国文学 [J].河北学刊,2011（1）：91-95.

[63] 王健,王军.评美国华裔女性小说家的女性主义写作 [J].国外理论动态,2009（11）：85-89.

[64] 王晓平.《沉没之鱼》中陈璧璧的"第三空间"身份解读 [J].名作欣赏,2011（12）：171-173.

[65] 魏全凤.美国华裔文学中的"不可靠叙述" [J].英美文学研究论丛,2013（2）：25-33.

[66] 吴斌卡.略谈小说情节的淡化 [J].小说评论,2008（5）：156-159.

[67] 吴智斌.先锋作家的意象化叙事策略：基于苏童小说的考察 [J].社科纵横,2010（3）：71-73.

[68] 肖画.重读美国华裔文学中的"赵汤之争" [J].华文文学,2012（4）：69-76.

[69] 谢聪.大陆学界的新马华文文学"本土性"研究评述 [J].常州工学院学报（社科版）,2010（6）：23-29.

[70] 谢青秀.《跟错误女神回家》中神的意象的解读 [J].时代报告月刊,2012（8）：118-119.

[71] 徐蕾.亚里士多德的悲剧情节论 [J].安徽师范大学学报（人文社科版）,1999（2）：164-168.

[72] 徐颖果.美国华裔文学中的中国文化符号 [J].外国文学动态,2006（1）：34-36.

[73] 许德金,王莲香.身体、身份与叙事——身体叙事学刍议 [J].江西社会科学,2008（4）：28-34.

[74] 许原泰.论新加坡道教信仰的起源 [J].宗教学研究,2011（1）：60-63.

[75] 杨莉馨 . "身体叙事"的历史文化语境与美学特征——林白、埃莱娜·西苏的对读及其他 [J]. 中国比较文学，2002（1）：56-68.

[76] 杨钧 . 试论小说中反讽的四种类型 [J]. 学术交流，1994（6）：64-68.

[77] 尹泓 . 嫦娥奔月神话的意象和母题分析 [J]. 民间文化论坛，2010（5）：93-99.

[78] 乐黛云 . 作为《红楼梦》叙述契机的石头 [J]. 中国文化研究，1997（4）：113-114.

[79] 张伟华 . 叙事策略的转变与华裔群体构建——从《女勇士》到《孙行者》[J]. 合肥工业大学学报（社会科学版），2011（5）：67-72.

[80] 张兴成 . 民族幻觉与中国人的自画像 [J]. 书屋，2004（6）：4-12.

[81] 赵德利 . 民俗文化小说审美功能论——以 20 世纪中国小说为例 [J]. 山西师大学报（社会科学版），2006（9）：66-70.

[82] 赵山奎 . 论西方传记文学中的梦 [J]. 外语研究，2008（5）：99-103.

[83] 赵文书 . 华美文学与女性主义东方主义 [J]. 当代外国文学，2003（3）：49-56.

[84] 赵文书 . 华裔美国文学与中国文化传统 [J]. 外国文学研究，2003（5）：69-75.

[85] 赵志刚 . 华裔作家的民俗文化利用与文学创作研究 [J]. 文化学刊，2021（4）：50-53.

[86] 赵志刚 . 混杂性书写：林宝音小说与新加坡"本土性"[J]. 外国文学评论，2018（4）：153-166.

[87] 赵志刚 . 林宝音小说《跟错误之神回家》中的"无名神像"与身份认同研究 [J]. 外国文学，2020（4）：172-181.

[88] 赵志刚 . 林宝音小说《女仆》中的"神话母题"研究 [J]. 华文文学，2017（4）：57-62.

[89] 赵志刚，陈天惠 . 评史蒂芬·霍吉对《道德经》译释的多视域融合 [J]. 中华文化论坛，2018（4）：29-35.

[90] 赵志刚，张西艳 . 林宝音小说中的"观音"意象及其叙事功能 [J]. 华文文学，2019（6）：77-83.

[91] 张新木 . 当代法国小说中的空间符号 [J]. 当代外国文学，1997（4）：151-
    156.

[92] 张云江 . 观音信仰在新马华人社会网络构建中的作用 [J]. 平顶山学院学报，
    2017（1）：95-100.

[93] 张卓 . 美国华裔文学中华裔自我形象的建构 [J]. 学术交流，2006（3）：
    160-163.

[94] 钟敬文 . 民俗文化学发凡 [J]. 北京师范大学学报（社会科学版），1992(5)：
    1-13.

[95] 周敏，刘宏 . 海外华人跨国主义实践的模式及其差异——基于美国与新
    加坡的比较分析 [J]. 华侨华人历史研究，2013（1）：1-19.

[96] 邹建军 ."和"：谭恩美长篇小说伦理思想的核心 [J]. 外国文学研究，
    2008（5）：92-103.

[97] 邹明华，高丙中 . 谁是"民"，什么是"俗" [J]. 民间文化，2000（2）：43-
    46.

[98] 朱崇科 . 本土楔入：可能与限定——以新马华文文学为例论世华文学研
    究的新进路 [J]. 中山大学学报（社会科学版），2006（5）：7-10.

[99] 朱莉娅·克里斯蒂娃 . 互文性理论对结构主义的继承与突破 [J]. 黄蓓，
    译 . 当代修辞学，2013（5）：1-11.

[100] 朱林方 . 叙事、情境与隐喻——《理想国》开篇的写法与读法 [J]. 文艺
    理论研究，2015（6）：142-148.

中文硕博论文

[1] 陈珍 . 民俗学视域下的哈代小说研究 [D]. 西安：陕西师范大学，2014.

[2] 金转 . 金仁顺小说意象叙事研究 [D]. 合肥：安徽大学，2016.

[3] 王建仓 . 中国现代乡土文学的境界叙事和意象叙事 [D]. 西安：陕西师范大
    学，2009.

[4] 卫景宜 . 西方语境的中国故事——论美国华裔英语文学的中国文化书写
    [D]. 广州：暨南大学，2001.

[5] 谢青秀 .《跟错误女神回家》的身份认同困惑 [D]. 南宁：广西大学，2013.

[6] 熊豪燊 . 新加坡土生华人：从土生华人组织和非土生华人的视角探析 [D]. 新加坡：新加坡南洋理工大学, 2012.

[7] 于红珍 . 民俗文化资源与莫言及其文学世界 [D]. 济南：山东大学, 2015.

二、英文文献

基本文献（林宝音作品）

短篇小说集

[1] Lim C. Little Ironies: Stories of Singapore[M]. Singapore: Heinemann Asia, 1978.（《小小的讽刺：新加坡故事》）

[2] Lim C. Or Else, the Lightning God and Other Stories[M]. Singapore: Heinemann Asia, 1980.（《雷电神故事和其他》）

[3] Lim C. They Do Return...But Gently Lead Them Back[M]. Singapore: Times Editions Pte Ltd, 1983.（《他们会回来的……但请温柔地领他们回来》）

[4] Lim C. The Shadow of a Shadow of a Dream: Love Stories of Singapore[M]. Singapore: Horizon Books Pte Ltd, 1987.（《梦影之影：新加坡故事》）

[5] Lim C. O Singapore! Stories in Celebration[M]. Singapore: Times Editions Pte Ltd, 1989.（《啊，新加坡！欢庆故事》）

[6] Lim C. Deadline for Love and Other Stories[M]. Singapore: Horizon Books Pte Ltd, 1992.（《爱的期限与其他》）

[7] Lim C. Meet Me on the Queen Elizabeth 2![M]. Singapore: Horizon Books Pte Ltd, 1993.（《请到伊丽莎白 2 号上找我》）

[8] Lim C. The Best of Catherine Lim[M]. Singapore: Heinemann Asia, 1993.（《林宝音作品选集》）

[9] Lim C. The Woman's Book of Superlatives[M].Singapore: Times Editions Pte Ltd, 1993.（《最好的女性读本》）

[10] Lim C. The Howling Silence: Tales of the Dead and Their Return[M]. Singapore: Horizon Books Pte Ltd, 1999.（《怒号的沉默：逝者和他们归来的故事》）

[11] Lim C. The Catherine Lim Collection[M]. Singapore: Marshall Cavendish Editions, 2009.(《林宝音故事集》)

诗集

[1] Lim C. Love's Lonely Impulses[M]. Singapore: Heinemann Asia, 1992.(《爱的寂寞冲动》)

[2] Lim C. Humoresque[M]. Singapore: Horizon Books Pte Ltd, 2006.(《幽默曲》)

非虚构作品

[1] Lim C. Unhurried Thoughts At My Funeral[M].Singapore: Horizon Books Pte Ltd, 2005.(《在我葬礼上的遐想》)

[2] Lim C. A Watershed Election: Singapore's GE 2011[M]. Singapore: Marshall Cavendish Editions, 2011.(《转折性的选举：2011 新加坡大选》)

[3] Lim C.Roll Out the Champagne, Singapore!: An Exuberant Celebration of the Nation's 50th Birthday[M]. Singapore: Marshall Cavendish Editions, 2014.(《新加坡，打开香槟！欢庆新加坡 50 周年华诞》)

[4] Lim C. An Equal Joy: Reflections on God, Death and Belonging[M]. Singapore: Marshall Cavendish, 2017.(《平等之乐：对神、死亡和归属的思考》)

长篇小说

[1] Lim C. The Serpent's Tooth[M]. Singapore: Times Editions Pte Ltd, 1982.(《毒牙》)

[2] Lim C. The Bondmaid[M]. Singapore: Catherine Lim Publishing, 1995.(《女仆》)

[3] Lim C. The Teardrop Story Woman[M]. London: Orion Books, 1997.(《泪痣悲情》)

[4] Lim C. Following the Wrong God Home[M]. London: Orion Books, 2001.(《跟错误之神回家》)

[5] Lim C. A Leap of Love: A Novella[M]. Singapore: Horizon Books Pte Ltd,

2003.(《闰年之恋》)

[6] Lim C. The Song of Silver Frond[M]. London: Orion Books, 2003. (《银叶之歌》)

[7] Lim C. Miss Seetoh in the World[M]. Singapore: Marshall Cavendish Editions, 2011.(《司徒老师》)

英文著作

[1] Dundes A. Interpreting folklore[M]. Bloomington: Indiana University Press, 1980.

[2] Ng A H S. Asian gothic: Essays on literature, film and anime[M]. Jefferson, NC: McFarland & Company Inc. Publishers, 2008.

[3] Pratt A. Archetypal patterns in women's fiction[M]. Bloomington: Indiana University Press, 1981.

[4] Tan A. The Joy Luck Club[M]. London:Vintage, 1998.

[5] Lai A T. Asian English writers of Chinese origin: Singapore, Malaysia, Hong Kong[M]. Cambridge: Cambridge Scholars, 2009.

[6] Trollope A. An autobiography, novelist on the novel[M]. London: Routledge & Kegan Paul, 1959.

[7] Chua B H. Confucianization in modernizing Singapore. Paper Presented At The Conference on Beyond the Culture[M]. Loccum: West Germany, 1990.

[8] Lim C. My days: An autobiography[M]. London: Chatto and Windus, 1975.

[9] Fokkema D, Ibsh E. Knowledge and commitment: A problem-oriented approach to literary studies[M]. Amsterdam/Philadelphia: John Benjamins Publishing Company, 2000.

[10] Fokkema D. Issues in general and comparative literature[M]. Calcutta:Papyrus, 1987.

[11] Herman D. Routledge encyclopedia of narrative theory[M]. London and New York: Routledge, 2005.

[12] Pizer D. The Literary Criticism of Frank Norris[M]. New York: Russell &Russell, 1976.

[13] Punter D. A New Companion to the Gothic[M]. Chichester: John Wiley & Sons Ltd, 2012.

[14] Elliott E. Columbian literary history of the United States[M]. New York:Columbia University Press, 1988.

[15] Forster E M. Aspects of the novel[M]. London: Hodder & Stoughton, 1974.

[16] Said E. Joseph Conrad and the fiction of autobiography[M]. Cambridge: Cambridge University Press, 1966.

[17] Laura E S T. Critical Essays on Maxine Hong Kingston[M]. New York: G.K. Hall & Co., 1998.

[18] Lloyd F. Making a language, finding a voice. In: Kiong,Tong Chee. Ariels: Departures & Returns: Essays for Edwin Thumboo[M]. Oxford: Oxford University Press, 2001:324.

[19] Amy G S, Cornelius J H. Archeology and folklore[M]. London & New York: Routledge, 1999.

[20] Singh G. Singa: Lion of Malaya: Being the memoirs of Gurchan Singh[M]. London: Quality Press, 1949.

[21] Wang G W. China and the Chinese overseas[M]. Singapore: Times Academic Press, 1991.

[22] Bloom H. Asian American women writers[M]. Philadelphia: Chelsea House Publishers, 1997.

[23] Jessica H. Charlie Chan is dead: An anthology of contemporary Asian American fiction[M]. New York: Penguin Books, 1993.

[24] Bhabha H K. The location of culture[M]. New York: Routledge, 1994.

[25] Burnett I C. A conversation between I. Compton Burnett And M. Jourdian. Novelist on the Novel[M]. London: Routledge & Kegan Paul, 1959.

[26] Cuylenburg J B. Singapore: Through sunshine and shadow[M]. Singapore: Heinemann Asia, 1982.

[27] Vaughan J D. The manners and customs of the Chinese in the Straits Settlements[M]. Singapore: Oxford University Press, 1974.

[28] Hogle J E. The Cambridge companion to the modern gothic[M]. Cambridge: Cambridge University Press, 2014.

[29] Garry J, Hasan E S. Archetypes and motifs in folklore and literature : A handbook[M]. New York & London: M.E. Sharpe, 2005.

[30] Lacan J. What is a picture? In The Visual Culture Reader[M]. Nicholas Mirzoeff. London and New York: Routledge, 2002.

[31] Lian K F. Absent identity: Post-war Malay and English language writers in Malaysia And Singapore. In: Kiong T C. Ariels: Departures & Returns: Essays for Edwin Thumboo[M]. Oxford: Oxford University Press, 2001.

[32] Chin K O. Malaya upside down[M]. London: George G. Harrap, 1946.

[33] Chin K O. Ma-Rai-Ee[M]. London: George G. Harrap, 1952.

[34] Singh K. Interlogue: Studies in Singapore literature[M]. Singapore: Ethos Books, 1998.

[35] Tan K S. Son of Singapore: The autobiography of a coolie[M]. Singapore: University Education Press, 1972.

[36] Basch L G. Nations unbound: Transnational projects, postcolonial predicaments and deteritorialized nation states[M]. Langhorne, PA: Gordon and Breach, 1994.

[37] Quayam M A. Sharing borders: Studies in contemporary Singaporean-Malaysian literature[M]. Singapore: National Library Board, National Arts Council, 2009.

[38] Abrams M H. A glossary of literary terms (8th Edition)[M]. Beijing: Foreign language Teaching And Research Press, 2004.

[39] Kingston M H. Personal statement[M]//Sacvan B. The Cambridge History of American Literature (Vol7): Prose Writing, 1940-1990. Cambridge: Cambridge University Press, 1999.

[40] Kingston M H.Tripmaster monkey: His fake book[M]. New York: Vintage International, 1990.

[41] Marcus M. What is an initiation story[M]. New York:The Odyssey Press, 1969.

[42] Walker N A. Feminist alternatives irony and fantasy in the contemporary novel By women[M]. Jackson and London : University Press of Mississippi, 1990.

[43] Brooks P. Reading for the plot: Design and intention in narrative[M]. Oxford: Clarendon Press, 1984.

[44] Holden P. Modern subjects/colonial texts: Hugh Clifford & the discipline of English literature in the Straits Settlements & Malaya, 1895-1907[M]. Greensboro, NC : ELT Press, 2000.

[45] Benedict R. Patterns of culture[M]. London: Routledge & Kegan Paul, 1935.

[46] Klein R D. Interlogue: studies in Singapore literature, (Vol. 4: Interviews)[M]. Singapore: EthosBooks, 2001.

[47] Hardy R E. Life of Thomas Hardy[M]. Hertfordshire: Wordsworth Editions Limited, 2007.

[48] Dorson R M. The British folklorists[M]. Chicago: The University Of Chicago Press, 1968.

[49] Scholes R, Kellogg R. The nature of narrative[M]. Oxford: Oxford University Press, 1966.

[50] Egoff S A. Worlds Within : Children's Fantasy from the Middle Ages to Today[M]. Chicago: American Library Association, 1988.

[51] Chatman S. Story and discourse: Narrative structure in fiction and film[M]. New York: Cornell University Press, 1978.

[52] Jose S. Mercury News in Amy Tan's novel The Hundred Secret Senses[M]. New York: Ivy Books, 1995.

[53] Kathigasu S. No dram of mercy[M]. London: Neville Spearman, 1954.

[54] Kirpal S. Interlogue: Studies in Singapore literature (Vol. 1: Fiction)[M]. Singapore: Ethos Books, 1998.

[55] Leo S. Ethnic Chinese in Singapore and Malaysia: A dialogue between tradition and modernity[M]. Singapore :Times Academic Press, 2002.

[56] Leo S. Peranakan Chinese in a globalizing Southeast Asia: The cases of Singapore, Malaysia and Indonesia[M]. Singapore: Chinese Heritage Centre and Baba House, 2010.

[57] Paul S, M Tera. Conversations with Maxine Hong Kingston[M]. Jackson: UP

of Mississippi, 1998.

[58] Lim Y. Women in bondage: the stories of Catherine Lim[M]. Singapore: Times Books International, 1999.

英文论文

[1] Dundes A. The American concept of folklore[J]. Journal of the Folklore Institute, 1966, 3(3):226-249.

[2] Lang B. Like an old Hong Kong melodrama: Review Of The Bonmaid[N].The New Straits Times, 1996-05-15(05).

[3] Mitchell C. Talking-story in The Woman Warrior: An analysis of the use of folklore[J]. Kentucky Folklore Record, 1981, 27(1):5-12.

[4] Wisker G. Crossing liminal spaces: Teaching the postcolonial gothic[J]. Pedagogy,2007, 7(3):401-425.

[5] Wisker G. Showers of stars south-east Asian women's postcolonial gothic[J]. Gothic Studies, 2003, 5(2):64-80.

[6] Talib I. Why not teach non-native English literature?[J]. ELT Journal, 1992, 46(1): 51-55.

[7] Frank J. Spatial form: some further reflections[J]. Critical Inquiry, 1978(5): 275-290.

[8] Sonia K J. Blurring the lines: Singaporean author Catherine Lim returns to the novel but adds a touch of political intrigue[N]. South China Morning Post, 2010-12-05(13-14).

[9] Quayam M A. With her glittering eye-an interview with Catherine Lim[J]. Wasafiri，2006, 21(3): 21-26.

[10] Vera M C B. Science and discourse, acculturation and schizophrenia in the literary work of Singaporean author Catherine Lim[J]. An Anglo-American Studies Journal, 2014(3):110-117.

[11] Wicks P C. Catherine Lim's Singapore[J]. Asian Studies Review, 1992, 16(2): 157-170.

[12] Lim S G L. Finding a native voice-Singapore literature in English[J]. Journal

of Commonwealth Literature, 2015(12):30-48.

[13] Lui S L. The problematic east/west dichotomy: Representation of Singaporean identity in Catherine Lim's Following the Wrong God Home[J]. Language & Literature, 2003(28):109-126.

[14] Wagner T. Nostalgia, historicity, hybridity: Representations of Asian identities in the historical novels of Kazuo Ishiguro and Catherine Lim[J]. Atlantic Literary Review, 2001,4(2):154-165.

英文硕博论文

[1] Pear C G. A stylistic study of Catherine Lim's fiction[D]. Singapore: National University of Singapore, 1983.

[2] Chua F. Casting the net: Trapped fate in Singapore fiction[D]. Singapore: National University of Singapore, 1990.

[3] Dixon J. The arcane and the ordinary: An exploration of patriarchy and the postcolonial in the writing of Beth Yahp, Catherine Lim and Shirley Geok-Lin Lim[D]. Sydney: Victoria University of Technology, 2002.

[4] DWI F. The conflicts of traditional and modern values as seen in Catherine Lim's The Serpents's Tooth[D]. Singapore: National University of Singapore, 2004.

[5] EL E H. The influence of Chinese culture in Yin Ling's decision for a marriage and its consequences in Catherine Lim's Following the Wrong God Home[D]. Singapore: English Language & Literature, National University of Singapore, 2004.

[6] Low J. The Singapore novel: A critical approach[D]. Singapore: National University of Singapore, 1991.

[7] Ng R. Women in Malaysian and Singaporean fiction in English[D]. Singapore: National University of Singapore, 1986.

[8] Sim N I. A critical study of the work of a local writer[D]. Singapore: National University of Singapore, 1988.

[9] Veronica M. The Singaporean short story: A thematic study[D]. Singapore: National University of Singapore, 1984.

附　　录

附录 1：林宝音访谈

——林宝音小说的民俗叙事与女性主义意识

摘要： 新加坡华裔英语作家林宝音是一位多产作家，她的小说创作并不是一味因袭英国文学传统，而是创造性地将中华传统民俗事象应用到小说中，从而实现了"族裔性"和"文学性"的完美融合。针对华裔英语作家林宝音女性主义小说中的民俗事象，对其进行了专访，并希望借此引起国内更多的读者和学者对林宝音文学创作和文学现象的关注。

关键词： 传统民俗；华裔作家；林宝音；女性主义

采访时间： 2015 年 10 月 28 日，下午 4 : 00—5 : 30

采访地点： 新加坡 Scotts Square 中的 Dome Cafe

采访作家简介： 林宝音（1942—　），英文名字是 Catherine Lim，被广泛认为是"新加坡最好的作家之一"。[①] 她出生在马来亚吉打州居林区的一个华裔家庭，自幼接受英语教育，深受中英文化的双重影响。1978 年至今，共出版了 11 部短篇小说集，7 部长篇小说。在 7 部长篇小说中，林宝音将叙事主题凝聚为三个主要的方面：女性主义主题、传统与现代主题、文化身份 / 认同主题。

　　林宝音自幼接受英语教育，所以她的短篇小说和长篇小说继承和发展了英国小说的传统，被称为是新加坡"哥特式小说"，为新加坡本土的"鬼故事"文学传统注入了新的活力；同时，她作为华人后裔，在作品中散发出浓

---

① C Lim. The Lady with a Winning Style[N]. Asia Week, 1981-07-17(42).

厚的"中国性"气息，中华传统民俗事象的成功运用成为其小说叙事的特色。现今73岁高龄的林宝音接受了笔者的采访。笔者针对其英语小说中的民俗叙事、女性主义视角和小说的主题等几个方面与作者进行了深入的交谈，现将采访整理如下。（为了方便起见，采访者简写为"赵"，受访作家林宝音简写为"林"。）

赵：Catherine，您好，非常荣幸能够邀请到您，感谢您在百忙之中抽出时间来帮助我完成采访。我真的非常喜欢您的小说作品，特别是长篇小说《泪痣悲情》和《跟错误之神回家》。在这两部小说中，你延续了以往的风格，使用了大量的民俗事象作为您主要的叙事手段：重男轻女的传统思想、中国的民间宗教信仰、民间传说等，给人印象深刻。从您的小说叙事中我们可以看到您对民俗非常感兴趣。

林：哦，是的。我在很小的时候，我的祖母和母亲就给我讲过很多关于民俗的东西。由于信仰，她们经常烧香、磕头。我当时觉得很怪异。后来在学校里，因为接受的是英语教育，所以对家庭中发生的这些事情感到羞于启齿。（so ashamed）你知道，民俗有时是一种障碍。（Folklore can be a hindrance）

赵：羞于启齿？现在您对这些民俗活动和民间信仰还有羞耻感吗？

林：当然没有啦。当慢慢长大，我开始变得非常喜欢这些传统。他们是文化的一部分，但是这些文化以及民俗传统正在随着社会的发展而逐渐消失。现在的新加坡年轻人更为实际，他们不会花很多的时间在这些事情上，因为他们觉得这些传统的民俗与他们无关（not relevant）。只有那些与他们利益相关的民俗或者某些迷信才被保留下来，比如：新加坡的年轻人迷信中国的属相，他们非常注重孩子的属相是不是最好的（belief in being born under the right animal in the Chinese zodiac）。如果是男孩子，最好的属相就是"龙"了。对于女孩子来说，最糟糕的属相则是"虎"。还有，现在年轻一代在起名字时已经没有所谓的传统了，你知道现在的新加坡年轻人都用英文名字。我的小说中记录了很多人们关于出生、青春期（puberty）、婚姻和死亡的民俗，这些都是人生中重要的节点（milestones），他们有很多的民俗讲究。比如，华人在婚礼上是不会使用白颜色的，因为白色被认为是葬礼的颜色，用在婚礼上当然是不吉利的。但是现在的年轻人他们是不管这些的，传统的民俗数量在新加坡已经很少了。

赵：看来您真的非常关注生活中的这些现象，难怪您的作品中会有那么多的民俗事象。我们看到，您对民俗事象的选取更多的是关注一些迷信或落后的华人习俗，您是想通过这种方式来批判族群的陋习吗？

林：不，不是的。我的创作目的非常简单，我就是想通过文学的形式来和我的读者分享我的经历。我所讲述的故事都是在我的身边发生的事情。我对这些事情印象深刻。比如我的祖母身边就有女仆人，他们生活在社会的最底层，是值得我们同情的。所以我才写了《女仆》（*The Bondmaid*，1995）。另外，我的祖母还经常给我讲关于鬼魂的故事，所以你看到我的小说中也有这些素材出现。我并不想通过我的小说去说教（didactic），我只是想分享。我总是会选取那些生动的（vivid）、带有强烈情感的（intense）和真实的经历（true experiences）作为写作的素材。我在小说叙事中使用民俗是一种潜意识的行为（at a subconscious level），我想只要能把一些特定的事实传递给读者就达到我的目的了。

赵：小说中的民俗事象对于叙事起了很大的作用，您是把这些民俗事象作为您小说的叙事策略来处理的吗？

林：其实我更关注的是隐藏在这些民俗事象背后的传统的价值观（underlying values），比如是否孝敬老人啊（filial piety）。我曾经在小说中提到"雷电神"（lightning god）。在传统民俗中，"雷电神"是一个很重要的神，因为传说如果人们对自己的长辈不好的话，就会受到他的惩罚。比如，我曾经写过一个女士对自己婆婆很不好，一直想把她赶出自己的房子，终于机会来了：她怀孕了。于是，她就打算以"将来孩子出生后房子不够住"为由，把婆婆赶出去。但是，这位婆婆很聪明，她很了解儿媳妇。于是，婆婆说："如果你对我不好，那么雷神就会惩罚你的小孩。"这个怀孕的儿媳害怕婆婆的诅咒成真，于是就转变了对婆婆的态度。我非常喜欢这样的故事。在情节设定上，我喜欢使用这种"反转"（reverse）的手法。而婆婆之所以能够"扭转"情势，就是因为她很好地利用了民俗故事给人们带来的心理影响。我想有很多的民俗故事都会传递出这种"尊敬老人"的美德。确确实实，我小说中的这样的一些民俗事象促进了小说的叙事，对推进故事的情节发展、塑造人物、揭示主题都起到了重要的作用。

赵：是的，在中国有"二十四孝"的故事，都是讲述年轻人应该如何孝敬父母的感人故事。

林：真的吗？太好了！我的第一部小说《毒牙》就利用这样的素材揭示了新加坡社会发展过程中人们的传统观念和现代人"利益至上""金钱至上"信条之间的冲突。比如，在小说《毒牙》中有一处关于葬礼的场景，其中老妈妈要求给死去的丈夫用更好的棺材，而且还要求子女们从寺庙中邀请了三个神职人员。这样会多花很多钱。她的一个儿子很生气，和妈妈说话时声音也抬高了。但是过了一会又说什么都听妈妈的吧。其实，这不是他孝顺。最主要的原因是他的妻子怀孕了，他想要一个男孩。所以他担心如果自己做得不好，父亲的鬼魂会来找他算账，让他的妻子生个女儿或者生个死胎。正是他的这种自私和担心心理，所以他就一切听从妈妈安排了。

赵：我发现您的小说中所树立的正面男性形象都是西方人。比如《泪痣悲情》中的法国神父 Martin，以及《跟错误之神回家》中的美国教授 Ben。您是想以此来表达一种文化倾向吗？

林：我要再次强调我之所以这样写是因为我所经历的故事就是这样的，我并不是想通过负面描写华人男性而赞扬西方男性。不是这样的。因为我所遇到的西方男性朋友往往在面对危险时很勇敢，他们会毫不犹豫地向需要帮助的人伸出援助之手。正如我在《跟错误之神回家》中所描述的那个美国教授一样，所以女主人公尹玲很快就爱上了这位教授。但是，并非所有的西方男性都这样，只不过是故事情节发展的需要我才将这些生活中的素材拿过来而已。而与之相比，在新加坡，人们信奉的比较流行的一句话叫作"NIMBY"（not in my backyard，意思是不要触及我的利益），是一种很自私的处世态度。但是，我绝不是故意厚此薄彼。我只是把我所经历的一些故事分享出来罢了。

赵：不过，您确实讽刺了一些华人男性，把他们描述为迷信的、胆小怕事的、抽大烟的形象，就像《泪痣悲情》中玫瑰的父亲和哥哥的形象一样。

林：我很认同"讽刺"（irony）这一概念。我想我的民俗叙事中很多时候都是在讽刺社会现象。《跟错误之神回家》(*Following The Wrong God Home*)中的"错误之神"(Wrong God)就是比喻人们所信奉的对象并不仅仅指宗教信仰中的"神",而是一些错误的东西,他们将欲望上升到和神同等的地位。他们所信奉的是金钱之神、权利之神,而不是真正的宗教信仰。我就是要讽刺那些为了物质利益而迷失的人,也讽刺那些将传统道德扔掉的人。

赵:我记得中国有位教授将您的这部小说翻译为《跟错误女神回家》,也就是说他把"Wrong God"中的"God"理解为"女神"。但是您在小说中指称这一"神像"时使用的代词是"he"和"him"。那么,考虑到您的小说是女性主义作品,我想知道您如何来看待这一翻译?

林:在英语中"God"肯定是用来指称男性神,女神经常用"goddess"表示。男女神都可以用的表达是"deity""divine one"。所以,标题中翻译为"错误女神"是不合适的。另外,我这部小说的标题是来自 William Stafford 的一首诗,在诗中有一句"Following the wrong god home, we may miss our star."(意思是:跟错误之神回家,我们会错过我们的幸运之星。来自"A Ritual To Read To Each Other" by William Stafford.)

赵:在《女仆》中,与女主人公涵(Han)同病相怜的是一位"女神",被天神惩罚,而涵极力帮助女神对抗天神。而且您的小说中经常将一个大家族中的男主人和神并列放在一起,成为为女性带来痛苦的元凶,从而凸显了小说的女性主义主题。所以,我认为对小说中男神和女神的区分很重要。男性"神"经常成为您笔下批评和讽刺的对象,而女神则是您同情的对象,是吧?因此,我认为在翻译您的小说书名时,这一点应该很重要。

林:是的。我想我在小说中描述得很清楚。确实,这一点对于揭示我的小说的主题很关键。我记得在另一部小说《银叶之歌》中,我也是这样处理的。

赵:您的小说中树立了很多女性形象,她们不仅外表漂亮,而且具有传统美德:温柔、贤惠、善良。同时,她们也具备了强烈的独立意识,反抗自己所处的困境。与之相比,您所树立的华人男性形象基本上都是负面的,为什么会这样处理呢?或者您还是想通过这种方式表达一种"呼唤英雄"的愿望呢?

林:首先,作为一个女作家,我对女性的社会地位、她们的遭遇和她们的内心感受比较熟悉一些。有些读者可能会产生误解，认为我在女性主义文学创作中走向了另外一个极端。我曾经在一次访谈中提到过，我的小说创作不是将"生理性别（sex）"作为研究对象，我所讨论的是"社会性别（gender）"。《泪痣悲情》中玫瑰的父亲重男轻女，因为相信玫瑰眼角的泪痣会给这个家庭带来不好的运气，所以就对女儿不理不睬。这样的情况在我的身边就有，是来自我个人的所见所闻。我的脸上就有一颗痣，我祖母说如果长在眼睛下面就不好了，还好我的这颗痣是长在嘴下边的。（笑声）其次，我觉得女性应该是坚强的、独立的。我认为她们斗争的对象不是男性，而应该与社会上的不平等去作斗争。另外，我曾经说过，我不是通过小说来说教的，我只是在讲述一些我熟悉的或是感兴趣的故事。我小说中的华人男性形象基本上都是负面的，但这并不意味着所有的华人男性都是这样的。同样，我也并不想树立一些典范，这就有了道德说教的意味，但我并不想这样。

赵：那么，您在女性主义文学作品的创作中有没有受到其他作家的影响呢？比如，西方的一些女性主义作家，像简·奥斯丁、勃朗特姐妹、盖斯凯尔夫人、弗吉尼亚·伍尔夫等？

林：我读过很多女性主义的作品，我很喜欢简·奥斯丁、勃朗特姐妹等作家的小说，但是喜欢她们的作品并不一定会受到她们的影响。我只是关注我身边所发生的事情，并把这些事情或者故事记录在我的小说里以和读者们分享。美国的华裔作家汤亭亭（Maxine Hong Kingston）也是我比较喜欢的作家，她的小说中也运用了一些传统的民俗事象。

赵：是的，比如她的《女勇士》，但是她把中国传统的民间故事进行了改编。您如何来看待这一现象？

林：汤亭亭是一个非常优秀的作家，我认为她所塑造的人物形象非常成功。有时改编传统的民间故事是为了小说叙事的需要。我的短篇小说和长篇小说中经常有这样的处理。

赵：是的。您在小说《毒牙》中关于"月亮女神"的传说就借小男孩迈克尔和他的祖母之口，出现了好几个不同的版本，非常符合故事叙事和人物形象的需要。其他的几部作品中也都有这样的例子。

林：是的，是的。哦，对了，美国的作家谭恩美（Amy Tan）的小说我也很喜欢。

赵：哦，我读过她的《灶神娘娘》。一开始我被小说的标题吸引了，但是当我读进去的时候，发现这部小说只是借用中华传统民俗中的灶神故事，并将重点放在了这个故事的外延上，以利用它的隐喻意义。其实，这部小说主要是以主人公妈妈的视角叙述了过去的遭遇。不过，整体的叙事结构还是很新颖的。

林：就像我写关于"雷神"的一些小说，其中并不讲述太多的雷神传说，而是以此作为契机或者突破口，将故事的叙事继续下去。这些素材能够起到将前后情节串联起来的作用。同时，还会起到反讽和隐喻的修辞作用。

赵：是的，有些民俗事象您安排得非常巧妙，还有一些是贯穿小说始终的。像《泪痣悲情》中的"泪痣"迷信、《女仆》中的"鸡鸣"迷信等，在小说中反复出现。另外，我注意到您的女性主义小说总是以悲剧结尾，为什么会这样安排呢？

林：因为女性往往在社会中处于弱势。我的很多朋友也说："为什么那么残忍，让小说结尾那么悲惨。"但是，这就是现实。你知道，现在很多女性主义作家写的都是悲剧。比如：印度、巴基斯坦和斯里兰卡等国家的女性小说家都是这样处理的。

赵：您在小说中使用了那么多的民俗事象，有很多是民间迷信和超自然现象。我想知道，您是一个迷信的人吗？

林：我可以明确地告诉你，我是一个达尔文主义者。是的，我的家庭中，传统上是信奉道教的家庭；我在学校里接受的是天主教的信仰。但是，我是一个达尔文主义者。我认为世界上的任何事情都是可以解释清楚的。我的小说中只是描述新加坡华人的生活样态，我不相信鬼神，但是我小说中的人物相信。这并不矛盾。

赵：您的小说中涉及一些历史背景，在《泪痣悲情》中，您通过讲述女主人公玫瑰一生的故事和情感遭遇，表示出对处于弱势地位的女主人公的同情；同时，您在小说中也反映了当时马来西亚和新加坡社会所经历的一些重大的历史事件，如日本占领时期、后来的英国殖民时期等。所以，一些研究者将您的几部小说《毒牙》《女仆》《泪痣悲情》和《跟错误之神回家》等归为"历史小说（historical fiction）"，比如来自剑桥大学的博士，现在新加坡南洋理工大学的 Tamara Wagner 教授就是这样认为的。我想知道您对这一分类有何意见？

林：哦，我很少看别人的评论和研究的论文。我想我的小说不是历史小说，我不是在讲述历史事件，我是在讲述人物故事。这些人物，是现实中的人和我的想象力结合的产物。我想，把这些小说归为历史小说是不恰当的。《泪痣悲情》中，我将故事的发生背景设定在日本占领时期，里面稍微提到了一些日军占领时期对当地人们日常生活的影响，比如，女人要尽量丑化自己、女人要穿男人的衣服、要把头发剪短等，以避免日军的骚扰。其他几部小说中也稍微提到一些死于日军之手的女性的鬼魂的出没啦、日军撤退后当地一些投机的商人的暴富啊，之类的。这些都不是主要的叙事对象。我在小说中主要关注和描摹的是人们的日常生活，以及人们在日常习俗中所表现出来的心理。从这些故事整体来看，我讲述的不是历史故事，也和历史人物无关，都是日常生活中的细节，反映的是人们的生活习惯、价值理念以及心理活动。因此，我的小说不能说是历史小说。

赵：最近，我在《海峡时报》（The Straits Times）的新闻上了解到您要关闭个人网页并且宣布不再发表任何政治言论的报道，您说要把主要精力放在培养新加坡的年轻一代上。为什么您要做出这样的选择呢？

林：我其实真的思考了很长一段时间，考虑是否要关闭我的个人网站，原因很简单：当初我建个人网站主要是为了张贴我的政治评论，特别是那些当时不允许在主流媒体上发表的政治言论。因此，我以建立个人网站的方式，来和新加坡的同胞们一起分享我的政治观点。当时，我的文章主要是关于李光耀治国的模式，批评新加坡政府对持不同政见者太严厉了。但是，当李光耀在今年 3 月去世之后，我觉得作为一个有责任的批评家，我应该停止批评了，因为李光耀已经不能来否决我的批评了，所以我想关闭我的网页。但是我很快意识到其实网络途径还是有用的，特别是对已经熟悉我的网站的那些读者来说，所以我现在转变了想法。于是，不久前我开始开发网络的更多用途。我把关于创作技巧的辅导课程的一些笔记张贴在上面。同时，我还会继续做一个政治评论家，并且必要时在网上和大家一起分享我的观点。

赵：好，最后一个问题：您最近有什么写作计划吗？还会继续书写女性题材的作品吗？还有民俗叙事吗？还会是悲剧吗？

林：对于未来的创作，我不是特别确定我是否会继续写和我现在所创作的同样类型的小说和非小说。我想，我会继续尝试新的主题，更为广泛的主题，比如哲学和超自然的主题，比如生死和人生的意义主题等比较大的主题。这是一个很庞大的计划，不知道我最终能否实现。但是我非常喜欢阅读和思考这些话题——我阅读了大量关于自然科学和人文科学的资料。

赵：这是您去年出版的一本书 *Roll Out the Champagne, Singapore*! 您能帮我签个名吗？

林：好的，没问题。

赵：谢谢您接受这么长时间的采访，祝您身体健康！

林：谢谢，祝你在新加坡访学愉快！

附录2：林宝音年谱

时间	事件
1942 年	3 月 23 日出生在马来亚吉打州的居林区
1949 年	圣安妮修道院小学（St. Anne's Convent, Malaya）
1959 年	进入槟城"自由学校"进行大学预科学习
1961 年	进入马来亚大学学习
1963 年	获得英语语言文学学士学位
1964—1967 年	在马来西亚关丹市（KuanTan）一所公立学校任教
1967 年	移居新加坡
1970—1974 年	在圣安德鲁学校（St Andrew's School）任教
1974—1978 年	在圣帕特里克中学（St Patrick's Secondary School）任教
1978—1979 年	在新加坡公教初级学院（Catholic Junior College）任教
1978 年	第一部短篇小说集《小小的讽刺：新加坡故事》出版
1979 年	进入新加坡教育部英语语言文学科室工作
1980 年	第二部短篇小说集《雷神故事》出版
1982 年	第一部长篇小说《毒牙》出版
	因小说集《雷神故事》获"国家图书委员会发展奖"（National Book Council Development）
1983 年	第三部短篇小说集《他们会回来的》出版
1987 年	第四部短篇小说集《梦影之影》出版，也是第一部完全与爱情主题相关的故事集
1988 年	在新加坡的东盟语言中心教授语言学等课程
	因小说集《梦影之影》第二次获"国家图书委员会发展奖"（National Book Council Development）
	获得新加坡国立大学应用语言学博士学位
	赴澳大利亚墨尔本参加国际写作节
1989 年	第五部小说集《啊！新加坡》出版，又一部讽刺故事集

（续表）

时 间	事 件
1990—1991 年	获得富布莱特奖学金到美国哥伦比亚大学和加州大学伯克利分校访学
	因小说集《啊！新加坡》第三次获"国家图书委员会发展奖"（National Book Council Development）
1992 年	1 月，辞职成为全职作家
	出版诗集《爱的寂寞冲动》
	第六部小说集《爱的最后期限》出版
1993 年	第七部小说集《最好的女性读本》出版
	10 月 7 日—12 月 2 日，在加利福尼亚大学影视系学习剧本创作
	第八部小说集《到伊丽莎白 2 号上找我》出版
	出版《林宝音故事精选》，将 15 年中的经典短篇故事收录其中
1994 年	9 月 3 日在《海峡时报》发表政治评论《人民行动党与人民之间：巨大的鸿沟》，引起著名的"林宝音事件"
1995 年	代表作《女仆》问世，是林宝音第一部全球发行的小说
1997 年	第三部长篇小说《泪痣悲情》在英、美、意出版
1998 年	获"孟布兰克－新加坡国立大学文学艺术奖"（Montblanc-NUS Centre for the Arts Literary Award）
1999 年	获东南亚文学奖（Southeast Asia Write Award, Thailand）
	第九部小说集《嚎叫的沉默》出版
2000 年	与门户网站"来科思亚洲"（Lycos Asia）合作，创作网络小说《闰年之恋》。之后该小说在 2003 年出版发行，2008 年被搬上银幕，中文译名为《誓约》
	因对教育和文学的突出贡献，被澳大利亚莫道克大学授予文学荣誉博士学位（Honorary Doctorate in Literature, Murdoch University, Australia, for contributions to education and literature）
2001 年	第四部长篇小说《跟错误之神回家》在英、意、印尼出版
2003 年	第五部长篇小说《银叶之歌》在英国出版
	第六部长篇小说《闰年之恋》在新加坡出版
	获法国艺术与文学骑士勋章（Knight of the Order of Arts and Letters）
2005 年	半自传作品《我的葬礼上的遐想》出版
	获"哥本哈根安徒生基金会大使"（Ambassador of the Hans Christian Andersen Foundation）称号

（续表）

时间	事件
2006 年	诗集《幽默曲》出版
2007 年	创建个人网站 catherinelim.sg，与大众分享其政治评论
2009 年	《林宝音选集》出版
2010 年	第七部长篇小说《司徒老师》在新加坡出版
2011 年	非虚构作品《转折性选举：2011 年新加坡大选》出版
2014 年	另一部非虚构类作品《庆祝新加坡 50 华诞》出版
	3 月 14 日入选"新加坡女性名人堂"（The Singapore Women's Hall of Fame）
2017 年	非虚构类作品《平等之乐：对神、死亡和归属的思考》（An Equal Joy: reflections on God, Death and Belonging）在新加坡出版